KB254011

성형미인

국립중앙도서관 출판시도서목록(CIP)

성형미인 / 히메노 가오루코 지음 ; 권남희
옮김. – 서울 : 마음산책, 2008
p. ;   cm

원표제: 整形美女
원저자명: 姫野カオルコ
일본어 원작을 한국어로 번역
ISBN 978-89-6090-037-0 03830 : ₩10000

일본 현대 소설[日本現代小說]

833.6-KDC4
895.635-DDC21   CIP 2008001606

성형미인

히메노 가오루코

마음산책

성형미인

1판 1쇄 인쇄 2008년 6월 1일
1판 1쇄 발행 2008년 6월 5일

지은이 | 히메노 가오루코
옮긴이 | 권남희
펴낸이 | 정은숙
펴낸곳 | 마음산책

편집 | 최동일 · 권한라 · 이보현   디자인 | 김정현
영업 | 권혁준   관리 | 박해령

등록 | 2000년 7월 28일(제13 - 653호)
주소 | 서울시 마포구 서교동 395 - 114 (우121 - 840)
전화 | 대표 362 - 1452 편집 362 - 1451   팩스 | 362 - 1455
홈페이지 | http://www.maumsan.com
전자우편 | maum@maumsan.com

종이 | 화인페이퍼
인쇄 · 제본 | 한영문화사

ISBN 978-89-6090-037-0 03830

* 책값은 뒤표지에 있습니다.

나는 눈을 콩알로 성형한 것만으로

수술 전에는 합격률 제로였던 취직 시험에 두 곳이나 합격하고,

코를 낮췄더니 다섯 곳, 허리 곡선을 없애고,

피부를 때가 낀 느낌이 들게 화장을 한 후로는 백발백중 합격했어.

□ 차례 □

서장

스물두 살의 마유무라 가이코는 의사 오소네를 쫓아갔다. 수국水菊색의 면 기모노 섶으로 삐져나올 것 같은 유방을 한 손으로 누르면서.

오래됐지만 청결한 병원이다. 복도에는 높은 천장에 고른 간격으로 공 모양의 조명 기구가 달려 있다. 불빛 끊긴 복도 막다른 곳에서 오소네의 흰 가운 자락이 펄럭였다.

무거운 비상구 철문이 소리를 내면서 닫힌다. 가이코는 걸음을 멈춘다. 수술대에서 내려올 때 신은 슬리퍼라 걷기가 힘들다. 철문 앞에서 가이코는 그걸 벗었다.

"선생님."

원장 사택으로 이어지는 정원 잔디밭을 맨발로 지나간다. 더운 여름 동안 들쭉날쭉 자란 잔디가 가이코의 발바닥을 뾰족하게 찔렀다.

발바닥에는 또렷한 감각이 있다. 하지만 브래지어를 하지 않은 유방에는 감각이 없다. 귀마개를 한 채로 듣는, 씹는 소리처럼 자기 유방이면서 남의 유방인 듯 생소한 감촉. 가이코는 유방 성형수술을 하기 위해 거기에 국부마취 주사를 맞았다.

"앗!"

정원에 있는 항아리를 쓰러뜨렸다. 손에도 발에도 감각이 있는데, 유방에는 없으니 전신의 균형이 흐트러진다. 유방에 감각이 없는 상태에 몸이 익숙해지지 않은 것이다. 항아리 속의 구정물이 정강이에 튀었다.

다프니스와 클로에가 받쳐주는 오래된 항아리였다. 사택 정원은 병원 건물만큼은 손질되어 있지 않았다. 처음에는 다프니스와 클로에도 기쁘게 항아리 옆에 서 있었겠지만, 지금은 완전히 이끼가 끼었고, 항아리 속에는 퍼부은 장맛비와 여름 소나기가 그대로 고여 있었다. 잔디가 깔린 지면은 항아리에서 쏟아져 나온 지난 계절의 흔적을 빨아들였다. 항아리는 깨지지는 않았다. 가이코는 더러워진 소년소녀 석상도 깨지지 않은 것을 확인한 후, 앞쪽에 있는 오소네에게 말했다.

"이제 와서 왜……."

오소네에게 다가간다. 그는 움직이지 않는다. 이윽고 크게 숨을 토하더니 대답한다.

"못해요."

1923년생인 오소네는 대문에 기대듯이 잔디에 털썩 주저앉았다.

"우선 제일 어려운 유방수술부터 하자고 말씀하신 것은 선생님이 잖아요."

가이코는 전신성형을 하기로 되어 있었다. 유방과 배, 몸, 그리고 눈과 코와 턱. 모든 것을 바꾸기로 했다.

"이 수술은 선생님이 해주시지 않으면 안 돼요."

가이코는 천재의 팔을 그 감각 없는 가슴에 껴안는다.

"안 돼요……. 나는, 나는 도저히 당신을 수술할 수 없어요…… 당신의 유방에 메스를 대는 짓은……."

오소네는 고개를 저었다.

"그래서 그렇게 상담을 했잖아요. 상담한 대로 선생님이 젊은 선생님께 지시를 해주시겠다고. 마지막까지 이 계획을 감수해주시겠다고."

"미안해요. 그렇지만 부디 다시 한 번 생각해줘요. 아무리 그래도 유방만은 그만둬요. 굳이 하겠다면 다른 데부터……."

"어디요? 어느 부위부터라면 수술하시겠어요?"

"굳이 하겠다면……."

아니, 어디여도 할 수 없어요. 모두 그만둬줘요! 오소네는 소리쳤다.

"미용성형은 잘못된 거야! 비윤리적이야! 비도덕적이야!"

오소네가 여기까지 소리쳤을 때, 가이코는 그의 팔을 풀어주었다.

"그래요……."

가이코는 일어서서 오소네를 내려다보며 말했다.

"그렇지만 비윤리적이고 비도덕적이라면, 어째서 그렇게 성형외과들이 텔레비전 프로그램이나 자동차 경주대회의 스폰서를 하는 건가요? 어째서 그렇게 잡지에 성형외과 광고가 넘쳐나고, 잡지사 직원은 그 광고료로 월급 받고, 그 광고를 보고 많은 사람들이 성형을 하고, 그런 뒤에 즐겁게 살고 있는 건가요? 신이 준 생명체에 병이나 사고가 생긴 것도 아닌데, 메스를 대어 생김새를 바꾸어서 타인을 속이는 것이 신이 바라던 것 아닐까요? 논밭에서 나는 수확물보다 짐승의 피를 먹기 바랐던 것처럼.”

가이코는 오소네의 흰옷으로 정강이의 구정물을 닦고, 그에게 등을 돌렸다.

“가이코 씨, 어째서 당신은 모르는 거죠? 당신은 그렇게도 신의 사랑을 받고 태어났으면서…….”

당신은 사랑받고 또 사랑받은 덕분에 신에게 그런 육체를 받았으면서. 오소네는 말을 계속했지만, 그의 목소리는 이미 가이코의 귀에 들어오지 않았다.

“당신의 외모, 당신의 육체는 낙원의 과실이거늘…….”

오소네의 목소리는 공기의 진동을 잃으면서 사라져갔다. 이번에는 그가 가이코의 뒷모습을 바라볼 차례였다. 가이코는 구정물을 빨아들인 지면 위에서 미소 짓고 있는 다프니스와 클로에를 넘어 오소네에게서 멀어져갔다. 그녀의 등은 점점 작아지고 작아지고 작아져간다.

1

두 미녀

그 처녀 스무 살 검은 머리채

넘치는 자신감이 아름답구나

이 단가를 읊을 때, 요사노 아키코(与謝野晶子, 메이지, 쇼와 시대에 활약한 시인이자 사상가—옮긴이)는 대체 어떤 여인을 보았던 걸까? 오소네 미카에는 스무 살의 마유무라 가이코를 앞에 두고 몇 겹의 소용돌이에 휩싸인 의문이 들었다.

"어쨌든 옷을 입으세요."

가이코가 전라로 앞에 서 있다. 이 환자는 진료실에 들어오자마자 느닷없이 옷을 벗었다.

"그렇지만 자세히 봐주세요. 대규모 수술을 해야 될 테니까요."

가이코는 양팔을 내밀며 오소네에게 다가간다.

"알몸으로 이야기를 들을 필요는 없어요. 어쨌든 옷을 입어요."

의사는 회전의자에 앉은 채로 상체를 150도 정도 가이코에게서 돌리면서 말했다. 그의 머리는 정수리부터 벗겨지지 않고, 잘생긴 이마부터 벗겨지는 대머리였다. 남은 머리는 학처럼 하얗고, 야윈 옆얼굴은 기름기 없이 담백했다.

"어째서 '계획'이니 하고……."

그는 새삼 책상 위에 놓인 리포트 용지를 바라보았다.

리포트 용지에는 가이코가 희망하는 수술 내용이 적혀 있다. '계획'이라고 커다랗게 쓴 글씨가 필적도 선명하게 한 면을 가득 메운 표지. 내용은 대대적인 전신 성형수술에 대한 계획이었다.

의사는 2개월쯤 전에 가이코에게서 '계획'에 편지까지 첨부된 봉투를 받았다.

(전략) 뜬금없는 편지를 용서해주십시오. 저는 이제 곧 스무 살이 되는 대학생입니다. 지금은 도쿄에 살고 있습니다만, 고향은 Q현의 히노다마 촌입니다. 선생님에 대한 이야기는 아주 오래전에 지금은 돌아가신 할아버지께 들었습니다. 할아버지는 태평양전쟁 때 입은 얼굴 화상을 선생님께 수술받으셨답니다.

사람들이 아직 가두街頭 텔레비전에 매달리던 시절에 오소네는 성형외과를 열었다. 민영 전철이 띄엄띄엄 다니는 교외에 독일인 의사가 지어놓은 건물을 사서 조금 개장改裝했다.

가족은 없고, 장학금으로 다닌 대학 병원에 남을 생각도 없고, 전쟁 때 죽은 가족을 애도하는 마음 비슷한 심정으로, 전쟁에서 다친 사람을 진료하고 수술했다. 손재주를 타고난 오소네의 성형수술은 신의 솜씨라고 입에서 입으로, 귀에서 귀로, 귀에서 입으로 조용히 퍼져갔다. 그 소문을 듣고 찾아온 사람 중에 가이코의 할아버지가 있었다.

할아버지는 선생님에 대해 청결히 하는 것과 의료 기구와 약품을 나날이 개선하는 것 이외에는 불필요하게 병원을 치장하는 법이 없으며, 개업 후에도 면학에 힘쓰고, 의지할 데 없는 불쌍한 사람을 댁으로 불러들여서 사는 등 상업주의와는 무관한 후덕하신 분이라고 말씀하셨습니다.

가이코의 편지에는 그렇게 적혀 있었지만, 사실은 조금 다르다. 자택에 있었던 사람은 오소네의 아내였다. 아내는 재혼이었다. 전 남편에게 이혼을 당했다. 간호사로 일한 경험이 있다고 해서 병원에서 잡무를 맡겼다. 그러다 결혼을 했다. 오소네 병원에 온 가이코의 할아버지는 화장도 하지 않은 데다 쌀쌀맞을 정도로 성실한 그녀의 태도를 보고 아르바이트 학생이나 서생書生이라고 생각했을 것이다. 수술 후나 회복 후에 자택으로 선물을 가지고 오는 환자들이 종종 있었다. 사과나 귤 한 봉지, 센베 한 봉지, 감자, 타월 한 장 등. 그때마다 감사합니다 하고 교과서 읽듯이 뻣뻣하게 말하던 아내는 쉰여덟 살에 죽었다. 오소네가 예순 살 때였다. 자식은 없었다. 아내의 친척뻘인, 역시 남편을 일찍 여읜 여자와 그 딸이 아내가 죽은 후에 오소네 집 근처로 이사 와서, 말하자면 파트타임으로 집안일을 봐주고 있다. 그 딸의 결혼 상대가 병원에 내과의사로 들어와서 바깥 간판도 '성형외과' 보다 '내과' 쪽이 글씨가 커졌다. 그리고 내과의사의 소개로 젊은 성형외과 전문의가 목요일과 금요일마다 오게 되었다. 오소네는 상업주의와는 무관하다기보다 돈을 버는 재주가 없는 거라고, 스스로 판단하고 있다. 결코 숭고한 인격 때문이 아니라고.

편지를 드리기 전에 할아버지께 들은 주소를 들고 병원까지 찾아갔습니다. 아무래도 제가 어릴 때 들은 이야기여서, 지명과 번지는 바뀌었을 거라고 생각했습니다. 이 사람 저 사람에게 물어서 겨우 찾을 수 있었지요. 그리고 현주소를 메모해 와서 이렇게 편지를 보냅니다. 사모님이 돌아가신 후부터 선생님께서 수술을 하시지 않는다는 것도 알고 있습니다. 그러나 저는 어떡하든 선생님께 수술을 받고 싶습니다. 수술 내용은 별지를 봐주십시오.

그리고 봉투에는 별지인 '계획' 이라는 것이 동봉되어 있었다. 오소네는 별지를 꼼꼼히는 읽지 않았다. 맡을 수 없기 때문에 읽을 필요가 없었다. 거절하는 뜻의 답장은 파트타임으로 일하는 사람에게 보내게 했다. 여러 가지 사정이 있어 바람에 응하기 힘들다고.

그래도 가이코는 얼굴만 보는 것이라도 좋으니 꼭 만나달라고 편지를 보냈다.

의료 상담에 응하는 것도 의사 선생님의 업무 중 하나라고 생각합니다.

이렇게 적혀 있었다. 가엾은 아가씨라고 생각했다. 동봉된 별지를 얼핏 훑어보았더니 '지방흡입수술'이라는 말이 있다. 그럼 뚱뚱한 건가. '눈과 코와 입 모두 수술하고'라는 말도 있었다. 그럼 눈이 작고 코가 납작하고 치열이 고르지 못한가 보다. 그리고 희망하는 수술 내용을 리포트 용지에 빼곡히 적은 걸로 보아, 그런 자신의 외모를 과도하게 싫어하고, 싫어하다 보니 점점 표정과 분위기가 나빠지고, 그래서 점점 남들에게 야유받는 존재가 되어버리고. 그런 악순환에 빠진 가엾은 아가씨라고 생각했다.

그래서 오소네가 상상한 가이코는 뚱뚱하게 살이 찌고, 사흘 동안 물에 불린 밀기울처럼 늘어진 이목구비여서, 남들에게 자주 추녀니 호박이니 놀림을 받고 이지메를 당해온 가엾은, 그러나 미안하지만 오소네도 상관하고 싶지 않은 '정 떨어지는 분위기의 아가씨'였다.

가엾은 그 아가씨는 불쌍하게도 성형만 하면 자신을 둘러싼 세계가 단번에 장밋빛으로 바뀔 거라고 맹신하고 있다. 성형수술보다 먼저 해야 할 것은 이 가엾은 아가씨의 악순환을 끊어주는 게 아닐까. 오소네는 그렇게 생각하며, 몇 통째 편지를 받은 후에야 가이코를 만나기로 했다.

'의료 상담에 응하는 것도 의사의 일 중 하나'가 아니라, 의료 상담, 즉 카운슬링이야말로 의사의 첫 번째 일이다.

오소네는 병원의 삼각 지붕에 우뚝 선 간판에 '내과' 글씨 쪽이 커진 후로도 카운슬링만은 계속하고 있었다. 백발이 된 현재도, 전에 그가 수술한 환자가 몇 안 되긴 하지만, 만나고 싶다고 병원을 찾는다. '요즘 들어 밤중이면 위가 아파서 말이죠, 설마 암은 아니겠지요? 뭐랄까요, 날씨라도 추운 날이면 꼭 두통이 생깁니다, 어디 안 좋은 병이라도 걸린 걸까요? 자궁을 들어내는 편이 좋다고 하는데요, 꼭 그래야 하는 걸까요?' 등등. 이런 질문에 대답하는 것이다. 직접적인 진찰은 아니다. 각자의 질문에 맞는 병원을 조언해주기도 하고, 때로는 소개장을 써주기도 한다. 그리고 반드시 규정된 카운슬링 요금을 받았다. 소액이어도 요금을 받아야 환자가 오소네를 방문하기가 편해지기 때문이다.

많은 의사들은 잊고 있다. 의료 기관과 무관하게 사는 사람들이 의사를 찾을 때, 그들에게 그 방문은 '처음'인 일이기도 하고, '미지'의 것이기도 하여, 무엇이 '상식'인지 '당연한 것'인지 도통 알 수 없는 '극히 불안한' 행위라는 것을.

일반 사람들은 의학 지식을 전문적으로 배운 경험이 없다. 어쨌든 불안하다. 구체적인 처치로 옮기기 전에 카운슬링을 하지 않으면 안 된다는 사실을 많은 의사들은 까맣게 잊고 있다. 오사카 만국 박람회 이후, 이런 경향은 더욱 심해져서 오소네는 매번 분노를 느끼고 있던 터라, 가이코에게 이렇게 답장을 했다.

수술을 맡고 말고 하는 것과는 별도로, 용모에 대한 고민이 있다면 카운슬링이라는 형식으로 만나보도록 하지요. 요금은 1회 2500엔. 국민건강보험에 들어 있다면, 그중 3할인 750엔만 본인이 부담하면 됩니다.

그리고 그녀를 진료실에서 만난 것이다.

가이코가 진료실에 들어오자마자, 그 얼굴을 보고 오소네는 혈압이 급상승할 정도로 놀랐다. 게다가 느닷없이 전라가 되는 바람에 더욱 골반이 빠질 정도로 놀랐다.

마유무라 가이코의 그 얼굴. 그 몸매. 그것은 필설로 형언할 수 없으며, 형언한다 해도 지극히 진부하게 형용할 수밖에 방법이 없었다.

스무 살. 키 169센티미터. 가슴둘레 98센티미터, 허리둘레 54센티미터, 엉덩이둘레 94센티미터. 부러질 듯이 잘록한 허리, 게르만 남자라면 양손으로 움켜쥘 수 있을 만큼 가는 허리, 그 아래위로는 풍만한 살의 과실果實.

납을 먹인 듯이 매끄럽고 정맥이 옅게 비치는 유방은 볼륨과는 달리 무소의 뿔처럼 위쪽을 향하고, 유방과 마찬가지로 살이 충실한 둔부는 조금이라도 건드리면 금세 춤을 추기 시작할 것 같은 뒤집힌 하트 모양을 하고 있다.

저 다리라면 지르박도 무리 없이 출 것 같다. 제우스의 힘센 손으로 쥐어짠 듯한 발목이라면 지르박에 탁월할 것이다. 저 다리라면 왈츠를 신속하게 익힐 것이다. 금기라 할 정도로 하얗고 탄력 있는 허벅지는 단아한 왈츠의 선율을 보완하여 더욱 자극적인 고상함을 보여줄 것이며, 저 우아한 곡선을 그리는 장딴지는 술보다도 바쿠스를 요염하게 취하게 할 것이다.

가이코가 고개를 숙이면 뺨에는 그늘이 드리워진다. 긴 속눈썹의 그림자. 촘촘히 난 칠흑 같은 섬모. 섬모로 둘러싸인 커다란 호박琥珀

같은 눈동자 사이에 오뚝한 코가 있다. 한 치의 어긋남도 없이 설계된 듯한 콧마루는 이미 호흡기관이라기보다 성에 사는 귀부인들이 앞 다투어 가지려고 싸우는 장식품 같았다. 거기에 비해 입술은 피의 흐름까지 느낄 수 있을 정도로 얇다. 심지어 천박해지기 직전의 아슬아슬한 음탕함마저 흐른다. 그녀의 얼굴에 천박함이 개입되는 것을 허락하지 않는 것은 입술 속의 흐트러짐 없이 가지런한 치아다. 인공 치아 한 개 없이, 이거야말로 건강의 상징이라 할 만한 분홍색 잇몸은 치아 하나하나를 탄탄하게 연결하고 있다.

그리고 이들 훌륭한 각 부품을 진열한 피부는 얼굴, 유방, 엉덩이, 다리 할 것 없이 손가락의 첫마디에서부터 샅에 이르기까지, 사람이라는 생물 중에서 한 개체의 압도적인 우수함을 나타내기라도 하듯이, 비단처럼 곱고 광택이 났다.

요컨대 마유무라 가이코는 절세의 미녀였다. 전라로 앞에 서 있는데, 오소네는 나이도 걸리고, 또 오소네 고유의 인격도 걸려, 미녀가 느닷없이 알몸을 들이댔을 때 흔히 남자가 하는 말을 내뱉을 수가 없었다. "아, 아가씨, 그, 그, 그만둬요." 하는 말을. 이 말을 생각해내지 못할 만큼 가이코는 순수한 미녀였다.

"선생님."

150도로 돌아앉은 등 뒤에서 가이코가 부른다.

"옷은 입었으니 수술에 대해 말씀해주세요. 날짜라든가 비용이라든가, 제게도 사정이 있으니까요."

오소네는 구체적인 숫자와 일정을 제시해오는 가이코를 말렸다.

"잠깐만요."

그는 '계획'에 대해 적은 리포트 용지를 손에서 내려놓고, 회전의자를 150도 돌려서 가이코 쪽을 향했다.

(왜?)

알 수 없었다. 왜 가이코가 성형을 하려고 하는지.

"내가 먼저 카운슬링을 받고 싶은데."

가이코야말로 바야흐로 스무 살의 봄을 만끽해야 하지 않는가. 그런데 무슨 연유로 성형을 해야만 하는 걸까.

"선생님이 먼저 카운슬링을? 무슨 말씀이세요?"

가이코는 발끝을 정확히 모으고 오소네와 마주 섰다.

"도저히 모르겠군요. 당신이 나를 찾아온 것 자체부터 이해가 가지 않아요."

"그러니까 편지에 저희 할아버지가 전에 선생님께 수술을 받았다고."

"그건 읽었어요. 그러나 할아버지란 분이 오신 것은 아마 1950년대 후반이죠?"

"맞아요. 1958년 10월 10일이에요. 그날 수술했다고 하셨어요. 할아버지에게는 그때까지 코가 없었죠. 코가 없던 시절의 할아버지 사진도 많이 봤어요."

코가 없었던 건 아니다. 폭격 때 입은 화상으로 뺨의 살과 왼쪽 콧방울의 살이 서로 녹으며 들붙어, 오른쪽 콧방울도 거기에 이끌려 가듯이 찌그러진 것이다. 그런 것을 엉덩이에서 살을 이식하고, 코에 약 1밀리미터의 실리콘을 주입하여 콧방울을 정돈하고 동시에 뺨의 화상 흔적도 지웠다.

"저, 할아버지께 수술 이야기를 듣고 할아버지 얼굴을 한참이나 들여다보았어요. 그렇지만 어디서부터가 이식한 피부인지 전혀 알아볼 수 없었어요. 코도 정말로 평범한 코였고요."

"그야 수술한 지 시간이 꽤 지나서 내부 조직이 정착됐기 때문이죠. 아가씨는 지금 스무 살? 할아버지 얼굴을 한참 바라보았을 때는 몇 살이죠?"

"열두 살입니다."

"그럼 20-12=8로, 올해 1985-8=1977. 수술한 것이 1958년이니 1977-1958=19. 수술 후 19년이나 경과했어요. 그러니 자연스러워질 만도 하죠."

"아뇨. 할아버지와 같은 사단師團에 있었다고 하는 사람도 할아버지처럼 코가 없었어요. 코가 없어진 후 할아버지는 그 사람하고만 사진을 찍었어요. 그 사람도 다른 병원에서 같은 성형수술을 받았지만, 얼굴이 할아버지와 달랐어요. 선생님이 말씀하신 대로 수술 후 약 20년이나 지났으니, 물론 이식한 피부며 실리콘은 그 사람 얼굴에 자연스럽게 스며들어 많이 이상하다는 느낌이 없었습니다. 하지만 어딘지 이상했어요. 골격의 균형을 망가뜨리고 있다고 할까……. 눈알이 들어 있는 구멍 있잖아요, 그 사람은 그 구멍이 얕다고 할까, 눈 위의 뼈가 전혀 튀어나오지 않은 얼굴인데 코만 높이 솟아서 부자연스러웠고, 콧방울도 좌우 비대칭이고, 한쪽 뺨의 살은 왼쪽에 비해 부풀어 있었어요. 이건 명확히 수술을 집도한 의사의 실력 차이라고 생각합니다.

아시겠어요, 선생님? 선생님이라면 저 이상으로 잘 아실 거라고

생각합니다만, 외과의사나 치과의사, 성형외과의사는 의학 지식뿐
만 아니라, 천부적인 손재주가 요구되는 직업입니다. 게다가."

예술적 센스와 안전성을 깊이 고려하는 양심이 필요하다고 말을
계속한다.

"마담 가쓰라기를 만나 적이 있어요. 아시죠? 마담 가쓰라기.『월
광욕으로 다이어트』를 쓴 가쓰라기 씨요."

어느 나라의 황태자와 결혼했다가 이혼하고, 귀국 후에 출간한,
달밤에 산책하는 다이어트법 책과 사교술 책이 베스트셀러가 된 여
성이 가이코가 사는 마을에 강연하러 왔다고 한다.

"일개 여중생인 제가 마담 가쓰라기를 만날 수 있었던 것은 시골
마을에 살았기 때문이랍니다."

히노다마 촌이라는 곳은 JR 철도는 다니지 않고, Q현 Q시를 지
나는 JR 역에서 민영 전철을 두 번 갈아타고, 또 그 역에서 하루에
두 번밖에 다니지 않는 버스로 한 시간쯤 가야 하는 곳에 있는 작은
마을이다. 어느 날, 그곳에 마담이 와서 강연을 했다. 강연 후에는
기념 촬영을 했는데, 촌장과 마을의회 관련 사람들만으로는 아무래
도 폼이 나지 않았다. 그래서 앞머리에 '히노다마' 라는 이름이 붙
은 학교의 학생을 넣기로 했지만, 마을에는 대학교도 고등학교도
없었다. 그래서 중학교가 선택되었고, 마을에서 하나뿐인 중학교에
서 대표를 뽑기로 했고, 다이어트 책의 저자니 여학생이 좋을 거라
고 하여 뽑힌 가이코가, 강연 후 마담과 나란히 사진을 찍게 되었
다. '어린 숙녀가 마담 밀착 취재!' 라는 제목으로 마을신문에 기사가
실렸다. 가이코는 마담과 15분 분량의 질문과 응답을 주고받았다.

“그때, 전 마담의 얼굴을 가까이에서 보고 깜짝 놀랐어요. 피부가 바싹 당겨서 얼굴에 표정이 없는 거예요. 칼로 찢어놓은 것 같은 쌍꺼풀 선이 조명을 받아 번쩍번쩍 빛나고, 웃을 때면 눈꼬리의 주름이 세로로 생겼어요. 눈매뿐만 아니라 코는 더 이상했어요. 조명이 닿자 코만 빛의 반사율이 다른 부분의 피부와 확연히 다른 거예요. 정말 명백하게 달랐어요. 마치 코만 다른 데서 가져다가 풀로 붙여놓은 것처럼.”

“그건 아가씨, 실리콘이 안에 들어 있기 때문입니다.”

“네, 그래요. 선생님이 할아버지 코에 주입한 것과는 다르게, 마담의 집도의는 그 사람의 원래 얼굴 생김을 완전히 무시하고 한껏 코에 충진充塡한 거라고 생각해요. 그래 가지고는 코를 어딘가에 조금이라도 부딪히면 똑 부러질 위험이 있습니다. 실제로 요전에 〈의리 없는 싸움〉의 감독이 긴자의 호스티스 코를 뭉그러뜨려서 고소당한 사건이 있었잖아요?”

아사자쿠 겐지라는 감독이 긴자의 한 바에서 고주망태가 되어 비틀거리다, 일어서면서 갑자기 호스티스를 껴안는 꼴로 넘어졌다. 워낙 갑작스러운 일이라 호스티스도 비틀거리다 쓰러졌다. 그때 융비술(隆鼻術, 납작코를 콧날이 우뚝 서게 하는 수술―옮긴이)을 한 코가 테이블 모서리에 부딪히는 바람에 문자 그대로 똑 부러져서, 배상금을 요구한 사건이었다.

“위험해요. 아무리 얼굴을 파는 사람에게 한 수술이라고 해도, 안전성은 전혀 고려하지 않은 거잖아요. 그런 의사는 좋지 않다고 생각합니다.”

"그러나 아가씨, 어떤 수술을 할지, 어떤 코를 할지는 의사가 멋대로 정하는 게 아니랍니다. 그 무슨 마담인가 하는 사람의 얼굴과 아사쿠사 감독을 고소한 호스티스를 수술한 의사도, 혼자 멋대로 그런 얼굴로 한 게 아닐 겁니다. 본인들이 이렇게 해달라고 말한 얼굴로 해주었겠지요."

"아뇨. 히노다마 촌에 있던 시절이라면 선생님 말씀처럼 생각했을 테지만, 도쿄에 나온 후로는 미안하지만 그런 말씀을 믿을 수 없게 됐습니다."

오소네를 방문하고 싶었지만, 할아버지가 이미 세상을 떠났기 때문에 새로 바뀐 동네 이름이며 번지를 좀처럼 알 수가 없었다. 겨우 알아내어 편지를 썼으나 내원來院을 거절당했다. 그러는 동안 가이코는 다른 성형외과에 가게 되었다.

"병원을 열여섯 군데나 가보았답니다. 어디나 모두 너무하더군요. 수술 전에 의논을 하는 시간이란 게 고작 1분도 안 돼요. 특히 사카모토 성형외과. 이곳은 제가 의자에 앉자마자 바로 수술 날짜와 비용에 대해서 설명하고, 그걸로 끝. 제 얼굴조차 보지 않았어요. 원장의 책을 팔면서 자세한 건 그걸 읽어보라고. 초진료와 책값까지 뺏겼잖아요. 게다가 슈운 성형외과, 여기서는 덮어놓고 호통을 치더라구요."

수술할 때의 안전성이 역시 마음에 걸리는데요? 자기 차례가 되어 들어갔을 때 의자에 앉은 가이코가 이 한마디를 하는 순간, 의사가 소리를 질렀다. 그런 건 됐으니까 어디 수술하고 싶은지나 말해요! 눈? 코? 어디야! 시간 없으니 빨리 말해요!

"어찌나 큰 소리로 말하던지 주눅이 들어서 아무 말도 할 수가 없었어요. 무서워서 그대로 돌아왔죠. 더 심한 것은 아리아키 성형외과. 여기는 초진실을 커튼으로만 칸막이해놓아서 선생님과 환자(손님?)의 대화가 고스란히 다 들려서, 제 앞사람의 상담 내용을 들으며 간호사들이 깔깔거리고 웃었다지요."

아가씨는 왜 그렇게 뚱뚱해요? 뚱뚱한 건 체질이죠. 이런 뚱보는 지방흡입을 할 수밖에 없어요. 자, 어서 여기에 주소와 이름을 적어요. 깔깔깔.

"그 사람은 슬픈 듯이 부끄러운 듯이 눈물을 글썽이며 방에서 나왔습니다만, 웃음거리가 된 충격으로 멍해져 있는 걸 간호사가 억지로 수술실 쪽으로 데려갔어요. 그걸 보고 전 얼른 그 병원을 나왔답니다."

"……거참, 나로서는 귀를 의심할 만한 이야기인데……."

"정말 있었던 이야기입니다. 다른 병원도 다 거기서 거기였어요. 여러 곳에서 성형외과 광고가 나오지만, 실상 손님과 집도의 사이에 카운슬링이란 건 거의 없는 거나 다름없어요. 아니, 카운슬링 따위는 하지 않는다고 단언하는 게 실상을 더 잘 나타내는 표현이겠지요. 열여섯 군데의 병원에서 겪었던 일을 그대로 전하면 전할수록 사람들은 더 믿지 못할 거예요. 상대의 의향 따윈 전혀 듣지 않고, 알려고도 하지 않고, 어쨌든 '더 빨리, 더 많이'를 모토로 수술을 하고 있다구요. 그래서 저는 '계획'을 면밀하게 생각했습니다. 제 이야기에 귀를 의심한다고 말씀한 선생님이기 때문에 저는 꼭 수술을 부탁하고 싶은 거랍니다."

가이코는 기도를 할 때처럼 양손을 모으고, 오소네를 경배하듯이
바라본다.

"나를 그렇게까지 높이 사주는 건 영광이지만……."

신의 손이라는 소문은 사실로, 오소네의 성형수술 실력은 훌륭했
다. 오사카 만국박람회 전에는 전쟁이나 교통사고로 불운한 상흔을
입은 사람들에게 도움이 될 수 있다면 하는 기쁨도 적잖이 있었다.
그런데 만국박람회 이후로는 단순한 미용성형을 희망하는 환자가
늘어났다. 굳이 눈을 크게 할 필요가 없을 텐데, 굳이 코를 높게 할
필요가 없을 텐데, 하고 카운슬링을 할 때마다 생각했지만, 이야기
를 잘 들어보면 미용성형을 하고 싶어하는 내원자에게는 모두 나름
대로 이유가 있었다.

예를 들면, 어머니와 꼭 닮은 딸이 있었다. 어머니는 어느 날, 남
자와 야반도주를 했다. 아버지는 딸을 보는 게 고통스러워서 딸을
차갑게 대했다. 그 딸은 어머니를 닮아 가늘고 긴 외꺼풀 눈을 크고
쌍꺼풀진 큰 눈으로 바꾸고 싶다고 했다. 또, 아버지를 꼭 닮은 딸
이 있었다. 아버지는 주사가 심해서 술을 마시면 어머니에게 폭력
을 휘두르는 사람이었고, 어느 날 고주망태가 되어 계단에서 굴러
떨어져 죽었다. 딸은 어머니가 홀몸으로 곱게 키웠지만, 친척들이
아무 생각 없이 하는 "아빠랑 꼭 닮았네."라는 말이 싫어서 견딜 수
없었다. 그녀는 착한 어머니를 고생시킨 아버지가 너무 미웠다. 자
기가 그런 아버지를 닮았을 리가 없다. 아빠는 코가 들창코고, 술에
취하면 되지도 않는 말을 지껄였다. "선생님, 이 코를 좀 오뚝하게
해주세요." 그 아가씨는 말했다. 또 부모가 없는 한 아가씨는 고아

원에서 자랐는데, 그 일을 수치스럽게 생각하고 있었다. 고아란 처지가 자기에게 항상 남의 눈치를 살피는 비열한 행동을 하게 만드는 게 아닐까 두려워했다. 얼굴이 기품이 없다고 믿었다. "양갓집 아가씨 역이 잘 어울리는 이 배우 같은 얼굴이 되고 싶습니다." 그 아가씨는 말했다. 또, 소심한 소년 시절에 친구들의 협박으로 도둑질에 가담했다가 강도상해로 잡힌 남자. 교도소를 나온 후 병원을 찾은 그는 "새로운 사람이 되어 평범하더라도 제대로 된 생활을 하고 싶습니다." 하고 말했다.

그 아가씨도 청년도 절대 못생긴 얼굴이었던 건 아니다. 자신의 얼굴을 못생겼다고 생각한 것도 아니다. 다만, 자신의 얼굴을 싫어했고, 싫어하게 된 불행한 이유가 각자 나름대로 있었다. 그래서 오소네는 장시간을 카운슬링에 소비한 뒤, 그들의 타고난 골격에서 벗어나지 않도록 정말로 아주 약간의 수술을 베풀었다. 그걸로 그들이 자기 내부에 있는 음울함에 이별을 고할 수 있게 된다면, 미용성형은 반드시 나쁜 게 아니다. 오소네는 그렇게 생각했다.

"하지만 역시 내게는 비윤리에 가담했다고 하는 꺼림칙함이 남아 있었습니다. 그래서 미용성형을 그만둔 겁니다……. 게다가 무엇보다도 나는 이제 집도를 할 수 없어요. 이 사실을 알아주세요. 최근 1년 동안은 완전히 메스를 놓고 있습니다. 이 공백 때문에 집도는 더욱 불가능합니다."

"알고 있습니다. 그러니까 선생님은 수술 지도만 해주세요."

오소네가 인정한 성형의사를 소개하고, 그 인물에게 '계획'에 있는 수술 내용을 이해시킴과 동시에 수술에 입회해달라는 것이다.

"그런 의사 지인은 없습니다."

간판의 '내과' 글씨를 크게 한 의사와, 목요일과 금요일에 오는 '성형외과의사' 등 젊은 의사 지인이라면 몇 명 있다. 의사지만 자신도 몸이 좋지 않을 때가 있으니, 그럴 때 진료를 받기 위해 만나는 경우도 있다. 하지만 오소네는 의사협회와 관련된 친목 단체 행사에 일절 얼굴을 내밀지 않는 생활을 해왔다.

"전에는 나도 물론 의학연구회에는 출석했습니다. 하지만 친목회니 하는 건 영 체질에 맞지 않아서 계속 결석했죠. 젊은 내과의사에게 병원의 주요 업무를 맡긴 후로는 집에서 연구 논문이 발표된 의학잡지를 읽는 정도이지, 친구처럼 지내는 성형외과의사는 한 사람도 없습니다."

오소네는 가운을 벗고, 가이코에게 밖으로 나가라고 지시했다.

"나는 아가씨에게 카운슬링을 해주지 못했으니, 돈은 내지 않아도 됩니다. 하지만 만약 아가씨가 좋다면 잠깐 산책이라도 할까요?"

"저는 성형을 하려고 합니다. 그 생각이 바뀌는 일은 없을 건데요, 그래도 괜찮겠습니까?"

"흠. 여기서 얼마 안 떨어진 곳에 작은 공원이 있으니, 그곳을 걸을까요."

가이코의 질문에는 대답하지 않고, 오소네는 옷걸이에서 모자와 상의를 내렸다. 가이코도 일어섰다. 오소네의 키는 167센티미터. 가이코보다 2센티미터 작은데도, 그의 명치 높이에서 뻗어 있는 것처럼 보일 정도로 그녀의 다리는 길다. 하지만 가이코는 그 긴 다리로 종종거리며 오소네의 뒤를 따라왔다.

*

　스메미마 공원은 400미터 트랙의 운동장 정도 되는 넓이다. 중앙에는 분수와 잔디, 화단, 시소가 있다. 중앙을 둘러싸듯이 나무들이 심어져 있고, 나무들 사이에 좁은 길을 만들어놓았다. 그곳을 오소네와 가이코는 나란히 걸었다.

　식물은 봄의 따스함에 잎이 초록빛으로 반짝이고, 꽃이 향기롭게 피어나고 있다.

　"날씨가 좋네요."

　"날씨가 좋군요."

　두 사람은 같은 말을 하고, 식물에 달린 이름표도 보고, 시소를 타는 아이들도 보았다. 봄 햇살에 아이들 하얀 옷의 윤곽이 부옇게 흐려졌다. 화창한 오후다.

　"이 좁은 길을 빠른 걸음으로 세 바퀴 도는 것이 내 일과랍니다. 소나기가 쏟아지는 날은 쉽니다만."

　등도 곧고 치아도 탄탄한 오소네는 타고난 건강체로, 챙이 작은 흰색 모자, 흰색 양복이 잘 어울렸다.

　"회중시계를 갖고 다니시면 좋을 텐데."

　가이코가 시계를 차지 않은 오소네의 손을 쳐다보며 말했다. 그 손은 살이 없는 게 오히려 나이에 비해 정결해 보였다.

　"갖고 있었어요. 이제 세상을 떠났지만, 아내가 동혼식銅婚式 기념으로 산 걸 오랫동안 애용했죠."

　그리 비싼 물건은 아니었다. 신사라면 누구나 회중시계를 갖고 다니던 시절의 디자인을 모방한 싸구려였다. 오소네는 회중시계를 받았고, 아내에게는 머리핀을 사주었다.

"외국 이야기에, 젊고 가난한 부부가 시곗줄과 빗을 서로 선물한다는 게 있었죠. 그게 생각나서."

가이코에게 그 이야기를 하며 아내의 보석 상자를 떠올렸다.

"어느 온천지에서 산 조개껍데기가 박힌 네모난 상자인데, 경첩이 달린 뚜껑을 열면 거울이 붙어 있었죠. 그것이 아내의 보석 상자로, 라무네의 유리구슬(라무네라는 이름의 탄산음료는 병 입구가 유리구슬로 막혀 있다―옮긴이)이며 희한하게 생긴 책갈피 같은 걸 넣어두었죠. 거기에 핀도 넣어두었어요."

아내는 항상 머리를 짧게 잘라서 머리핀을 쓸 필요가 없었다.

"나는 그런 걸 전혀 눈치채지 못하고, 이게 좋겠지? 했더니 아내도 싫다고 하지 않아서 샀답니다. 아내는 '나중에 머리를 기를지도 모른다고 생각했어요' 라고 하더군요."

왜 자꾸 아내와의 일이 생각나고, 생각난 걸 가이코에게 가르쳐주는지 자신도 모르는 채,

"미치요라고 했지요."

아내의 이름을 말했다.

"무뚝뚝하다고 하는 사람도 많았습니다만……."

미치요의 수양어머니가 전남편과의 혼담을 결정했다. 술도 담배도 않고, 도박도 하지 않고, 우체국에 다니는 사람이니 이렇게 좋은 혼처가 없을 거라고 했던 결혼이지만, 그는 세상에 더할 수 없는 호색한이었다. 미치요와 결혼하기 전부터 관계를 끊지 않고 있던 여

자가 여러 명에다, 그중 한 사람과는 결혼 후에도 계속되었다. 그 여자와 헤어진 후에는 또 다른 여자를 만들고는, 미치요에게는 나가라고 말했다. 물론 오소네는 이 일은 가이코에게 말하지 않았다.

"그 사람은 항상 학생 같았죠. 우습지 않을 때는 조금도 웃지 않아요. 그래서 무뚝뚝하다고 생각하는 사람도 있었지만, 나하고 있을 때는 잘 웃었답니다."

"사이가 좋으셨군요."

"네."

아이가 없는 부부는 사이가 좋다고 하지만, 오소네와 아내는 싸움 한 번 하지 않았다.

"아내의 머리카락이 짧은데 머리핀을 선물할 만큼 눈치 없는 사람이라 그런지, 나로서는 전혀 짐작이 가질 않는군요. 마유무라 씨, 왜 당신 같은 사람이 성형을 하려는 건가요?"

오소네는 자갈돌이 깔린 좁은 길을 걸어가던 걸음을 우뚝 멈추며 말했다. 가이코도 옆에서 멈춘다.

"글쎄요……."

아주 잠깐 앞을 보더니, 이내,

"……복수일까요?"

라고 말하며 오소네 쪽을 보았다.

"복수?"

과장스럽게 그 말을 따라하고 나서 바로 오소네의 머리에 떠오른 것은 가이코가 훌쩍훌쩍 우는 모습이었다. 이것은 뭔가 로맨스가 있다. 로맨스를 상대에게 일방적으로 버림받아 그 상처가 가이코에게 성형을 생각하게 만들었다. 미추의 문제가 아니다. 상처가 깊은 나머지, 성형을 하는 것으로 과거의 로맨스를 추방, 혹은 망각, 삭제할 수 있다는 생각이 그녀에게 성형을 고집하게 만들었다. 이 성실한 의사는 그런 식으로 상상했다.

"남자입니까?"

오소네는 부정당하리란 건 예상도 못하고, 그러나 절대로 신중함을 잃지 않은 어조로 물었다.

"예? 뭐가요?"

가이코가 맑은 호박 같은 눈동자로 되물었을 때, 오소네는

"뭐라니요? 그 복수할 상대의 성별이……."

에서 당황했다.

"남자……."

가이코는 고개를 갸웃거린다. 시험지와 칠판에 적힌 문제를 앞에 두고 고개를 갸웃거리는 학생처럼 순진하게 갸웃거리고 있다.

"……신은 남자일까요?"

가이코는 몸 전체를 오소네 쪽으로 돌리며 물었다.

"……."

"키르케고르나 칸트 같은 훌륭한 사람들이 몇이나 신에 대한 책을 썼지만, 그 사람들은 그런 걸 쓰면서 분명 신을 남자라고 전제했던 것 같은데. 그런 생각이 드는 건 저 자신도 오늘날까지 그렇게 통용되어온 세상의 기억을 지니고 있기 때문인 걸까요? 신은 남자라는 전제를 이미 전제로 삼을 필요도 없을 만큼 자연스럽게 여기는 세계가 이어지면서 긴 세월에 걸쳐 먼지가 쌓이듯이 소리도 없이 덩

어리진 기억이 사람의 몸에 유전되어서, 그걸 저도 몸속에 있는 상자에 담아놓고 있기 때문인 걸까요? 상자. 호메오박스(homeobox, 진핵동물의 체절 결정이나 축 형성에 관여하는 유전자 중에서 공통적으로 찾아볼 수 있는 180 염기대로 이루어진 염기 배열—옮긴이). 미치요의 보석 상자. 조개껍데기가 박혀 있다.”

가이코는 마지막 부분은 그저 감각적인 멘트일 뿐으로, 오소네라는 상대를 무시한 말소리의 나열이 되게 내뱉은 뒤, 향불이 다 타서 떨어진 것처럼 입을 다물었다.

“당신은 신에게 복수를 하려고 성형을 한다는 건가요?”

“그렇게 물으신다면, 그렇답니다.”

참으로 태평스러운 말투여서 어디까지 진심인지, 아니, 너무나 진심이기 때문에 군더더기가 여과되어 태평스러운 말투가 된 건지, 아니면 단순히 멍청해서 어디까지가 진심인지 알기 힘든 태평스러움인지 판단하기 힘들었다.

“어째서 신은 나를 아름답게 세상에 내보내주지 않았을까 하는 원망에 따른 복수.”

오소네는 가이코의 말에 새삼 깜짝 놀랐다. 그럼 이 아가씨는 자신이 추하기 때문에 신을 원망하고, 복수를 생각하고 있다는 건가?

“선생님, 저는 더러운 인간이에요.”

건강하기만 하면 행복하다. 그 행복을 날마다 신에게 감사한다. 그것이 기품이고, 고상함이라는 것이다. 가이코는 그렇게 말했다.

“고상한 사람들을 생각하면, 제 몸의 더러움이 부끄러워요. 아무리 추녀로 태어났다고 해도, 건강하니까 신에게 감사해야 한다. 어릴 때부터 아무리 제 자신에게 충고를 해도, 시커멓고 탐욕스러운 미련을 끊을 수 없어요. 성형수술이라는 수단을 사용하면, 나는 추녀라고 하는 이 상태에서 벗어날 수 있지 않을까? 탐욕스럽게도 그렇게 매달리게 돼요."

"그러나, 아가씨……."

당신은 왜 자기가 못생겼다고 생각하는지? 오소네는 도저히 물을 수가 없었다. 왜라고 생각하기 전에 그 자신이 혼란스럽다. 가이코는 한 점의 거리낌도 없이라는 표현은 이상하지만, 정말로 한 점의 거리낌도 없이 자신은 못생겼다고 믿고 있다. 그것이 그를 혼란스럽게 한다.

(어쩌면…….)

가이코가 자신의 용모에 대해 언급하는 부분 이외에 그녀가 하는 말은 폭포수로 때리는 것처럼 정곡을 찌른다. 흔들림이 없을 정도로 너무 바르다. 그래서 오소네는 가이코가 자신을 못생겼다고 말하는 것도 그다지 이상하지 않게 느껴지기 시작했다.

(……어쩌면 내가 이 아가씨를 아름답다고 생각하는 것이 잘못이고, 내 시신경이 노쇠하여 대상을 정확하게 보지 못하는 것일지도 몰라…….)

무늬가 아름다운 나비가 잔디 위를 날고 있다. 아이가 나비를 좇아다니며 귀엽게 소리를 지른다. 어머니가 아이에게로 좇아가고, 나무 시소가 삐걱삐걱 소리를 낸다.

오소네는 손수건으로 눈을 닦고, 가이코에게서 대여섯 걸음 떨어져서 그녀를 다시 본다. 저건 뭐라고 하는 이름의 옷일까? 운동선수가 휴식 시간에 걸치는 것 같은, 목이 동그랗게 파인 헐렁한 면 셔츠. 알파벳이 염색되어 있다. NIKE. 니케? 원래는 승리의 여신 이름이지만, 회사 이름인가? 같은 이름의 운동화도 신고 있네. 바지에는 주머니가 잔뜩 달려 있다. 그러고 보니 이 아가씨, 가방을 들고 있지 않네. 가방도 들지 않고 외출하는 아가씨. 바지에 저렇게 많은 주머니가 있으니 가방은 필요 없으려나.

감색 니트에 국방색 바지. 흰색 니케 신발.

(좋은 집 자제다운 차림.)

오소네는 그 차림이 주는 강한 느낌의 청결감을 그렇게 형용했다.

(나이 탓에 귀는 좀 멀어졌다는 걸 자각하지만, 사람의 얼굴은 아직 제대로 보인다고.)

오소네가 손수건을 양복 주머니에 넣었을 때다. 드르르륵 하고 큰 소리를 내며 젊은 남자가 앞쪽에서 왔다. 롤러스케이트를 타고 있다. 자갈돌이 깔린 좁은 길에는 어울리지 않는 운동이다. 가이코는 그와 부딪히는 걸 피하느라 좁은 길에서 잔디 쪽으로 내려섰다.

남자는 오소네 앞까지 왔을 즈음 멈춰 서서, 스케이트를 벗고 맨발로 나무와 나무 사이를 빠져나가 건너편에 있는 등나무 쪽으로 갔다. 역시 여긴 안 돼. 일행인 듯한 다른 남자에게 말하고 있다. 그러니까 내가 뭐랬어, 바보야. 관두자고. 총 세 명의 남자가 벤치에 앉았다. 등나무 아래 벤치가 있다.

오소네는 가이코에게 손을 흔들며 자신들도 벤치에 앉자고 제안했다.

ㄷ자 모양으로 자리잡은 벤치 한쪽에 가이코와 오소네가 앉아 있

자, 롤러스케이트를 타지 않은 남자가 오소네 앞에 와서 섰다. 빨간 야구모자를 쓰고 있다.

"죄송합니다. 불 있습니까?"

담배를 손가락에 끼우고 오소네에게 묻는다.

"아, 성냥이 어딘가……."

오소네는 양복 주머니를 뒤졌지만, 손가락은 갖고 있다고 생각했던 그것을 찾지 못한다.

"라이터 있어요."

가이코가 먼저 남자에게 건넸다.

"아, 고맙습니다."

빨간 모자의 남자는 흘끗 가이코를 보면서, 라이터를 받아들어 담배에 불을 붙이고 나서 돌려주었다. 가이코는 돌려받은 라이터를 주머니에 넣었다.

"전에요, 시미즈에게 2000엔짜리 라이터를 사주었는데, 왜 제가 사줘야 하는 건지 이해가 안 갔어요."

남자 동기가 "사줘, 사줘." 하고 졸라서 2000엔 빌려주는 셈치고 사주었다고 한다.

"2000엔은 안 돌아왔어요. 그 훨씬 전에는, 나카이하고 고바야시하고 셋이서 꼬치구이집에 갔는데요. "사줘, 사줘." 졸라서 사줬어요. 항상 셋이서 꼬치구이집에 가는 건 아니고요. 처음이었어요. 평소 별로 말이 없던 두 사람이 어쩐 일로 제게로 오더니, "꼬치구이집에 가자, 사줘, 사줘." 해서 사주었어요. 꼬치구이집을 나온 뒤에는 던킨 도넛도 사주었어요. 비싼 꼬치구이집이어서 저는 거의 먹지도 마시지도 않았는데 3만 엔이나 나왔더군요. 돈이 없어서 네 차례에 걸쳐 계산했지요. 그 후 나카이, 고바야시와 어딘가에 간 적은 없어요. 저번에 네가 사줬으니 이번에 내가 살게, 하고 말을 걸어오는 일도 없었어요. 훨씬 전에는 학교 식당에서 카레도 사줬어요. 저는 항상 사주게만 돼요. 왠지 모르겠어요. 상대가 돈이 궁한 거라면 제가 살 수 있는 범위에서 사줄 수도 있지만, 절대 돈에 궁한 게 아닌 남자가 사달라고 해요. 저는 그게 너무 힘들어요. 돈 문제가 아니에요. 나카이도 고바야시도 고맙다느니 잘 먹었다느니 이런 말을 해주지 않는 게 괴로웠어요. 얻어먹는 게 당연하다는 얼굴을 볼 때, 참을 수 없이 괴로웠어요. 그런데 '나는 그럼 인사를 기대하고 있었던가?' 하는 생각이 들어 또 괴로운 거예요. 오자키는 제가 한 살 위니까 사달라고 했어요. 사회인인 가마다 씨는 저보다 열 살 연상이지만, 전에 제가 얻어먹은 적도 없는데 여자들은 항상 얻어먹기만 한다고 투덜거려서 제가 샀어요. 그 달은 경제적으로 정말 힘들었죠. 저는 언제나 사주게만 되는 거예요. 그러는 건 분명 제게 뭔가 결함이 있는 거라고 생각해요."

가이코의 이야기는 뜻밖이었다. 그러나 뜻밖이긴 했지만, 어떤 주제를 가지고 이야기하고 있었다. 식사값을 지불하는 행위 뒤에 숨은 가이코의 의심할 여지없는 자기 비하. 달리 생각할 것 없이 그녀는 자기를 못생긴 여자라고 여기고 있다. 오소네는 가이코가 지금 자신에게 들려준 불만은 남자 입으로밖에 들은 적이 없다. 가끔 남자에게 물건과 돈을 바치는 여자가 있지만, 그런 여자는 절대 가이코처럼 투덜거리지 않는다. 내가 이렇게 정성을 다하는데 말이에요. 나는 이렇게 정성을 다하고 있다고요. 갖다 바치는 여자들은 이런 유의 말을 한다. 갖다 바치는 여자들을 비웃고 혐오할 자유가 누군가에게 있음과 동시에, 그녀들에게도 도취의 기쁨에 빠질 자유가 있다. 하지만 남자 같은 가이코의 투덜거림은 오소네를 침묵하게 만들었다.

"아가씨는 부잣집 따님으로 보여요. 모두 당신을 부자라고 생각해서 얻어먹으려는 겁니다."

오소네는 잠깐 동안에 떠올린 위로의 말을 전했다.

"오늘은 고마웠습니다."

가이코는 오소네의 위로를 건성으로 들었다.

"아뇨, 나야말로 같이 산책해주어서 고마워요."

"신은 뱀과 여자에게 말했어요. '나는 너를 여자와 원수가 되게 하리라.' 라고. 저 이제 돌아가겠습니다. 그렇지만 선생님, 말씀드린 대로 저는 수술이라는 수단을 버릴 수 없어요. 부디 우수하고 실력 있는 의사 소개하는 걸 다시 생각해주세요."

가이코는 또 편지 쓰겠습니다, 하고 허리를 깊숙이 숙여 인사하고 공원을 떠나갔다.

남겨진 오소네는 여전히 구름을 잡는 듯한 심정으로 작아져가는 가이코의 뒷모습을 보았다. 헐렁한 옷을 걸쳐도 그녀의 꼿꼿한 등뼈 선은 숨을 삼킬 정도로 아름답다.

(저건 환상 따위가 아니었어. 착시가 아니었어.)

진료실에서 본 눈부신 나신. 왜 그녀가 청춘을 누리지 못하는지 모르겠다. 가이코의 모습이 공원에서 완전히 사라지자, 오소네는 세 남자가 앉아 있는 쪽으로 다가갔다. 세 사람은 똑같이 야구모자를 쓰고 있다. 빨강, 파랑, 노랑.

"스케이트는 나도 고교 시절에 배웠죠. 그리고 롤러도 곧잘 탔죠. 스포츠는 뭐든 좋아해서요."

오소네가 그렇게 말하자, 세 사람은 한층 친근한 태도를 보였다. 거기서 오소네는 라이터를 빌려준 빨간 모자의 남자에게 물었다.

"그렇지. 아까 저 아가씨 봤죠?"

빨간 모자는 무슨 말인가 하는 표정을 잠시 지었으나,

"봤는데요. 손녀?"

가볍게 대답했다.

"아뇨, 여기서 우연히 만났어요. 그러니까 솔직하게 말해주었으면 하는데, 여러분들, 그 아가씨 어떻게 생각해요?"

"어떻게 생각하다니요, 그게 무슨 말씀이죠?"

빨간 모자가 웃으며, 파란 모자와 노란 모자 두 사람과도 자기에게 던져진 질문을 공유하려는 듯 그들 쪽을 보며 "어떻게 생각하다니, 뭘?" 하고 한 번 더 웃는다.

"예쁘다고 생각하나요?"

오소네가 질문의 범위를 좁히자, 세 사람은 큰 소리로 웃었다.

"아이, 그건 아니죠."

"그건 아니라니요?"

"할아버지, 그 아가씨 정말로 손녀 아니죠? 정말이죠?"

"예, 무관한 사람입니다."

내 감각이 이상한 건가 걱정이 되어 당신들에게 묻고 있다는 말

은 하지 않고,

"저어, 요즘 젊은 사람들하고 이야기하는 걸 좋아해서 말이죠. 그래서 그냥 한번……."

말끝을 흐렸다.

"아, 그래요. 그렇다면 솔직한 의견을 말하겠는데요. 그 아가씨는 예쁘다고 할 정도는 아니던데요. 그지?"

빨간 모자는 다른 두 사람에게 동의를 구한다.

"응. 문제 밖이라는 느낌이야."

"문제 밖? 문제가 되지 않을 만큼 못생겼다는 건가요?"

"아뇨, 그런 게 아니라 문제 밖. 예쁘니 예쁘지 않니로 생각하기 전의 이야기. 대상 외랄까, 논외랄까. 어쨌든 그런 것과는 다른 아가씨던데요."

"그런가요. 내 눈엔 반듯한 얼굴로 보였는데……."

"할아버지, 그 안경 도수 새로 맞추는 게 좋겠어요. 말도 안 돼요. 그게 반듯한 얼굴이나 예쁜 얼굴로 보인다면."

"……. 양갓집 아가씨다운 품위가 있지 않던가요?"

"예? 양갓집 아가씨라면 이른바 '있는 집 아가씨'라는 말? 그건 아니지 않아요? 있는 집 아가씨들은 말이죠, 샤넬이나 구치 같은 걸 들고 다니잖아요. 안 그러냐?"

"맞아. 카고 바지 따위 안 입어."

"입을 때도 있지 않을까? 그런 옷이라도 말이야, 뭐랄까, 품위가 있다고 할까. 세련되고 자연스러운 분위기가 돌아, 있는 집 아가씨들은."

"그야 네 취향이겠지."

빨간 모자, 노란 모자, 파란 모자는 천진난만하게 웃고, 오소네는 진지하게 스케이트를 바라보았다.

"잠깐, 그 스케이트, 나 한번 타봐도 될까요?"

1923년생 의학박사 오소네 미카에는 자기의 뇌와 시신경이 망령이 난 건지 시험해보고 싶었다.

"예? 할아버지가 탄다고요? 관두는 편이 좋을걸요."

빨강 파랑 노랑은 입을 모아 말렸지만, 오소네는 타다가 다쳐서 죽어도 좋다고까지 말했다. 그러자 겉모습만 아프레게르(après-guerre, 제2차대전 후 자유분방하게 행동하고 무책임하던 젊은이들. 또는 그러한 경향—옮긴이)할 뿐, 건전함과 착함이 배어 나오는 세 사람은 오소네가 다치지 않을까 하는 불안보다 흥미가 앞섰다.

"정 그렇게 말씀하신다면."

발 몇인데요? 260. 그럼 내 스케이트가 맞겠네. 빨강 파랑 노랑은 오소네 앞에 롤러스케이트를 놓고, 끈 묶는 법, 타기에 적당한 장소, 균형 잡는 요령 등을 가르쳐주었다. 오소네는 오소네대로 젊은 시절에는 빙상 스케이트를 잘 탔다, 사격도 탁구도 해서 반사 신경과 시신경에는 자신이 있다고 대답했다. 예엣, 성형외과의사라고요? 블랙잭(천재 외과의사가 주인공인 데즈카 오사무의 만화 제목—옮긴이)이다. 블랙잭? 트럼프 아닌가? 아뇨, 그 블랙잭이 아니고요. 대기실에 있는 걸 종종 읽어서 알고 있다. 일부러 능청을 떨었다. 하하하, 할아버지, 재미있는 사람이네요. 오소네는 모자들과 가벼우면서도 부드러운 대화를 주고받은 후, 분수 앞에 섰다.

"여기라면 산책길처럼 자갈돌이 울퉁불퉁하지 않아서 타기 쉬울 거예요."

파란 모자는 "그런데 정말 괜찮아요?" 하고, 롤러스케이트 끈을 묶는 오소네를 내려다보며 걱정스러워했다. 하지만 오소네는 처음에는 몇 번 넘어지기도 하고, "앗, 위험해!" 하고 보고 있는 사람을 조마조마하게 했지만, 예전에 빙상 스케이트, 사격, 탁구 등 반사 신경과 스피드와 균형 감각을 요하는 운동이 특기였다는 추억담에 걸맞게 몇 번의 실수 끝에 분수를 돌아 꽃밭 주위로 매끄럽게 롤러스케이트를 타기 시작했다. 정석대로 미끄러져 달리는 것뿐만 아니라, 휙 돌아서서 아라베스크, 시소를 상대로 파드되 포즈도 취했다. 빨강 파랑 노랑 젊은 모자 셋이 눈을 동그랗게 뜬 것은 공원에 아이들이 놀다가 내버려둔 플라스틱 모형 기차, 그 원색의 장애물을 얍 하는 기합 소리도 용감하게 오소네가 가볍게 뛰어넘어 부드럽게 분수 아래로 되돌아왔을 때다.

"이야, 굉장하시네요."

다시 봤어요. 굉장해요. 휘익휘익 휘파람으로 환호를 보내며, 빨강 파랑 노랑의 모자는 오소네의 어깨를 두들겼다.

'아직 망령은 들지 않았구나.'

1923년. 태어난 해의 숫자로 싱싱함을 판정할 수는 없다. 젊음은 판정할 수 있겠지만, 젊다는 것과 싱싱하다는 것은 다르다.

"그런데 자네들은 어떤 여자를 좋아하는가?"

여기서 만약 오소네가 '자네들은 로사나 포데스타 같은 사람은 어떤가?' 하고 묻는다면 오소네는 싱싱하지 않다. 1950년대에 인기

절정이었던 여배우 이름을 끄집어내는 것이 싱싱하지 않은 게 아니다. 질문받는 상대가 영화 마니아라면 그 이름을 거론하는 게 이상하지 않겠지만, 빨간 모자, 파란 모자, 노란 모자는 영화 마니아가 아니다. 거리를 두고 상황을 바라볼 줄 아는 유연함이 싱싱함이다. 그래서 싱싱함과 성숙함이라는 말은 닮았으며, 어린 것과 늙어빠진 것도 닮았다.

"GLAY와 LUNA SEA도 구별 못해요, 아저씨?" 이렇게 말하는 자와, "'자왈子曰, 도지이정道之以政, 제지이형齊之以刑, 민원이무치民免而無恥.' 도 읽지 못하다니 한심해."라고 말하는 자는 같다. 오소네는 세 청년에게는 막연하게 묻는 것이 좋겠다고 신중히 생각한 뒤에 결론을 내리는 싱싱함이 있었다.

"좋아하는 타입? 할아버지, 아까부터 꽤 그런 것에 연연하시네요."

멋진 스케이트 연기 덕분에 세 사람은 오소네에게 완전히 반했다.

"실은 우리 좀 골치 아픈 관계거든요."

빨간 모자는 골치 아픈 관계를 길게 설명했다.

"셋 다 형편없지만, 이 녀석하고 저하고는 고등학교도 학원도 같이 다녔는데 백수가 되고, 이 녀석은 고등학교가 달랐지만 밴드를 할 때 알바를 하던 이 녀석과 알게 되었고, 근데 나도 밴드를 다시 하기로 했더니 하필 그때 이 녀석이 취직을 하기로 결정해서……"

그는 오소네가 전혀 들은 적 없는 고유명사와 형용사를 몇 개나 언급하면서, 시제와 주어는 생략이 많았다. 하지만 의미는 대충 알아들었다. 그러니까 세 사람은 동년배이며, 그중 두 사람이 한때 같은 학교를 다녔다. 지금은 세 사람 다 학교도 직장도 다르다. 그러나 음악이란 취미를 통해 서로 알게 되어 같은 아가씨를 마음에 두고 있는데, 각자 은밀히 접근한 결과 아가씨는 파란 모자를 선택한 모양이다. 그런데 파란 모자는 확신을 가질 수 없다. 이런 간단한 상황 같았다.

"흐음, 아가씨가 예쁜가?"

"무슨 말씀이세요? 그건 당연하잖아요. 뭐니 뭐니 해도 남자는 미인을 좋아하는 법이죠."

파랑을 대신하여 노랑이 단언한다. 오소네는 가이코보다 예쁜 아가씨를 상상했다. 그녀보다 예쁘다면, 미발견된 헬레니즘 조각의 여신이거나 화재로 소실된 르네상스 회화의 황녀이거나, 혹은 다른 별 사람이거나, 일상생활에서 완전히 일탈한 것, 뭔가 그런 것으로밖에는 상상할 수 없다.

"미인? 어떤 미인일까?"

오소네는 그 미인에게 선택받았다고 하는 파란 모자에게 묻는다. 세 사람의 눈에 가이코가 미인으로 비치지 않았던 건 분명 차림새 탓이리라. 그들은 가이코의 얼굴까지 볼 시간이 없었을 것이다. 남자처럼 헐렁한 운동복 차림의 셔츠와 바지를 입고 있었다. 머리도 짧고, 화장기도 없다. 스케이트에 몰두해 있던 중에 그런 차림의 가이코를 만났으니 미처 아름다움까지 감상하진 못했을 것이다. 세 사람은 아직 젊어서 포장된 미인밖에 볼 줄 모른다.

"어떤 미인이라니요…… 마침 지금 만나러 가는데, 할아버지 같이 가실래요?"

파란 모자가 농담으로 한 말이었는데,

"아, 그거 좋네. 이 할아버지와 함께 만나는 것도 꽤 재미있을 것 같아."

노랑과 빨강이 오소네를 동반한 데이트를 권했다. 세 사람이 있을 때 그중 한 명이 먼 존재라면 나머지 두 사람은 서로가 가까운 존재라는 걸 강하게 느낀다. 노란 모자는 심리학 책에 그렇게 쓰여 있더라고 말했다.

"이 할아버지라면 최적이야. 설마 할아버지하고 그녀가 눈이 맞을 리도 없고 말이야. 할아버지도 좋죠?"

"좋고말고. 함께 가고 싶네요. 식사를 한다면 내가 식사값을 내도록 하죠."

오소네는 미인을 꼭 보고 싶었다. 아름답게 포장된 미인을 본다. 그리고 파란 모자에게 '자네 아직 어리군. 포장을 했건 안 했건 미인은 미인인데, 그걸 알아보지 못하면 미인을 얻을 수 없다네' 하고 가르쳐주고 싶었다. 실제로 말은 하지 않더라도, 그의 옆에서 그런 생각을 하는 것만으로 선배가 된 기분이 든다. 그리고 옆에서 그런 생각을 하는 것만으로도 선배라는 기분이 드는 자신의 천진함에 즐거워하다가, 이내 아직도 한창이라고 느낄 시간을 기대하고 있다는 사실에 자신이 늙었다는 걸 느꼈다. 조금은 슬펐지만, 오소네는 그 슬픔 역시 받아들일 수 있는 싱싱함이 있었다.

*

새로 지은 넓은 호텔이었다. 실내는 콜로니얼 양식이었고, 테이블과 테이블 사이의 공간을 여유롭게 둔 식당에 의자의 등받이는 등나무로 짜여 있다. 새로운 건축 자재로 만든 고전풍의 프랑스 창은 바람이 불어도 달그락 소리도 나지 않는 기능성이 있어서 그 모양에 걸맞지 않았다. 하지만 창 너머 베란다에 장식된 현대 조각의 기하학적인 모양이 창가 전체에서 풍기는 짝퉁 고전의 분위기를 지우고 있었다. 창가는 석양의 오렌지색으로 가득하고, 여기저기의 테이블에서 떠도는 음식 냄새는 오소네와 파란 모자의 콧구멍에 부드럽게 들어온다.

파란 모자는 이름이 하나이 아다라고 했다. 아다는 오소네를 차에 태워 이 호텔까지 데리고 왔다. 차가 출발하기 전에 오소네는 반 시간 정도 차 안에서 아다가 몸치장하고 오는 걸 기다려야 했다. "죄송합니다, 기다리시게 해서." 폴로셔츠와 차분한 색깔의 마드라스 체크 바지로 갈아입고 온 아다는, 오소네와 단둘이 있게 되자 굳이 아프레게르를 주장할 필요가 없어진 탓인지, 아니면 시간이 지날수록 오소네에게 친숙해진 탓인지 온후하게 자란 절도 있는 청년의 말투가 되어 있었다. 호텔에 도착할 때까지 운전을 하는 동안에 그는 말투 변화에 따라 행동도 변해갔다. 변했다기보다 원래대로 돌아간 것이리라. 오소네는 그렇게 느꼈다. 아가씨를 기다리는 동안 약간 긴장한 표정도 역시 자연스러운 청년의 것이다.

"굉장히 미인이랍니다. 이런 표현밖에 못하지만, 이렇게 표현할 수밖에 없답니다. 호리 다쓰오의 소설에 나오는 그런 느낌이에요."

아다는 문학부 학생이었다. 오소네는 그의 표현을 듣고 그가 가이코의 아름다움을 느끼지 못한 것은 취향의 차이도 있겠다고 생각했다. 가이코의 아름다움은 동적動的이다. 아다는 정적靜的인 미인을 좋아할 것이다.

"나까지 두근거리네. 죽은 아내와의 신혼 때가 생각나."

오소네는 이제나저제나 하고 시나노오이와케 고원의 별장에서 시집을 읽고 있을 것 같은 아가씨의 등장을 기다렸다.

"늦어서 미안해."

오소네의 등 뒤에서 소리가 났다. 바로 돌아보는 것은 실례다. 오소네는 얼굴을 아다 쪽으로 향하고 있었다. "아, 괜찮아." 아다는 일어서서 오소네를 사이에 두고, 오소네를 데리고 온 것을 고원의 아가씨에게 설명했다. 오소네는 아다의 백부의 지인이며, 둘은 우연히 호텔에서 만난 것으로 하기로 했다. "어머나, 그러세요. 역시 셋이서 식사를 하는 게 즐겁죠." 고원의 아가씨는 순순히 오소네의 합석을 받아들였다.

"처음 뵙겠습니다. 모치즈키 아베코입니다."

"처음……."

자기 앞에 선 아베코에게, 처음 뵙겠습니다, 하고 오소네도 말하려고 하다 숨을 삼켰다.

(이건 호박이잖아…… 어떡하면 좋지…… 대체 어떻게 된 거지…….)

공원에서, 또 지금까지의 드라이브에서 줄곧 신세대 젊은이와 이야기하던 오소네는 '호박'이라는 그에게는 익숙하지 않은 말을 마치 롤러스케이트 타듯 매끄럽게 토했다(마음속으로).

"……뵙겠습니다."

오소네는 갑자기 코드를 뽑아버린 레코드 같은 발성으로 다음 인사를 간신히 마친 후 털썩 의자에 주저앉았다.

(어떻게 해야…… 나는 어떻게 해야 좋을까…….)

아베코의 용모가 오소네의 허리뼈를 아프게 할 만큼 이상했던 건 아니다. 귀엽네 하는 만능어萬能語. 논점을 영구히 비켜갈 수 있는 그 단어를 사용한다면, 오소네 앞에 앉은 여자는 귀여운 얼굴이다. 보기 흉한 얼굴은 아니다. 못생겼다, 추녀다, 웃기게 생겼다, 어떤 표현도 아베코의 얼굴에는 맞지 않는다. 호박. 호박, 이것이 제일 적당하다. 그리고 오소네는 아베코가 너무 못생겨서 충격받은 게 아니라, 이 얼굴에서 세츠코(하라 세츠코原節子, '영원한 처녀'로 불리는 일본의 여배우—옮긴이)를 연상하는 아다의 시신경에 충격을 받은 것이다.

(대체 이 남자는 어떤 교육을 받은 거지. 어떤 예의범절을 배운 거냐.)

부모의 얼굴이 보고 싶다는 생각, 전후戰後 교육의 문제점이 여기 있다는 우려조차 들었다.

"아베코 씨와는 홋카이도에서 만났답니다. 홋카이도에 사는 여대생이죠. 그런데 연휴 중에 도쿄에 와주어서……"

아다는 상반신을 비비 꼬면서 오소네에게 만나게 된 계기를 들려준다.

"프랑스 문학이 전공이래요. 저도 교양을 마치면 프랑스 문학을 할 생각이라 이야기가 잘 맞아서……"

아다는 오드볼에 나이프와 포크를 가져가면서 오소네에게 설명한다. 프랑스 문학 전공. 지금까지 오소네는 일본인의 프랑스에 대한 '맹목적인 찬양'이라고 할 정도의 바보 같은 신봉을 경멸해왔다. 하지만 오늘 저녁만큼은,

(뭐, 이 호박이 프랑스어를?)

이라고 생각하게 된다. 경멸하면서도 자기 속에 은연중에 프랑스를 찬양하는 마음이 있었다는 걸 알고 맥이 빠졌다.

(프랑스 물이 드는 건 미남미녀라야 용서되는 일이지.)

아베코는 프랑스 물이 든 게 아니다. 프랑스 문학을 전공하고 있을 뿐이다. 아무 잘못도 없다. 그런데 프랑스 물이 들어 보이는 것은, 그것은 아베코가 호박이기 때문이다. 전공뿐만이 아니다. 이날, 아베코가 입고 있는 옅은 색의 보드라운 옷도, 식사 중에 불필요하게 머리카락을 쓸어 올리는 행동도, 아다가 무슨 질문을 할 때마다 "글쎄요." 하고 모호하게 대답하는 밋밋한 대화도, 음식을 아주 조금씩만 입에 넣고 맛없게 먹는 것도, 우스운 농담에나 별로 우습지 않은 농담에나 항상 손수건으로 입을 가리며 이가 약간 보이는 정도로만 웃는 법도, '손수건'을 '돈두곤'이라고 발음할 것 같은 그 천을 드는 법도, 포크를 들고 내리고, 고개를 갸웃거리는 법도, 하나부터 열까지 마음에 들지 않았다. 아베코에게서 발산되는, 눈에 보이지 않지만, 어떤 냄새를 확 풍기는 미립자가 불결하다. 마치 하얀 분가루가 잘못하여 떨어진 캐비어를 먹었을 때 콧구멍에 풍겨 오는 냄새처럼. 아베코는 그런 것을 풍기고 있다. 스멀스멀 밀려오는 희미한 불결감. 그래서 오소네는 아베코를 호박이라고 생각하는 것이다. 그러나,

"청순한 색기랄까, 그게 말할 수 없이…… 에헤헤, 그렇게 생각하지 않으세요?"

아다는 오소네에게 귓속말로 살짝 말한다. 청순한 색기. 이런 게 존재할 것인가. 그건 따뜻한 북극. 단맛 나는 소금. 부드러운 다이아몬드. 흰 피. 정직한 거짓말. 이렇게 말하는 거나 다름없다.

(청순한 색기니 하는 이상한 표현이 은근한 불결감을 가리키는 시대가 된 건가.)

놀란 오소네 옆에서 아다와 아베코는 태연하게 대화를 나눈다.

"이 호텔은 4월에 막 오픈했어."

"응. 멋있네."

"아베코는 프랑스 요리를 좋아할 것 같아서 말이야. 요즘은 이탈리아 식당에 눌려서 프랑스 요리를 하는 곳이 드물더라고."

"응."

이야기를 한다기보다 침묵이 되지 않도록 소리만 내고 있다. 응. 글쎄. 그러게. 흐음. 응. 글쎄. 그러게. 흐음. 이것을 반복할 뿐.

"그러나 프랑스 요리로 하길 잘했지?"

"응."

"삿포로도 역시 프랑스 음식이 이탈리아 음식에 눌리는 기미인가?"

"글쎄."

"그렇지만 이탈리아 음식은 집에서도 만들 수 있는 거니까. 나, 실은 아라비아타 잘 만들어."

"어머나."

“그렇지만 이탈리아도 북부 쪽으로 가면 맛도 달라지고, 주민들의 느낌도 남부와는 다른 것 같아. 파리와 프랑스인을 따로 생각할 수 없는 것처럼.”

“흐음.”

이하동문으로, 응. 글쎄. 그러게. 흐음이다. 오소네는 잠자코 요리를 먹었다.

“맛있지?”

“응.”

아니, 맛없다. 오소네는 마음속으로 말했다. 두 사람은 정말로 요리에 만족하는지, 아니면 서로에게 보내는 연애 감정에 긴장하여 맛을 볼 여유가 없는 건지, 이 호텔 레스토랑의 요리는 인테리어에 비해 맛이 없었다. 포타주 수프는 옥수수의 끈적거림이 목에 남고, 샐러드는 양상추뿐으로 비타민 C는 미량, 비타민 A는 기대할 수 없는 데다, 콜레스테롤이 높은 드레싱을 너무 많이 뿌렸고, 지방을 잔뜩 모아놓은 푸아그라가 이미 느끼한데 거기에 크림소스라니 크림소스는 버터로 만든 거다. 맛없다. 하지만 두 사람은 오소네를 더욱 놀라게 했다.

“이곳 요리는 모두 담백하죠.”

“정말.”

천진스럽게 오소네에게 동의를 구한다.

“뭐?”

오소네는 할 수 없이 이의를 제기했지만, 또 두 사람은 애들처럼 말한다.

“독특한 향이 없어서 담백해요.”

“네, 정말요.”

오소네는 향이 강한 야채를 쓰지 않는다는 게 담백하다는 의미로 시대와 함께 변화했음을 오늘 알았다.

(너도 아직 어리구나.)

오소네는 드라이브를 하는 동안 슬프게도 기대했던 ‘요즘 젊은이에게 가르칠’ 마음을 잃었다. 오소네는 우타마로(기타가와 우타마로 喜多川歌麿, 일본 판화의 대가—옮긴이)와 모로노부(히시카와 모로노부菱川師宣, 일본 판화의 대가—옮긴이)의 작품에서 그 색채와 분위기는 예쁘다고 생각해도 그들이 그린 여자의 얼굴 형상과 실루엣을 아름답다고 생각한 적은 없었다. 한데 아베코는 우타마로나 모로노부의 그림에서 맵시와 분위기를 모두 제거하고, 그저 형상만 꼭 닮은 얼굴을 하고 있다.

(나는 벌써 한 바퀴 빨리 늙은 건가.)

그래서 오소네는 생각했다. 스커트의 길이와 넥타이의 폭은 유행이 행성처럼 주기적으로 돈다. 메이지유신 이후의 미술 교육은 서양 미술에 편중되었다. 태평양전쟁을 거쳐서 고도 성장기부터 오사카 만국박람회의 성황과 쓰쿠바 박람회의 실패를 거쳐 엔m이 세계에 알려진 현재, 미술 교육도 주기가 돌고 또 돌고 있는지도 모른다. ‘요즘 젊은 애들’에게는 우타마로와 모로노부의 그림이 아름답게 보일지도 모른다. 세잔, 고흐, 르누아르가 모두 우키요에(浮世繪, 17세기에서 20세기 초, 에도 시대에 성립된 당대의 사람들의 일상생활이나 풍경, 풍물 등을 그려낸 풍속화—옮긴이)에 끌렸듯이.

나라 시대와 헤이안 시대에 동사, 조동사의 활용이 변화해갔던 것처럼, 지방분이 다량 함유되어 있어도 향이 강하지만 않으면 담백하다고 아프레게르는 형용하고, 그리고 아베코는 요즘 세상에서 '청순한 색기가 있는 미인' 일 것이다.

"으, 음, 그런가. 그런 건가, 그런 것일지도 모르겠지만."

오소네는 식사를 마친 후 혼잣말을 했다. 아베코가 화장실에 간 사이에.

오소네가 아무리 생각해도 이상한, 도저히 안정이 되지 않는, 석연치 않은 기분으로 허공을 보고 있자,

"너무하네요, 선생님. 선생님까지 아베코한테 빠지셨어요?"

아다가 계산서를 들었다. 오소네는 그걸 도로 받아들며,

"그건 저기, 그런 게 아니지만, 그러니까, 나는 여기서 실례하겠어요. 방해가 안 되게."

오소네는 식사값을 지불해주었다. 아다는 정중하게 인사를 하고, 노란 모자가 예상한 대로 오소네가 자리를 같이하여 아베코가 훨씬 즐거워했다고 감사의 말을 전했다.

"정말로 감사합니다. 이제 숙박비를 낼 수 있게 되면 만세입니다만. 1박에 6만 엔이랍니다. 스위트룸으로 잡아두었어요. 어떻습니까, 선생님. 선생님의 예상은? 오늘밤, 가망이 있을 것 같습니까?"

"글쎄, 자네 하기 나름이니까."

오소네에게는 아베코가 섹스에 응하든 응하지 않든 아무래도 상관없었다. 저 호박은 6만 엔짜리 방을 받고, 그 절세의 미녀는 언제나 남자에게 돈을 쓰고 있다. 어떤 때는 몇만 엔도.

오소네는 한 번 더 가이코를 만나야겠다고 생각했다. 만나서 '계획'에 대해 이야기를 들어야겠다고 생각했다.

*

"선생님은 호박이라고 하시지만, 그 사람은 미인입니다. 선생님이 잘못됐어요."

가이코가 맑은 눈으로 오소네를 보았다. 주름 하나 없는 움푹한 곳에서 샘이 솟아나듯이 열린 눈. 기적이라 할 만큼 아름답다. 오소네에게는 그렇게 보이는데 그것이 잘못됐단 말인가.

"뭐랄까, 사람마다 취향이라는 게 있습니다. 내가 만난 청년에게는 그 여성이 취향이었다 그거죠. 그러니까 당신은 성형할 생각일랑 버렸으면 해요."

"언젠가 저 같은 타입이 취향인 사람을 만나면 된다는 말씀?"

"아, 그거예요. 그렇고말고요."

"언젠가요, 언젠가 만날 수 있겠죠. 그렇지만 여기 100명의 남자가 있다 쳐도 그중 99명이 그 여자 쪽이 취향이라고 한다면, 확률로 보아 저의 '언젠가'는 그 여자보다 훨씬 많은 시간이 걸릴 거예요."

"왜 당신은 그 여자가 99명의 취향이라고 믿는 거죠? 십인십색이라고 하잖아요. 사람의 취향도 천차만별."

"만약 그렇다고 한다면 세상에는 어째서 인기 배우란 게 있는 걸까요? 어째서 대히트하는 영화와 소설과 음악이 있는 걸까요?"

"그건 아가씨, 단순히 마케팅 방법이 훌륭했거나 그 시대에 맞기

두 미녀

때문으로……."

"그렇죠? 대히트할 마케팅을 생각하는 건 전혀 나쁘지 않아요. 적극적인 거잖아요? 저는 대히트할 외모를 갖고 싶은 거예요."

A는 자신의 논밭에서 수확한 곡물을 선물하고, B는 자신의 목장에서 키운 양을 선물한다. 받은 상대는 B의 선물에 기뻐한다. 왜? A와 B 둘 다 노동을 하여 선물을 보냈다. 그런데 한쪽만 기뻐한다. 어째서일까? A는 그 원인에 대해 생각하며 B를 본받으려고 한다. 가이코는 그렇게 말하며,

"그게 어디가 이상해요? A가 슬퍼하는 건 당연하잖아요."

라고 하더니, 소파에서 일어섰다. 두 사람이 있는 곳은 오소네의 사택이다. 자식이 없는 오소네의 사택은 침실, 식당과 부엌을 겸한 방, 서재와 응접실을 겸한 방이 있는 소박하고 오래된 서양식 저택이었다. 죽은 미치요는 청소를 자주 하고, 물건이 망가져 있으면 수리하여 오래 사용했다. 소파 커버도 못 입는 옷을 활용하여 다시 만들었다.

"이건 사모님 사진인가요?"

가이코는 서재를 장식한 은색 액자를 보고 있다.

"그래요."

"미치요 씨라고 하셨죠?"

"그래요."

"실례지만, 미치요 씨도 못생겼군요."

가이코의 말투는 아주 태평스러웠다. 태평스러운 가운데 몹시 쓸쓸한 리듬을 담고 있다. 아내에 대한 모욕이라는 생각은 들지 않았다.

‘흠. 그렇군, 알겠어.’

가이코를 처음 만난 날 왜 자꾸 아내가 떠올랐는지. 가이코는 미치요를 닮았다. 겉으로 나타난 것은 닮지 않았지만, 전체적으로 어딘가 닮았다.

“뭐랄까…….”

오소네도 일어서서 가이코 옆에서 그녀와 아내의 사진을 번갈아 보았다. 코를 좀 더 낮게 하고, 눈을 좀 더 작게 하고, 턱을 좀 더 통통하게 하면 가이코는 미치요의 얼굴이 될지도 모르겠다. 얼핏 보아서는 닮았다는 걸 느낄 수 없지만, 윤곽은 닮았다. 계문강목과속종界門綱目科屬從. 생물 분류를 사람속屬에서만 하면 과科의 차이를 일반적으로 ‘닮았다’고 말한다. 하지만 가이코와 미치요는 목目에서 차이가 난다.

“나는 아내가 무척 예쁘다고 생각했어요.”

“그건 선생님이 사모님을 사랑하시니까 그렇죠. 취향이니까요.”

“그건 확실히 그래요. 그 심성을 아주 좋아했죠.”

“그렇지만요, 부인의 심성을 깨닫게 된 것은 먼저 부인의 외모를 안 다음일 거라고 생각해요. 사람은 일일이 타인의 내면 같은 거 보지 않아요. 타인의 내면을 일일이 보다 보면 신경이 몇 개가 있어도 부족하지 않겠어요? X선도 아니고. 피에르 퀴리도 역시 처음에는 마리의 외모에 끌렸을 거라고 생각해요. 외모에 끌린 후, 함께 라듐 오타쿠였으니까 마음이 맞아서 공부하여 노벨상을 받은 거예요. 완전 경사가 났겠죠.

그러나 저는 노벨상을 받는 사람을 기준으로는 하지 않아요. 신에게 선택받은 특별한 천재가 아니라, 극히 평범한 대중을 기준으로 하고 있어요. 대중을 기준으로 하지 않는다는 것은 교만이 아닌가요? 높은 데서 내려다본 미의 기준 따윈 잘못됐어요. 그래서 저는 성형을 해서 바른 얼굴이 되어 인생을 개척할 거예요. 제가 보내는 선물을 이번에야말로 신이 기뻐하도록."

그러니 부디 수술 총지휘를 맡아주세요. 집도의에게 메스를 대는 법을 가르쳐주세요. 가이코는 머리를 숙여 오소네에게 사정했다.

"선생님의 인생이 아닙니다. 제 인생입니다."

오소네는 대답할 말이 없어서 한참 동안 침묵한 끝에,

"……알겠소."

하고 동의했다. 건성으로…….

바닷가재의 비극

하늘에 간신히 남아 있던 여름빛이 완전히 물러간 날이란 게 있다. 그런 날에 가이코는 혼자 센트럴 성형외과의 빈방 어둑한 곳에 있었다. 천장을 보고 있었다.

가이코는 2년이란 세월에 걸쳐 상담을 했는데, 오소네가 막판에 이르러 수술을 포기한 것이 몹시 불쾌했다. 불쾌했다고 생각하기로 했다. 상담을 할 때, 오소네가 한 말은 가이코의 심금을 울려 그녀는 몇 번이나 울 뻔했다. 그것은 그녀를 반으로 나눈 또 다른 한쪽이고, 그 또 다른 한쪽을 버리기 위한 계획이 이 '계획'이다.

'계획.' 자신을 완전히 바꾸기 위한 계획. 정체성을 말살하여 다른 그것을 배양하는 계획. 가이코는 고등학교를 졸업할 무렵부터 몇 년에 걸쳐 이 계획을 설계했다.

성형은 '계획'을 수행하기 위한 중요한 보루다.

(결국 오소네 선생님과 나는 다른 것을 믿고 있어.)

가이코는 빈방 천장에 칙칙하게 얼룩이 져서 생긴 역삼각형과 역삼각형 양쪽에 달라붙은 뾰족한 타원형을 얼굴이라 생각하고, 루시퍼 님 하고 중얼거리며 손을 모았다. 자기를 고무하지 않으면 안 된다. '계획'은 옳다.

(그런데 왜 아까는 그렇게 혼란스러웠을까? 그건 오소네 선생님과 마찬가지야. 결정적인 순간에 혼란스러워하다니, 그보다 더 흉한 게 어디 있어?)

가이코는 마음속에 드리워진 그림자를 필사적으로 없애려 한다. 그림자. 수술실에 들어가기 직전에 그림자가 가이코의 발목을 잡았다. 손을, 뒷덜미를.

그래서 가이코는 흥분하여 난동을 부렸다. 쓰레기통을 차고, 꽃병을 쓰러뜨리고, 집도의와 간호사를 리바이어던이라고 불렀다. 온 병원에 들릴 정도로 큰 소리였다.

그런 가이코를 센트럴 병원의 의사와 간호사는 이 방으로 데려왔다. 대기실이 아니다. 빈방이다.

"그렇게 울 만큼 안정이 안 된다면, 오늘은 일단 돌아가시고 다음에 다시 나오는 게 어떻겠어요?"

두 의사도 간호사도 이런 말은 하지 않았다. 가이코의 손목을 잡아끌고 '빈방'이라는 팻말이 걸린 방으로 와서, 전기의자 같은 팔걸이가 있는 딱딱한 의자에 앉히고, 물과 신경안정제 두 알을 주었다.

알약이 신경안정제인지 아닌지는 정확하지 않다. 가이코가 아마 신경안정제일 거라고 생각했을 뿐이다. 달메이트dalmate라는 약품

명이 은색 종이에 조그맣게 인쇄되어 있었다. 짧은 지식으로 그건 아마 벤조디아제핀benzodiazepine 계통의 수면제 종류라고 생각했다. 그리고 가이코는 그런 약품을 준 의사가 마음에 들었다. 신경안정제를 복용시켜서라도 손님(환자?)이 일단 결심한 성형수술을 포기하지 않게 하겠다는 상혼이 믿음직스러웠다.

이 '계획'이야말로 강한 여자가 되기 위한 계획이다. 내 계획의 질과 센트럴 성형외과의 질은 같다. 가이코는 알약을 먹었다.

가이코는 지금부터 눈 성형수술을 받게 되어 있다. 오소네와 의논할 때는 난이도가 높은 유방 성형을 먼저 하고 다음에 코, 눈 차례로 시술해갈 예정이었지만, 오소네의 거부 사건으로 마가 끼었다는 생각이 들어서, 난이도 높은 순서가 아니라 쉬운 순서대로 시작하기로 했다. 또 구직 활동에 들어가는 시기에서 졸업논문 시기, 졸업, 동급생들과 만나지 않게 되는 시기에 맞춰서 어려운 수술을 해가면 성형한 걸 들키지 않을 수 있다.

빈방은 다다미 석 장 정도의 아주 좁은 방이다. 아마 가이코처럼 수술 직전에 '마음이 바뀐' 환자(손님)를 다시 '원래의 기분'으로 돌리기 위한 방, 신경안정제를 투여하는 방일 것이다.

"마유무라 씨, 기분은 좀 괜찮아졌어요? 들어가도 될까요?"

문 저편에서 간호사 소리가 났다.

"예."

가이코가 대답할 틈도 없이 바로 옅은 핑크색 제복과 모자를 걸친 간호사와 원장과 원장보다 훨씬 젊은 의사가 들어왔다. 세 사람은 삼인삼색의 동작으로 가이코를 말뚱말뚱 쳐다보았다. 동작은 세 사람 다 달랐지만, 모두 가이코를 이교도 보듯이 보았다. 가이코가 희망하는 성형수술의 내용을 설명했을 때부터 세 사람은 그녀를 이런 눈으로 보고 있었다.

"마유무라 씨, 당신 수술하기로 결심했잖아요. 하겠다고 말한 건 당신 자신이라고요. 그렇죠?"

젊은 의사가 말한다.

"왜 행복해지는 걸 망설이는 거죠? 모든 일을 더 밝게 적극적으로 생각하지 않으면 안 돼요."

원장이 말한다.

(저쪽은 38세, 다카자와 원장은 53세.)

가이코는 새삼 추측해본다.

이 분야 최고의 신용도를 자랑하는 다카자와 히데노리의 센트럴 성형외과외과외과과과과. 에코가 들어가는 텔레비전 광고의 내레이션이 귀에 메아리친다. 가이코는 병원에 오기 전부터 다카자와 원장의 얼굴을 텔레비전과 잡지에서 몇 번이나 보았다. 실물 쪽이 훨씬 피부에 윤기가 돈다. 이마도 콧등도 기름을 바른 것 같다. 탄력도 있다. 배도 나오지 않았고, 머리카락도 숱이 많고 검다. 볼록하게 늘어진 눈 밑 지방조차 정력 절정이란 인상을 준다.

38세 쪽은 얼굴이 작다고 하면 좋게 들리지만, 처마 끝에 오래 매달아놓아 수분과 지분脂粉이 다 빠진 감처럼 작다. 뒤통수도 튀어나온 데가 없이 빈상貧相으로 움푹 패어 있다. 가지런하지 못한 아랫니는 턱뼈가 덜 발달된 채 성인이 되었음을 나타내며, 옆에서 본 뱀 대가리처럼 아랫입술 바로 아래에서 목으로 떨어지는 곡선을 그리는 턱은 "나는 스케일이 작은 남자입니다."라는 간판을 내걸고 있는 것 같다. 피부는 맛술을 쓰지 않고 설탕과 간장만으로 졸인 생선 표면처럼 칙칙하다.

그래서 '젊다' 혹은 '젊지 않다' 라는 측면에서는 물론 그쪽이 '젊다' 지만, '싱싱하다' 혹은 '싱싱하지 않다' 라는 측면에서는 38세보다 53세의 다카자와 원장 쪽이 훨씬 싱싱하다. 싱싱한 데다 나이에 어울리는 안정감도 있다. 그리고 수단이야 어찌되었건 결과적으로는 고소득 생활자의 여유가 있다. 사실은 그렇지 않을지도 모르지만, 그렇게 보인다.

(사람은 내면 따윈 보지 않는다. 그런 게 보일 리가 없잖아. 보이면 초능력자지.)

그런 것이다. 가이코는 이 '그런 것이다' 에 대해 고심한 끝에 '계획' 을 수행하기로 했다.

다카자와 원장의 고액 인공 치근을 사용한 인공 치아의 치열은 인공적이지만 아름답고, 코도 오뚝하니 높다.

(자기가 자기 코를 수술한 걸까…….)

원장이 수술대에 누워서 직접 자기 코에 메스를 대고 융비술을 하는 광경을 문득 떠올린다.

(아니면 젊은 쪽이 자기가 되고 싶은 이상형의 얼굴로 만들려고 집도를 한 걸까…….)

무뚝뚝한 간호사와 빈상인 의사가 속닥속닥 의논하고, 누워 있는 원장에게 의견을 들으면서 원장의 얼굴을 각도기와 삼각자로 계측하고 있는 광경이 계속해서 떠오른다.

물론 그런 일은 있을 리 없지만, 그런 일이 있다 해도 이상하지 않을 것 같다는 생각이 드는 것은 신경안정제 달메이트가 듣기 시작한 탓일까.

"이 사람, 여기서 좀 더 기다리게 하는 게 좋을까요?"

간호사는 짜증난다는 듯이, 하지만 가이코가 수술받으리란 걸 확신하고서 의사 두 사람에게 물었다.

"음…… 그렇군. 그렇게 하지. 오늘 수술이 한 명 더 있으니까……. 카운슬링은 두 사람만 더 처리하면 되지?"

원장이 뱀 대가리 젊은 의사에게 묻는다.

"그렇습니다."

"그럼 여기서 잠깐 쉬고 있어요. 이건 특별대우예요, 마유무라 씨. 당신이 좀 흥분해 있는 것 같으니, 특별히 다른 환자와 순서를 바꿔주겠어요."

그리고 '특별히' 자신들의 노동 시간을 연장하여 가이코의 수술을 오늘 마지막 순서로 바꿔주겠다고 뱀 대가리가 말했다.

두 의사가 나간 후, 빈방에는 가이코와 간호사가 남았다. 간호사는 수술에는 입회하지 않는 것 같다. 정확하게는 간호사가 아닐지도 모른다. 접수도 맡고 있다. 병원 안에는 달리 두 명의 여성이 더 있었다. 세 사람 다 얼굴이 똑같다. 같은 폭, 같은 크기의 눈과 똑같은 모양의 뾰족한 코와 똑같은 커브를 그리는 턱을 하고 있었다.

"저……."

"뭔가요?"

"저……, 간호사 언니도 성형했어요?"

가이코의 질문에 간호사는 좀 난감한 표정을 지으며 잠시 망설이더니, 대답했다.

"했죠. 접수계에 있는 다른 한 명도 했는걸요."

그리고 가이코가 앉아 있는 전기의자 쪽으로 되돌아와서 말을 계속했다.

"그렇지만 아주 살짝만 했어요. 원래 쌍꺼풀이 생길 것 같은 외겹이었거든요. 아이 테이프나 쌍꺼풀 만드는 풀 같은 게 있지만, 그런 걸 사용하는 거나 마찬가지잖아요?"

크고 또렷한 쌍꺼풀이 진 눈이 가이코를 빤히 바라본다. 가이코도 크고 또렷하게 쌍꺼풀진 눈으로 상대를 마주 보았다.

가이코는 눈을 외겹으로 하려고 센트럴 성형외과에 와 있다.

"원래 쌍꺼풀인데 외꺼풀로 해달라니……. 특이한 수술을 하네요, 당신은."

카운슬링을 하러 왔을 때부터 간호사와 의사 두 사람이 가이코에게 좋지 않은 인상을 품은 건 이런 이유에서다. 예를 들면 패스트푸드 가게에서 "필레 오 피시에 타르타르 소스 뿌리지 말아주세요." 하고 주문하는 손님이 있다면, 아마 점원은 금세 그 손님에게 좋지 않은 인상을 품을 것이다.

"귀찮게 하는 손님이네."라든가 "이 사람 짜증나네."라고 생각하여 좋지 않은 인상을 품는 게 아니라, 그때까지 유지돼온 점원의 안식을 위협하기 때문에 좋지 않은 인상을 품는 것이다. 안식이라는 것은 그 사람의 경험에서 벗어나지 않는 한도 내에서 존재한다. 점원은 필레 오 피시를 주문하는 손님을 수없이 만났다. 하지만 '타르

타르 소스를 뿌리지 말아달라'고 주문하는 손님은 만난 적이 없다. 경험에서 벗어나는 사건이다. 점원의 안식은 위협을 받는다. 위협을 받으면 상대 손님을 '까닭없이 기분 나쁘다'고 생각하지만, '까닭없이 기분 나쁘다'고 여긴 경험도 적었기 때문에 그런 손님을 형용할 단어가 마땅히 떠오르지 않는다. 어휘가 빈곤하다. 그래서 '특이하네'라고 속으로 투덜거리며, 별로 상관하고 싶어하지 않는다. 이 과정을 요약하면, 점원은 그 손님에게 '좋은 인상을 받지 못한다'가 된다. 가이코에 대한 간호사의 감정은 이 경우의 점원과 비슷하며, 게다가 동성이란 사실이 오히려 경계심을 더하게 한다.

가이코의 눈꺼풀에는 지방이 거의 없다. 몽고 주름도 없는 거나 다름없고, 선명하게 쌍꺼풀이 진 큰 눈이다. 그런 걸

"이런 동그랗고 큰 눈이 아니라, 외겹으로 해주세요. 눈두덩이 좀 부은 것 같은 콩알 눈으로 해주었으면 좋겠어요."

라고 희망하니까, 크고 쌍꺼풀진 눈으로 성형수술을 한 간호사로서는 까닭없이 기분 나쁠 것이다. 하지만 가이코는 그런 수술을 한 간호사가 잘못됐다고 생각하고 있다.

(이 '계획'의 원리를 모르는 간호사네.)

콩알 같은 눈, 납작한 코는 약간 들창코, 작은 입에 살이 통통한 뺨. 몸에 대해서는 수술 가능 여부는 별도로 하고, 어디까지나 가슴은 작게, 허리는 잘록하지 않게, 엉덩이는 평퍼짐하게, 다리는 O(오)자로, 피부는 투명감이 없고 두껍게.

이것이야말로 가이코의 '계획'이 만들어낸 미인이었다. 눈을 작게 하는 수술 뒤에는 코뼈를 깎아서 코를 낮게 하고, 엉덩이에서 뗀

살을 뺨으로 이식하여 퉁퉁하게 하고, 유방은 지방흡입을 하여 작게 하고, 허리에 실리콘 백(내부에 생리식염수가 든 것)을 넣어서 통허리로 만든다. O자 다리로 만드는 수술은 세계에 전례가 없어서 걸음걸이를 연구하여 O자로 보이게 하고, 피부색을 바꾸는 수술도 미국 가수 중에 흑색에서 백색으로 한 예는 있지만, 투명감을 없애는 수술은 전례가 없어서 파운데이션을 두껍게 칠하는 것으로 그렇게 보이도록 한다. 이것이 가이코의 계획이었다. 하지만 가이코는 간호사에게 이 계획의 진수를 공개할 생각은 없었다.

"약을 먹고 여기 이렇게 있었더니 안정이 되는 것 같아요."

가이코는 간호사에게 컵을 돌려주며 가볍게 머리를 숙였다.

"그래요. 당신이 받는 수술은 좀처럼 하지 않는 수술이지만, 난 성형수술을 하는 건 좋다고 생각해요."

간호사는 인사를 받더니 가이코에 대한 태도가 조금 누그러졌다.

"나도 말이에요. 수술을 하기 직전에는 좀 망설였어요. 당신도 좀 꺼림칙한 기분이 들겠지만, 흐트러질 건 없어요."

간호사는 가이코가 수술 전에 난동을 부린 이유를 오해하고 있었다.

"나는 정말 성형을 살짝만 했어요. 아이 테이프나 쌍꺼풀 만드는 약을 사용해서 몇 번이나 쌍꺼풀을 만들려고 애를 쓰다 쌍꺼풀이 생기는 것과, 한 번에 반듯하게 쌍꺼풀을 만드는 것, 차이는 그 정도뿐이에요. 퍼머를 하는 것과 헤어 컬러로 매일 밤 말고 자는 것의 차이라고 생각하지 않아요? 그죠, 그렇게 생각하지 않아요?"

'그렇게 생각하지 않아요? 그죠, 그렇게 생각하지 않아요?' 하고 되풀이하여 가이코에게 묻는 데서, 그녀가 성형한 것에 대해 지금도 어딘가 꺼림칙해한다는 느낌이 들었다.

"요전에도 라디오에서 아이돌 배우인 소토다 유키가 성형했다고 고백했잖아요? 그 애 경우는 마이크로컷법이 아니라 어태치법 쌍꺼풀이죠. 메스로 찢는 게 아니라 눈두덩의 피부를 두세 군데 집어서 하는 것. 실이 피부 속에 묻히기 때문에 간단하고 좋을 것 같지만, 고정시키는 힘이 약해서 종종 의식적으로 눈을 부릅뜨지 않으면 쌍꺼풀이 풀려버릴 것 같은 기분이 들어요. 소토다 유키가 토크 프로그램 같은 데서 곧잘 눈을 부릅뜰 때 많잖아요? 난 그걸 보고 바로 알았어요. 후지이케 우메코도 그래요. 쌍꺼풀 선 끝부분이 눈가와 평행하잖아요? 그건 눈두덩의 가운데 부분을 매몰시켜서 쌍꺼풀 선을 넓게 한 거예요. 어태치법은 얼핏 보아 자연스러울 것 같지만 오히려 부자연스러워요. 원래 귀여운 눈이라 제대로 마이크로컷법으로 하는 편이 더 귀여웠을 텐데. 오이즈미 아스코의 눈은 마이크로컷법이지만 아주 자연스럽고 시원시원하지 않아요? 연예인은 대부분 성형이에요. 우리 병원에도 많이 왔는걸요. 성형이란 걸 그렇게 특별시할 거 없어요. 연예인이 아니라도 요즘 세상에 성형은 다들 하는걸요. 당신이 오늘 전철을 타고 올 때 옆에 있던 사람이 했을지도 모르잖아요? 당신의 친구도 했을지 모르잖아요? 말을 하지 않을 뿐이에요."

모두 해요. 맞아요. 분명히 모두. 누구라도. 하고 간호사가 모두, 모두를 되풀이하는 걸로 보아 지금도 성형수술을 당당한 것으로 느끼지 않는 것 같았다.

"코도 말이에요. 실리콘을 삽입하는 게 아니에요. 자기 뼈예요. 자기 귀의 연골이라니까요. 그것도 1밀리미터 정도, 아주 얇디얇게 떼어내요. 난 고바야시 구라나라든가 블루레이디의 마이가 데뷔 때 한 코와 똑같이 했어요. 고바야시 구라나는 〈버닝 로맨스〉를 부를 때부터 코를 한 단계 더 높였잖아요. 그건 너무 높았죠. 갖다 붙인 느낌. 그래도 1밀리미터의 얇은 연골을 코에 삽입하는 것, 그런 건 코를 수술했다기보다 코를 조금 정돈한 정도라고 생각하지 않아요? 오이즈미 아스코처럼 턱뼈를 깎고 뺨의 살을 잡아당기는 대수술을 하는 것도 아닌걸요. 화장으로 노즈 새도를 하는 것과 같다고 생각하지 않아요? 여기 있는 다른 간호사도 그렇게 생각해요. 흰색 제복을 입은 아이는 자기 뼈를 이용한 게 아니라 실리콘 주입법이긴 했지만요."

그것도 3밀리미터였다고 강조하는 부분에서 역시 그녀는 성형을 교활한 짓이라고 생각하는 기색이 역력했다.

"간호사 언니는 아직 성형이 완료된 게 아닌 거죠?"

가이코는 신경안정제가 듣기 시작한 탓에 졸린 듯이 천천히 말했다.

"무슨 말이에요, 그게?"

아직 성형을 꺼림칙하고 교활한 짓이라고 생각하고 있다면 성형이 완료됐다고는 말할 수 없다. 성형수술은 수술 자체보다 그 뒤가 진짜 문제지만, 성형하는 사람은 수술 전에 그걸 깨닫지 못한다…… 그렇게 말하려고 했지만, 이미 달메이트는 가이코의 눈두덩을 무겁게 만들었다. 간호사 쪽도 가이코의 대답을 기다리지 않았다.

"이제 곧 당신 차례예요. 시간이 되면 부를게요."

간호사는 빈방에서 나갔다.

*

어두컴컴함 속에서 눈을 뜨자 커튼의 기하학적인 무늬가 보인다. 침대 옆 테이블에 놓인 머그 컵의 해바라기색도 보인다. 컵 옆에 있는 신문도, 테이블 아래에 굴러다니는 쿠션의 탁한 쪽빛도.

가이코에게 보이는 세계는 아무것도 변화가 없었다. 눈이 작아져도 그녀의 시야는 전혀 좁지 않았다.

네 번째 성형수술을 받은 지 3주. 잠에서 깬 가이코는 자기 방 침대 위에서 몸을 일으켰다.

첫 수술을 한 후 4개월이 경과했기 때문에 눈두덩이 당기는 느낌은 거의 없어졌다. 가이코가 받은 수술은 선명한 쌍꺼풀 선이 없어지도록 눈두덩의 살을 집어 봉합하는 것이었다. 살을 많이 집어서 눈두덩은 퉁퉁 붓고 눈도 작아졌다.

"콩알 같아."

거울에 비친 자기 눈을 보며 생각한다.

"이론상 가장 바른 눈 모양이야."

가이코는 눈 다음에 코, 뺨, 유방 순으로 수술할 부위를 재검토했다. 코는 그냥 뼈만 깎아서 비교적 단기간에 자연스러운 감각을 되찾았다. 하지만 세 번째로 수술한 뺨은 아직 이식한 부분과 원래 피부의 경계가 뚜렷하다.

"그러나 이걸 감추기 위해 파운데이션을 듬뿍 발라야 하니까, 결과적으로는 두꺼운 피부로 보여서 이론에 어울릴 거야. 가슴에 노란색도 까슬까슬한 느낌을 주니 딱 좋은걸."

네 번째 유방축소수술에서는 지방흡입을 했다. 유방이건 복부건 지방흡입수술을 한 뒤에는 표피가 요오드팅크를 살짝 바른 듯이 칙칙하고 노랗게 변하는 특징이 있다. 가이코는 잠옷 단추를 세 개 열고, 가슴팍이 깊이 팬 블라우스를 입었다 생각하고 자세를 잡아보았다.

"약간 때 같아 보이는 이 느낌. 이걸로 이번 여름은 남자들의 시선을 한 몸에 받겠네. 그리고 이 곡선 없는 허리……."

가이코는 확신을 갖고 웃었다. '계획' 단계에서는 흔히 유방확대수술에 사용하는 생리 식염수가 든 실리콘 팩을 허리에 충진할 생각이었지만, 비용 문제로 단념했다. 하지만 유방축소수술을 하는 것으로 허리의 곡선이 자동적으로 밋밋해졌다.

"하늘하늘하고 청순한 양장과 몸에 착 붙는 기모노는 이 굴곡 없는 허리가 아니면 어울리지 않아, 우후후."

굳이 여자답게 웃어보았다.

"웃는 법이 끈적끈적한 게 아직 너무 깨끗해."

여자가 '여자'를 무기로 해서 끈적하고 농후한 미소를 짓는 것. 이것은 깨끗한 일이다. '여자'를 무기로 삼지 않은 척하며 시원스럽게 웃는 것. 이것이 불결이다. 불결해야 한다. 냄새가 나는 듯한 불결함을 몸에 배게 해야 한다. '계획'은 수술 후부터야말로 진짜 난이도가 높아진다.

"턱은 어느 정도 깎으면 좋을까?"

'계획' 파일을 연다. 파일에는 어떤 여배우의 사진이 몇 장이나 들어 있다. 이 여배우는 '콩알 같은 눈에 뺨은 퉁퉁하고 살색은 칙칙하며, 때가 긴 듯한 거친 질감의 피부에, 통짜 허리와 O자 다리, 계산된 웃음, 냄새가 날 것 같은 깨끗한 더러움으로' 인기를 과시하고 있다. 가이코가 소녀 때부터 동경했던 여배우는 아니다. 다만 가이코는 소녀 시절부터 깨닫고 있었다. '여배우로서 인기 있는 여배우'와는 별도로 '인기 있는 여배우'라는 것이 세상에는 존재하며, 그녀들은 한결같이 파일에 있는 이 여배우와 같은 요소를 갖고 있다는 것을. 그런 요소야말로 항간에서 '예쁘다'고 평한다는 것을. 파일에 있는 여배우는 대표작이라고 할 만한 작품도 없는, 최근에 등장한 탤런트다. 가이코는 센트럴 성형외과에 초진을 간 날 텔레비전 광고에서 이 여배우를 알고, '계획'의 이미지 캐릭터로 삼았을 뿐이다.

"아가씨, 예쁘네요." 하는 말을 듣고 수줍어하는 광고를 보고, 가이코는 자신의 '계획'이 옳음을 확인했다. 광고에 나오는 예쁜 아가씨는 불결했다. 불결감. 이것이야말로 '예쁘다'고 느끼는 요소다.

"목을 요렇게 비틀고, 턱을 이렇게 빼고……."

거울 앞에서 수줍어하는 연습을 한다.

불결하다. 좋아, 좋아, 나는 깨끗한 더러움을 익히고 있는 거야. 가이코는 생각했다.

*

“모치즈키 님. 모치즈키 아베코 님.”

은행원이 부르는 소리를 듣고, 스물세 살의 가이코는 뒤적거리던 잡지를 바닥에 떨어뜨릴 만큼 놀랐다. 모치즈키 아베코? 설마 모치즈키 아베코가 이 은행에 있다니! 가이코는 잡지를 줍고 나서, 무릎 위에 올려둔 코트를 껴안았다. 따분하게 자기 순서를 기다리는 척하며 속으로는 초조하게 은행 안을 둘러본다. 콩알처럼 조그맣게 성형한 그 신체 부위는 이제 완전히 정착 단계에 들어갔다.

천장에서 작동하는 위력적인 난방 장치 때문에 은행 안 공기는 먼지며 사람들의 침방울이며 잔뜩 머금어서 뚱뚱하다. 빵빵하게 부풀어 혼자서는 일어설 수도 없을 정도로. 기분 나쁜 그 공기는 그대로 가이코의 두려움 같다.

모치즈키 아베코는 가이코와 같은 고향인 히노다마 촌의 동갑내기 친구다.

(홋카이도로 이사 갔을 텐데. 어떻게 도쿄에……)

고향 사람을 만나면 성형한 게 들통 난다. 아베코가 도쿄에 살든 말든 이대로 은행을 나가면 성가신 일은 일어나지 않는다. 그건 알지만, 확인하고 싶은 기분이 로렐라이처럼 가이코의 소매를 잡는다. 이윽고 자기 차례가 돌아왔다. 자기 대기 번호가 빨갛게 표시된다. 별것도 아닐 사소한 상황인데, 동요하는 가이코는 옴짝달싹할 수 없는 절박한 상황으로 느껴져 소파에서 일어서질 못하고 있었다.

“모치즈키 님.”

바닷가재의 비극

•

73

은행원이 다시 이름을 불렀지만, 모치즈키는 카운터 앞으로 나오지 않는다. 행원이 다음 번호를 누르려고 할 때, 한 여자가 황급히 의자에서 일어나 달려갔다. 하지만 얼굴을 자세히 보기 전에 가이코에게 등을 돌리고 앉아버렸다. 얼굴을 제대로 보고 싶다. 가이코는 생각했다. 자기도 모르는 사이 상체가 카운터 쪽으로 기운다. 그때 가이코의 번호가 전광판에 떴다. 얼굴을 보고 싶어한 여자 옆이다. 가이코는 코트를 크게 접어 부자연스럽게 가슴 위쪽으로 들어 얼굴을 가리고, 의자에 앉는 척하면서 코트 사이로 반투명 보드로 칸막이가 된 옆을 보았다.

"앗."

가이코는 짧게 숨을 토했다. 여자는 센트럴 성형외과의 간호사였……다. 어색하게 든 코트 너머로 보았기 때문에 제대로 보지 못했지만, 어쨌든 아베코는 아니었다.

(그 간호사, 성이 모치즈키였구나. 이런 데서 만나다니. 간호사가 한 말이 정말이었네.)

전철에서 당신 옆에 앉은 사람이 성형했을지도 몰라요. 모두 해요. 정말이에요. 간호사는 수술 전에 그렇게 말했다.

(그렇구나. 정말이네. 성형하는 사람이 많으니 성형외과가 여기저기 있고, 그렇게 광고를 내고, 성형한 사람들이 많은 이상 은행과 슈퍼마켓에서 성형한 사람과 스치는 일은 전혀 신기한 게 아냐. 대학 사은회에 결석한 사람은 나 말고도 몇 명 있었지만, 분명 취직을 위해 성형을 했을 거야. 이런 것 정도로 움찔거리면 '계획'을 수행할 수 없어. 냉철하게 세운 그 계획을…….)

가이코는 반성하고 나서 은행원에게 효율적인 저축에 대한 설명을 듣는 데 집중했다. 대학을 졸업한 지금은 민영 철도 계열의 대형 부동산 회사에 다니고 있다. 매달 월급에서 무리 없이 저금할 수 있는 계좌를 만들려고 한다.

"그럼 잘 부탁합니다."

가이코가 카운터를 떠나 은행을 나오려고 할 때,

"마유무라 씨."

하고 뒤에서 누가 이름을 불렀다.

서류 수속에 빠진 게 있나 하고 돌아보자, 아까 그 간호사가 서 있었다. 아니, 간호사가 아니다. 여자는 센트럴 성형외과 간호사와 꼭 닮았지만, 전혀 다른 사람이었다. 그 간호사와 꼭 닮았으면서 전혀 다른 얼굴. 이것은 무엇을 의미하는가. 그렇다. 여자의 얼굴은 확실한 '성형 얼굴'이다. 더 자세하게 표현하자면, '계획'의 원리에 무지하여 확실히 성형을 잘못한 얼굴이다. 눈은 쌍꺼풀 선이 보란 듯이 선명하고, 폭도 넓고, 코는 높디높고, 턱은 뾰족하고, 뺨의 피부가 관자놀이 쪽으로 잡아당겨져 있다. 이것은 어태치법으로 쌍꺼풀수술을 하고, 실리콘 보형물 2밀리미터를 주입하는 융비술을 하고, 아래턱을 깎는 수술을 한 뒤에 턱 모양의 실리콘 플레이트를 충진하고 머리 가죽을 잡아당겨 봉합하는 갸름한 턱수술을 한 사람의 특징이다.

'(잘못된) 성형 얼굴'로 수술한 사람은 모두 얼굴이 똑같다. 원래의 얼굴, 즉 입지조건이 다르기 때문에 완성품은 닮지 않지만, 표정과 질감이 닮게 된다. 센트럴 성형외과에는 두 간호사 외에 접수계 아가씨가 있는데, 세 사람 다 얼굴이 똑같았다.

"너…… 혹시 너…… 너 마유무라 가이코니……?"

성형녀는 성형녀의 귓가에 모기 우는 소리로 묻는다.

"너는, 저기…… 저기…… 그 예뻤던 히노다마 촌의 가이코니……?"

그 사람이 누군데요? 난 몰라요. 가이코는 그렇게 말하고 시침을 뗄까 망설였지만, 이미 이 여자는 가이코가 자기 이름에 뚜렷하게 반응한 걸 알고 있다.

"그럼 역시 너는 3학년 6반의 모치즈키 아베코?"

가이코는 말을 걸어온 여자 쪽을 향했다. 모치즈키 아베코. 그녀도 성형했다. 공범자가 되는 편이 신변은 안전하다.

"맞아…… 그럼…… 그럼…… 너는 2반의…… 역시 2반의 마유무라……."

히노다마 촌에는 고등학교가 없어서 가이코와 아베코와 다른 두 남학생이 현립 고등학교로 진학했다. 몇 개의 산과 강을 건너는 통학은 불가능했기 때문에, 모두 고등학교가 있는 동네의 민가에 각각 하숙을 했다. 그리고 서로 히노다마 촌 출신자끼리 모여서 이야기하는 걸 기피하며 3년을 보냈다.

"어째서……? 어째서, 너 같은 애가 그런 짓을……."

아베코는 가이코의 얼굴을 가리키며 오소네 박사처럼 부들부들 떨고 있다.

"너는 그 장미 같고 목단 같고 카틀레야 같은 가이코였는데……."

가이코는 아베코의 말을 부정하지도 긍정하지도 않고, 시간이 있다면 어디 사람 없는 데로 가지 않겠느냐고 제안했다. 아베코가 동의하여, 은행에서 나와서 얼마 떨어지지 않은 곳에 있는 산책길의 벤치에 앉았다. “히노다마 촌 사람을 이런 데서 만나다니. 나란 걸 잘도 알아봤네.”

“몰랐어, 처음에는 물론……. 설마, 네가…… 네가 그런, 말도 안 돼, 그런…… 뭐랄까, 저기…….”

아베코는 완전히 오소네 상태다. ‘계획’ 원리 따위는 이해하려고 하지도 않는, 절대로 이해할 수 없는 현실을 배우지 않은 자의 상태.

“어떻게 내가 마유무라 가이코란 걸 알았어?”

“그, 그건…… 나를 보고, 앗, 하고 놀라서……. 처음에는 사람을 잘못 본 거라고 생각했지만, 왠지 마음에 걸려서 은행 아가씨가 네 이름을 부르는 걸 슬쩍 들었어……. 얼굴과 몸이 바뀌었다는 걸 알았어…….”

“자기도 같은 걸 했으니까.”

가이코가 그렇게 말하자, 아베코는 성형하여 표정이 빈곤해진 얼굴을 애써 움직였지만, 표정은 생기지 않았다.

“아베코, 너 홋카이도에 갔다고 들었는데?”

“응, 갔어. 홋카이도로 이사해서 도내에 있는 대학교에 다녔지. 그렇지만 졸업해서 도쿄로 왔어.”

“그걸 기회로 성형을 한 거구나.”

“헛.”

아베코는 또 얼굴을 움직였지만, 역시 표정은 빈곤하다. 태연히 듣고 있는 것처럼 보인다. 산책길로 휘잉 하고 늦가을 바람이 지나간다.

바닷가재의 비극

"춥네. 추우면 코가 아프지 않니?"

이물질이 들어간 아베코의 코는 혈액 순환이 나빠서 빨개진다.

"…… 아파……."

"나도 그래. 메스가 들어간 곳은 환절기가 되면 쑤시더라."

가이코는 코트 깃을 세우고, 아베코는 목도리를 뒤집어썼다. 평일에다 바람이 불어서 산책길 벤치에 한가롭게 앉아 있는 사람은 그녀들밖에 없다.

"나는 수요일이 노는 날이야. 일요일에 물건을 보러 오는 사람도 있어서……. 부동산 회사거든."

"그렇구나. 나도 수요일이 노는 날이야."

아베코는 가이코와 같은 민영 철도 계열의 백화점에 근무하고 있었다.

"성형한 사람을 두 사람이나 고용했구나, 그 기업은."

아베코가 자조 섞인 어투로 말했다.

"어머나, 두 사람뿐만이 아닐 거야. 아까 은행에도 분명 성형한 사람은 있을 거고. 모두 했을 거야, 분명. 그지, 그렇게 생각하지 않니? 그지?"

가이코는 센트럴 성형외과의 간호사가 전에 자신에게 말했던 것과 같은 어조로 말했다.

"그럴까……."

아베코는 힘없이 말했다. 그러나 화려하게 성형한 얼굴은 그 바탕에 자신감이 감돌고 있는 것 같다.

"아베코, 중요한 걸 묻고 싶은데."

“뭔데?”

“어째서 아베코 같은 사람이 성형을 해야 했던 거야?”

가이코는 아베코의 예전 얼굴을 알고 있다. 콩알 같은 눈을 하고 약간 들창코인 낮은 코와 작은 입. 결정적으로 가이코가 이미지 캐릭터로 삼고 있는 여배우와는 피부가 닮지 않았지만, 아베코가 풍기는 불결함을 좀 더 완성시키면 가는 곳마다 남자를 매료시킬 것이다. 가이코보다 훨씬 간단히 ‘계획’을 수행할 수 있었을 텐데, 왜 일부러 큰돈을 들여 못생기게 성형한 걸까? 히노다마 촌에 있을 때부터 아베코에게는 많은 동네 사람들의 호감 어린 시선이 집중했다. 특히 남자 교사, 남자 스님, 남자 주지, 남학생들의.

“아베코 같은 미인이 일부러 못생기게 성형을 하다니, 도저히 이해가 안 가.”

가이코가 그렇게 말하자, 아베코는 쌍꺼풀 선이 선명한 눈을 더 크게 떴다.

“뭐라고?”

“어째서 일부러 못생기게 성형을 했느냐고 물었어. 전에는 미인이었는데 이렇게 못생겨지다니. 이상한 애네. 홋카이도에 있는 동안 머리가 이상해진 거야?”

“못생기게 성형을 했다고?”

아베코는 크게 숨을 들이마셨다가 내쉬었다. 그 숨은 냉기 속에서 부연 김이 되었다.

“못생기게 성형한 건 네 쪽 아니니? 나는 정말로 믿을 수 없어. 돌팔이에게 수술을 받지 않고서야……”

"무슨 소리 하는 거야. 난 센트럴 성형외과에서 했어. 너야말로 어디서 했니?"

"나도 센트럴에서."

"뭐어, 센트럴에서? 불쌍하게도, 아무리 센트럴의 다카자와 선생님 실력이 우수해도 네 설계도가 터무니없이 형편없어서 호박으로 만들어놨구나. 선생님도 가엾으시지."

총액 86만 엔이나 들인 수술인데 못생겼다, 못생겼다고 하니, 조심스럽게 이야기하던 아베코도 역시 말투가 강해졌다.

"뭐라고? 성형한 후부터 나 늘 미인이란 말만 들었어."

"누구한테?"

"누구라니, 모, 모두에게지. 직장 사람이며 넥타이 매장에 오는 손님이며."

"당신은 아름답군요, 라고 말하니?"

"그렇게 직접적으로 말하진 않지만 태도로 나타낸다고 할까……."

"떠받들어준다고?"

"뭐, 그, 그렇지."

"바보네. 그건 못생겨서 눈에 띄니까 그런 거야. 눈에 띄는 것과 아름답다고 생각하는 건 달라."

"자, 잠깐! 실례도 정도가 있지. 전에는 몰라도 지금은 내가 눈도 크고 코도 오뚝해서, 콩알 같은 눈에 들창코로 성형한 너보다 훨씬 미인이야."

화려한 얼굴의 여자가 강하게 말하자, 내용에 관계없이 모든 것이 '윽, 뭐라고? 난 언제나 미인이란 말만 듣고 있다고! 너 따위에게 무시당할 이유 없어, 흥!' 하고 히스테리처럼 천박한 자존심을 내걸며 흥분하는 꼴사나운 여자 그림이 된다. 가이코는 그런 그림의 얼굴, 그것이 못생긴 거라고 생각한다.

"아베코도 참 불쌍하게. 아직 남자를 모르는구나."

"그, 그런! 사생활에 너무 파고드는 거 아니니? 너하고 상관없잖아."

"상관있어. 남자를 모르니까 그렇게 성형을 한 거지. 난 말이야, 남자를 알고 싶어서 이렇게 미인으로 성형을 했다구. 못생겼던 옛날에는 알 수가 없었기 때문에."

"못생겼던 옛날이라니……. 자, 이참에 사실을 털어놓겠는데, 나 말이야. 센트럴 성형외과의 다카자와 선생님에게 가이코 네 고등학교 졸업앨범 사진을 보여주며 수술에 참고해달라고 했어."

"어머나, 정말로 바보네……. 나는 눈을 콩알로 성형한 것만으로 수술 전에는 합격률 제로였던 취직 시험에 두 곳이나 합격하고, 코를 낮췄더니 다섯 곳, 허리 곡선을 없애고, 피부를 때가 긴 느낌이 들게 화장을 한 후로는 백발백중 합격했어. 그렇지만 아무리 말해도 너는 아직 이해력이 없어서 소용없겠지."

모른다. 아베코는 전혀 모른다. 가이코는 생각했다. 화가 날 만큼.

"이해력? 무슨 이해력?"

"그만, 됐어. 도쿄에 와서 성형을 했다는 말은 수술한 지 1년이란 말이네. 뭐, 못생긴 여자로 지낸 기간 1년으로는 체감하지 못했을 수도 있지. 그러나 머잖아 너도 느낄 거야. 네가 못생긴 여자로 성형했다는 걸."

아름답다. 이 추상적이기 짝이 없는 말이 대체 얼마만큼 현실에 기능하고 있는지. 현실 세계에서 기능하는 '아름답다'는 말을 탐구하여 분석한 것이 '계획'이다.

"시인도 소설가도 각본 작가도 간단히 '그녀는 아름다웠다' 어쩌고 쓰기도 하고, 배우들에게 대사를 읊게 하기도 하지. 후후. 그럼 뭐야? 아름답다는 게 어떤 거야? '그녀는 아름다웠다'라고 원고지에 쓸 때, 그 사람은 어떤 모습을 머리에 떠올리고 있는 걸까?"

가이코가 단언했다.

"절대로 그 사람은 신칸센의 식수용 종이컵을 또 쓰겠다고 소중히 주머니에 넣는 마더 테레사의 미소를 떠올리지 않을 거야. 절대로 그 사람은 다카라즈카 극장의 대계단을 조명받으며 내려오는 오토리 란의 턱시도 차림을 떠올리지 않을 거야. 절대로 그 사람은 이시야마 절에 보존되어 있는 무라사키 시키부(紫式部, 『겐지 이야기』를 쓴 헤이안 시대의 소설가이자 시인—옮긴이)의 유려한 문장을 떠올리지 않을 거야. 절대로 그 사람은 엘리자베스 테일러나 아니타 에크베르(1950년 〈플레이보이〉지 선정 세계 100대 섹시 스타로 뽑혔던 스웨덴 출신의 영화배우—옮긴이)의 젊은 시절을 떠올리지 않을 거야. 그런 건 덤덤하여 맛이 없느니 어쩌니 하면서 깎아내리지. 절대로 그 사람은 연표에 실린 퀴리 부인의 사진을 마스터베이션 거리로 쓴 적이 없을 거야."

"마스터……라니…… 천박한 소리 하지 말아줘."

"천박? 마스터베이션 거리가? 왜 이 한마디에만 주목했지? 그게 더 천박하네. 아름다움이란 어떤 건가를 가장 간단하게 설명하려고 꺼냈을 뿐인 말을, 그 점에만 주목하는 게 더 이상하다고. 마스터베이션, 마스터베이션 거리가 천박하다고 한다면 섹스한 것을 관계를 가졌다고 하는 건 더욱 천박해. 섹스했다고 하지 않고 관계했다고 하거나, 마스터베이션을 자체 해결이라고 하는 것도 구역질 날 만큼 천박해."

누구나 똥을 싼다. 누구나 방귀를 뀐다. 그렇다고 해서 레스토랑 테이블에서 식사를 하는 중에 똥을 싸거나 방귀를 뀐다면 그건 천박하다. 누구나 하는 일이라고 해도 해야 할 장소라는 것이 옛날부터 마련되어 있다. 똥을 싸거나 방귀를 뀌는 것을 타인에게 느끼게 하지 못하는 것이 고상함이다. 그러나 똥도 안 싸고 방귀도 뀌지 않는다고 거짓말을 하는 것은 레스토랑 테이블에서 똥을 싸 보이는 것보다도 상스럽고 천박해. 그리고 상스러운 데다 천박한 자는 반드시 이런 설명에 대해 이렇게 말하지. '무슨 소린지 모르겠어. 무슨 말을 하는지 모르겠군.' 상스러운 데다 둔감한 자의 수와 생명력은 미역취만큼 많고 끈질기지. 가이코는 북풍 속에서 아베코에게 열변을 토했다.

"나는 말이야. 이들 미역취에게 복수해줄 거야. 신이 미역취를 이렇게도 많이 세상에 보낸 것은 이렇게 되라는 뜻일 거야. 분명 신은 내 노력을 기뻐해주실 거야. 난 믿어. 그러나……"

나도 아직 한참 수행이 부족하다. 가이코는 아베코의 잘못된 성형 얼굴을 말끄러미 바라보며 말했다.

"천박한 얘기 하지 말라는 네게 화를 내다니, 아직도 '계획'이 완료되려면 멀었네. 마스터베이션이니 하는 말이 떠올라도 하지 않도록 하고, 내게 불리한 말은 '몰라' 한마디로 끝낼 수 있게끔 돼야 하는데."

현 단계에서는 아베코의 반응과 행동 쪽이 '계획'의 원리에 가깝다. 가이코는 반성했다.

"그러나 아베코, 넌 머잖아 이 세상에서 사라질 거야."

"사라져?"

"그래. 네가 성형한 잘못된 외면을 네 내면이 뒤쫓아 갈 테니까."

가이코는 그렇게 말하고 아베코에게 등을 돌렸다. 벤치에는 아베코만 남았다.

테린의 법칙

terrine

아베코는 가이코가 가고 난 벤치에서 낙엽이 바람에 날리는 걸 보고 있었다. 아무 생각 없이, 그저 바람 부는 대로 날리기만 할 뿐인 낙엽이 하염없이 부러웠다. 낙엽뿐만이 아니다. 벤치라는 물체를 만든 나무와 쇠 테두리. 쇠 테두리의 멋없는 당초무늬 장식의 불완전한 모서리와 거기에 부옇게 쌓인 먼지. 안정감 없는 원색 글씨가 인쇄된 찌그러진 플라스틱 도시락. 도시락 냄새를 킁킁 맡는 개. 옛날에 할아버지가 기모노 아래 입었던 속옷 색과 같은 털빛의 개. 개는 빨갛고 까맣게 얼룩진 코가 자신을 얼빠진 표정으로 만든다는 생각 따위는 전혀 하지 못한 채 도시락 냄새를 맡는다.

(개는 좋겠다.)

아베코는 부러워한다.

(저러는 동안 하루가 끝나고, 어느 구석에서 조그맣게 웅크리고 자겠지…….)

아베코는 개의 무심함을 부러워하는 자신의 모습에 당황했다. 명치 언저리, 늑골 언저리가 옥죄어 수분이 없어져가는 느낌이 엄습해왔기 때문에.

바람에 차가워진 손을 비볐다. 단순한 작업. 천천히 따뜻해지는 두 손. 아베코의 입술 끝이 애써 위로 올라간다.

(어디 가서 코코아를 마시자.)

아베코는 일어서서 몇 미터를 걸어가다가 모퉁이에 있는 패스트푸드 가게에 들어갔다.

뭐야, 난 못 들었어. 진짜? 어제 말했잖아. 아, 열받아, 한 대 쳐줄까 했지만. 노트 여기 있어. 가게에는 고등학생들의 목소리가 넘쳐났다. 그 끊어졌다 이어졌다 하는 소란스러움이 오히려 그저 넓기만 한 가게 안을 온화한 장소로 만들었다.

(내게도 저런 시절이 있었는데…….)

아베코는 벽 쪽의 작은 테이블 석에서 코코아가 든 용기의 뚜껑을 열었다. 합성수지 용기에서 열기가 손바닥에 전해진다.

*

열일곱 살의 아베코는 스위치를 끈 다리미에 아직 은근한 열기가 남아 있는 것을 손가락으로 확인했다. 남은 열로 화학섬유 의류를 재빠르게 다림질한다. 아세테이트나 레이온 재질의 옷은 이렇게 하면 태우지도 않고 부드럽게 다려지며, 다 마칠 즈음이면 다리미도 적당히 식어 있어 바로 정리할 수 있다.

2층 남서향 4조 반(1조는 보통 세로 180센티미터, 가로 90센티미터의 넓이임—옮긴이) 크기의 다다미 방. 서쪽 처마 아래에 짚으로 엮은 감이 몇 개 매달려 있다. 감은 평화롭게 석양을 받고 있었다.

아베코는 다리미 코드를 둘둘 말면서 감이 매달린 창 앞에 서서 바깥을 내다보았다. 아득히 먼 곳까지 논과 밭이 뻗어 있다. 수확이 끝난 논에는 벼를 베어낸 자국이 질서정연하게 늘어서 있다. 두세 명의 아이가 타이어를 밀며 논밭 사이를 달리고 있다. 불안정하게 구르는 낡은 타이어. 아베코는 저건 타이 씨일 거라고 생각한다. 논두렁길 관목 옆에서 할머니가 쭈그리고 앉아 있다. 히사마쓰 씨네 할머니일 것이다. "히사마쓰 씨네 할머니는 원래 부지런한 사람이야. 벼가 없을 때는 짚을 챙기고, 짚이 없을 때는 씨뿌리기를 하지. 그 사람은 1년 내내 흙에서 떠나질 않아." 어머니는 항상 감탄했다. 히사마쓰 씨의 할머니의 여동생의 남편의 누나의 손녀가 아베코의 어머니다. 타이 씨의 아버지의 고모의 아들이 아베코의 아버지다. 히노다마 촌은 마을 사람 전부가 인척 관계로 얽혀 있다.

주위가 산으로 둘러싸인 이 마을은, 발광하여 불과 2년 남짓 만에 황위에서 물러나야 했던 레이제이 천황에게 사랑받던 후궁이, 천황의 아이를 잉태한 채 이주해와 영화를 누리지 못하고 죽어간 곳이라 일컬어지고 있다. 추석 때가 되면 후궁의 도깨비불이 마을 여기저기에 휙휙 떠돌아다닌다고 해서 그런 마을 이름(히노다마火の玉는 도깨비불이란 뜻임—옮긴이)이 붙었다.

아베코는 그런 도깨비불을 본 적이 없다. 후궁의 원한과 황제의 광기를 느끼게 하는, 그런 설화 같은 일 따위는 마을에 없다. 논과

밭, 목조집, 창고, 마을 사무소, 용수로, 저수지, 초등학교 하나, 중학교 하나. 슈퍼마켓도 도서관도 없다. 마을 사무소가 끌어온 유선이 있을 뿐, 전화국도 수세식 화장실도 없고, 두루마리 화장지 교환차도 오지 않는다. 요컨대 마을에는 아무것도 없다. 따라서 마을은 끝없이 넓어 보였다. 사람과 건축물과 간판과 차들이 공간을 밀도 높게 차지하고 있는 큰 도회보다도.

아베코는 가을 연휴를 맞아 도시에 있는 하숙집에서 오늘 집으로 돌아왔다.

버스로 30분, 전철로 한 시간 걸리는 곳에 어느 정도 큰 마을이 있다. 그 마을에 한 곳, 주변에 두 곳의 고등학교가 있어서, 히노다마 촌 젊은이 중 태반은 그중 한 곳에 통학을 하고 있다. 하지만 그 마을에서 또 두 번 더 전철을 갈아타고 한 시간을 가면, 더욱 큰 Q시가 있고, 고등학교가 하나 있다. 중학교 담임선생님이 개인 면담에서 아베코는 그곳에 갈 수 있는 성적이라고 말했을 때, 어머니는 그 자리에서 거절했다. "그렇게 하면 하숙을 시켜야 하는데, 그건 곤란합니다. 위의 오빠도 가까운 고등학교에 보냈는데, 여자아이를 그런 학교에 보내는 사치스런 짓은 할 수 없습니다." 아베코도 어머니 옆에서 끄덕였지만, 아버지가 하숙을 하더라도 그 학교로 보내라고 했다. "선생님이 갈 수 있다고 한다면 그렇게 하는 게 좋아, 갈 수 있을 때 가는 게 좋아." 누워 있는 일이 많아진 아버지가 '갈 수 있을 때'라고 한 말에 어머니도 오빠도 아베코도 따랐다.

"오, 아베코 왔냐. 벌써 저녁때가 되었나?"

빨래를 개서 아버지 방에 갖다놓으러 가자, 그렇게 물었다.

"네. 곧 저녁 먹을 시간이에요."

"그러냐. 이상한 꿈을 꾸었어."

아버지는 잠옷 앞섶을 여미면서 몸을 일으켰다.

"약 탓인지 이상한 꿈을 자주 꾸네. 꾸긴 하지만 일어나면 잘 기억이 나질 않아."

아버지가 찻잔에 손을 뻗치자, 아베코는 찻주전자로 따뜻한 물을 따른다.

"어떠냐, 학교는? 공부는 어렵니?"

"중학교 때보다는요."

"그러냐. 뭐, 괜찮아. 할 수 있는 범위에서 열심히 하면 그걸로 된 거야. 할 수 있을 때 할 수 있는 일을 할 수 있는 만큼 하는 게 제일이야."

아버지는 막연한 이야기를 한다. 아베코는 아버지가 심장이 약해졌다고 들었지만, 치명적인 병은 아니라고도 들었다.

"알겠어요. 아빠도 빨리 일어나시는 게 제일이에요."

아베코도 막연하게 대답했다.

"이제 곧 문화제를 해요."

"그렇구나. 발표회구나."

"맞아요, 동아리 발표회예요."

아베코는 문화제를 발표회라고 하는 아버지에게 조금 웃어 보이고, 아버지의 방에서 나왔다. 뭔가에 대해서 깊게 혹은 오래 생각해 본 적이 없다. 책도 산 적이 없다. 애초에 히노다마 촌에 서점이란 게 없다. 여름방학에 학교가 구입한 과제 도서를 읽은 적이 있을 뿐이다. 그래서 아베코는 건강했다. 아베코의 마음에 비친 사상事象은 구김이 없다. 그리고 한번 비치면 이내 과거로 사라진다. 깨끗한 그녀의 마음에는 사람과 사람이 내는 말, 할 수 있는 일, 물건, 풍경風景의 소리, 울림, 냄새, 색채가 잔상이 되는 일이 없다. 맑은 호숫가, 맑은 하늘의 햇빛은 반짝반짝, 흐린 하늘의 빛은 끈적끈적, 이 모든 것을 수면에 그대로 반사시키듯이 아베코는 줄곧 깨끗하게 있었다. 건강하다는 것은 그런 것이다.

아베코는 동아리 방에서 다른 부원들과 함께 신문부 남학생들이 오기를 기다리고 있었다.

남학생들은 수예부인 아베코 일행이 작품을 전시할 간이 진열대 만드는 일을 도와주기로 했다.

"실례합니다."

하지만 노크 소리 뒤에 방문을 연 것은 여학생이었다. 가이코다.

"미안합니다만, 남는 천 같은 것 혹시 없을까요?"

ESS 부원인 가이코가 영어 연극에 사용할 천이 필요하다고 말했다. 필요한 천의 크기, 색 등을 설명하고, 간단히 연극 내용을 덧붙인다.

"그렇군요. 이런 건 어때요?"

부장이 적당한 천을 고르는 동안, 가이코는 아무 생각 없이 작은 방을 둘러보다가 아베코를 발견했다.

"어, 모치즈키."

아베코는 가이코에게 이름을 불리고 나서야 아, 하고 작은 입술을 움직였다. 이 고등학교에 히노다마 촌 출신자는 네 명이 있다. 네 명은 어째선지 히노다마 출신끼리 모이는 걸 피하고 있다. 다른 두 사람도 물론이지만, 아베코는 부끄러운 마음에 가이코를 피했다. 무엇이 부끄러운지는 잘 모른다. 건강한 아베코는 무엇이 부끄러운지 자신의 내면을 바라보는 짓을 하지 않는다.

아베코는 가이코와 친하지 않다. 함께 논 적도 없다. 다만 아베코는 초등학생 때부터 가이코를 보는 것이 부끄러웠다. 가이코는 어릴 때부터 마을 사람들과는 아주 이질적인 강렬한 빛을 내뿜었다. 이를테면 어머니날이 가까운 수업 시간이었다. 초등학생들이 붉은색 종이로 카네이션을 만드는 가운데, 가이코는 흰색 종이로 꽃을 만들었다. 선생님이 일찍 부모를 여읜 가이코에게는 흰 종이를 주었다. 잔혹한 관습이라고 할 수도 있지만, 초등학생은 어리지만 강인하여 관습은 그저 관습으로 수용한다. 가이코에게는 엄마도 아빠도 없구나, 가엾게도. 그렇게 말하는 것은 선생님뿐으로, 어린아이들은 무엇보다 부모가 없는 상태를 상상할 만한 힘이 아직 없다. 사람 수가 적은 히노다마 촌 초등학교에서 어머니가 없는 아이는 가이코 한 명뿐으로, 흰 꽃을 만드는 가이코의 모습은 아베코에게도 또 다른 친구들에게도 가엾게 비친 게 아니라 그저 눈에 띄었을 뿐이다. 그리고 세월이 흐를수록 가이코의 용모는 이채를 발하여 입이 건 노인들이 그 너무나 강렬한 빛을 '불길' 하다고 수군대는 것을 들었다. 이를테면 강에서 수영할 때였다. 가이코의 몸매는 반 친구인 여학생뿐만 아니라, 남학생, 남자 교사들의 시선을 돌리게 했다. 아베코는 그들이 왜 시선을 돌리는지 그 이유를 생각하는 것이,

아는 것이, 깨닫는 것이 부끄러웠다.

큰 도회지에 있는 이 고등학교에는 가이코를 '불길' 하니 어쩌니 하며 험담하는 사람이 없다. 정말 예쁘네. 가이코는 여학생들의 칭찬을 자주 들었고, 아베코 자신도 동의했다. 왜 가이코를 보는 것이 부끄러운지, 아베코는 잘 모른다. 부끄럽다기보다 자기 발밑이 흔들리는 듯한 불안함을 느낀다. 그녀는 지금 수예부에 남는 천이 있는지 물으러 왔다. ESS에서는 영어 연극을 하는가? 그 얼굴로, 그 몸으로, 가이코는 이국의 언어를 발성할 것이다. 다른 출연자를 제치고 그녀만이 두드러지겠지. 두드러지는 데는 가이코의 온몸이 익숙하다. 익숙해 있다. 그것이 아베코에게 어딘가로 도망치고 싶은 불안함을 준다. 상상하는 것만으로 아베코의 심장은 두근두근 떨렸다.

"이 두 장으로 충분합니다. 이걸 가져갈게요. 고맙습니다."

가이코가 부장이 건네준 천을 접어서 방을 나가려고 할 때, 신문부 남학생이 끈으로 묶은 목재를 들고 왔다. 부딪칠 뻔한 남학생과 가이코가 그 자리에서 서로 몸을 피하며 큰 소리로 웃었다. 가이코가 "갓치!" 하고 남학생의 별명을 불렀다.

"갓치가 처녀들의 방에 무슨 볼일? 더럽히러 온 거야? 방해하러 온 거야?"

"너무하네, 도와주러 왔다구."

남학생은 진열대를 만드는 취지를 가이코에게 설명하고, 여자 다섯 명뿐인 수예부에게 물었다.

"여기 놓으면 돼?"

"응, 고마워."

"그럼 내일 망치를 갖고 올게. 신문부는 나 혼자이고, 유도부에서 한가한 녀석이 한 명 더 올 거야."

그럼 이만, 하고 남학생이 수예부실을 나가자, 가이코는 잠시 멍하니 마룻바닥을 내려다보고 있었다.

"진열대 정도는 여자들도 만들 수 있지 않아요? 왜 신문부나 약한 유도부 남자들에게 도움을 받는 거죠?"

이상하네요, 하고 가이코가 말했다. 까칠한 어조는 아니고, 경멸하는 어조도 아니고, 어딘지 모르게 태평스럽고 맥없는 어조였지만, 다섯 명의 여자 부원은,

"뭐어?" 하고 소리쳤다. 가이코의 질문은 아베코로서는 이해할 수 없는 것이었다. 지금까지 그걸 이상하게 생각한 적이 없었다. 다른 네 명도 그랬다.

다섯 명이 동시에 의외라는 얼굴을 하자, 가이코도 의외라는 표정을 지었다.

"그냥 평범한 진열대잖아요. 수예부에서 너끈히 만들 수 있지 않을까요?"

"그렇지만 도와준다고 하고……. 매년 도와주는 걸 올해는 도와주지 않아도 된다고 말하기도 그렇고……."

부장은 가이코에게 본질적인 대답을 하지도 못하고 말을 흐렸다.

이 학교는 남자 대 여자의 비율이 현재는 3대 1인 공립 고등학교이지만, 전후 5년째에 창립될 때는 여자 비율이 더욱 낮았다. 수예부는 그 잔재다. 여학생에게 어울리는 동아리를 만들어야 한다는

학교 측의 생각으로, 당시 감각으로 보자면 '너무나도' 여학생스러운 수예부가 생겼다. Q시는 견직물의 산지이기도 해서, 발족 당시에는 지도 교사인 여교사도 본격적으로 재봉을 지도했다. 하지만 세월과 더불어 동아리의 활동 내용이 변하고, 교사도 바뀌어, 최근 몇 년은 항간에 유행하는 패치워크니 대형 태피스트리, 오리지널 로고 등의 제작을 중심으로 활동하고 있다. 교내 운동부가 각각 독자적인 스타디움 점퍼와 트레이닝복을 부원이 하나같이 입고 싶어 하기 때문에, 펠트로 만든 독특한 모양의 알파벳으로 이름을 수놓기도 하고, 셔츠에 록 가수의 사진을 프린트하기도 한다. 또 강당의 무대 막이나 탈의실 커튼이 벌레 먹거나 떨어지면 언제든지 수선을 해주는 수예부에는 교사들도 호의적이어서, 때로는 그들의 양복 단추가 떨어진 걸 달아달라고 할 때도 있다. 그렇다고 해서 물론 시험 점수를 올려주는 일은 없었지만, 그래도 교사들이 수업 중에 친근감을 갖고 대해주었다. 이런 수예부가 문화제 준비를 하며 남학생의 도움을 받는 것, 그리고 그런 원조 작업 기간 중에 그들과 스스럼없는 대화를 나누는 것, 그것은 이 고장과 학교와 동아리의 말하자면 일종의 관행이었다.

"해마다 도와주던 것을 올해는 도와주지 않아도 된다고 말하면, 왠지 미안하기도 하고 그쪽도 기분이 상할 테고, 우리 부는 신체제 고등학교가 되었을 때부터 생긴 부서로, 문화제에서의 남녀 협력은 그 시절부터 전통의 하나였고."

"마유무라처럼 남자의 도움은 필요 없다고 그런 식으로 거부감 갖는 게 이상하다고 생각해……."

"뭐든 남녀 대립으로 생각하는 쪽이 오히려 여자라는 것을 너무 의식하는 것 같은……."

부장은 관행이라는 점을 이유로 들며 가이코에게 계속 대답하고, 다른 부원도 모호한 이유로 부장을 거들었다.

"내가 그렇게 거창한 얘길 했나. 난 그저 진열대를 만드는 건 간단한 거다, 하고 진열대 얘기를 했을 뿐이에요."

진열대 얘기를요, 하고 가이코의 입은 그대로 멍하니 벌어진 채 있었다. 벌어진 입은 그녀의 눈부시게 아름다운 얼굴과는 딴판으로 힘이 없었다. 아마색과 재색, 물색과 분홍색. 중간색은 퇴색을 해도 중간색 그대로이지만, 빨강과 검정, 흰색과 파랑. 선명한 색이 색이 바래면 지저분하고 칙칙해진다. 아베코는 부끄러웠다.

가이코는 수예부실 입구에 선 채 움직이지 않는다. 균형을 잃은 칙칙한 얼굴로 계속 부장과 아베코 쪽을 향하고 있다. 왜 웃지 않는 것일까? 수예부원들이 도움을 받는 게 좋다면 그걸로 됐네요. 그냥 잠깐 그런 생각이 들었던 것뿐이에요. 어쨌든 이 천 고맙습니다. 잘 쓸게요. 그런 식으로 적당한 '마무리 인사'를 하고 웃으면, 분명 여기 있는 다섯 명도 웃을 것이다. 그걸로 끝날 일을, 가이코는 까칠해진 공기에 더욱 손톱을 세우는 짓을 한다. 그 불편함이 아베코를 부끄럽게 한다.

(가이코는 또…….)

건강한 아베코에게는 명확한 기억이 없지만, 전에도 비슷한 감촉의 공기를 접한 적이 있다. 아베코는 공기의 까칠함에 주뼛거리면서,

"뭐어……, 저기, 괜찮잖아……."

뭐가 저기인지, 뭐가 괜찮잖아인지 스스로도 전혀 모르는 채 말했다. 말하고 나서 희미하게 웃었다. 그걸 계기로 부장도

"그 천이면 됐지?"

하고 진열대 만들기 이야기를 피해서 마무리지었다.

그러나 가이코는 여전히 '진열대'에서 떠나지 않았다.

"난 진열대 이야기를 했을 뿐이에요."

자기는 어디까지나 진열대 만들기 작업의 간단함에 대해 언급한 것이지, 남자의 도움을 받고 안 받고 하는 이야기를 한 게 아니다. 하지만, 설령 진열대 만들기가 간단한 작업이라고 해도 남학생과 함께 작업하는 것을 즐겁게 생각한다면, 그건 너희들의 자유이니 전혀 상관하지 않는다. 가이코는 이런 뜻을 이야기했다. 남자와 함께하는 걸 즐겁게 생각하는 건 조금도 나쁜 게 아니라고도.

"즐겁게 생각하다니…… 그렇게 빈정거릴 거라면 그 천 돌려줘."

부장은 가이코의 손에서 천을 빼앗아 들었고, 아베코는 가이코에게서 얼굴을 돌렸다. 부끄러웠다.

고등학교 졸업식 날 밤, 아베코의 아버지가 죽었다. 밤샘과 고별식과 중음어영가법요(中陰御詠歌法要, 세상을 떠난 날부터 49일 동안 올리는 불교 의식—옮긴이)와 초칠일제와 탈상과 참배와 또 중음어영가법요와 납골과 단가(檀家, 일정한 절에 속하면서 장례식 등 불사 일체를 맡기고 시주로 그 절의 재정을 돕는 집—옮긴이) 방문 염불과 납골 의식과 49재를 하는 사이에, 아베코는 홋카이도에 있는 사립 여자대학교 입학시험을 쳤다.

히사마쓰 씨의 할머니의 여동생의 남편의 누나의 손자로는 아베코의 어머니와 또 한 명이 있다. 어머니의 오빠다. 즉 아베코의 외삼촌. 외삼촌은 드물게 히노다마 촌에서 멀리 떨어진 홋카이도로 이사 간 사람으로, 작은 공장을 하고 있었다. 과부가 된 어머니와 아베코의 오빠는 외삼촌의 공장 일을 돕기로 했다. "아베코는 공부를 잘하니까 2년제 대학에 가라." 아버지가 임종 무렵에 그렇게 말해서 어머니도 오빠도 아베코에게 2년제 대학을 권했다. "예." 아베코도 대답했다.

특별히 공부를 좋아한 것도, 공부를 잘한 것도 아니다. 히노다마 촌 사람은, 히노다마 촌 같은 작은 지역에 사는 사람은 약 95%가 공부를 하지 않는다. 그저 학교 수업이나 하고, 시험에 나오는 문제를 풀 뿐이다. 풀지 못하면 풀 줄 아는 데까지 푼다. 문제를 많이 푼 순서대로 성적 순위가 매겨진다. 그것뿐이다. 히노다마 촌에는 못 푸는 문제를 풀 줄 알도록 한다거나 푸는 속도를 빨리 하는 교육 기관(학원이나 과외 같은)도 교육지도원(보충 수업 교사, 가정교사)도 존재하지 않는다. 고등학교가 있는 Q시는 히노다마 촌에 비하면 큰 지역이었지만, 그곳에도 이렇다 할 만한 교육 기관은 없었다. 아베코는 그저 고등학교 수업만 받고 있었다. 성적은 중 정도였다. 그래도 히노다마 촌에서 나와 하숙을 하면서 Q고교에 진학한 여자라는 것만으로, 아버지에게 아베코는 신세대 자녀였다. 아버지가 그렇게 느끼기 때문에 어머니도 그렇게 느끼고, 오빠도 그렇게 느끼고 있었다. 아베코 본인은 느끼지 않았다. 건강한 아베코는 자신에 대해 생각하는 일이 없었다.

홋카이도로 왔으니 홋카이도 내의 2년제 대학에 시험 치려고 했다. 하지만 계속 이어지는 제를 마치고 보니 도내 대학 입시가 끝나 있었다. 아직 사립대학의 2차 모집이 남아 있는 곳이 두 곳 있어서, 외삼촌 집에서 가까운 P시의 여자대학에 시험을 쳐서 합격했다. 불문학과만 2차 모집을 하고 있었다. 아베코가 2년제 대학 가정과가 아니라, 4년제 여대 불문학과에 진학한 것은 단지 그런 이유뿐이다.

아베코가 5월병에 걸리는 일은 있을 수 없었다. P시는 고등학교가 있던 Q시와 거의 같은 규모의 지역으로, 아베코에게 변화란 건 먹고 자는 집의 칸수와, 먹고 자는 장소 주변의 평균 기온 그 정도였다. 대학 구내에 있는 문방구점에서 가끔 편지지를 샀다. B5보다 한 치수 작은 크기의 편지지. 꽃과 천사와 작은 동물 같은 무늬로 테두리가 꾸며진, 몇 글자 적지 못하는 편지지에 북국의 기후며 최근 마신 홍차 이야기 등을 써서, 고등학교 시절 친구에게 보낸다. 보낸 상대에게서도 가끔 답장이 오고, 대학에서 새로 사귄 친구와 스커트를 사러도 가고, 간 길에 2000엔짜리 반지를 사기도 했다.

아베코는 그래서 여름이 되었을 즈음에는, 언제 자신이 루주를 처음 발랐는지 기억조차 없었다. 아무런 주저도, 아무런 혐오도, 그리고 아무런 수치심도 없이, 아베코는 루주를 바르는 자신을 무난하게 간과할 수 있었다.

만약 여기저기에 있는 의식 있는 여성들이 고안한 '남성 사회'라는 개념을, 여기저기에 있는 그런 여성들을 혐오하는 남성들에게 하늘의 별이 전한다면, 그것은 '대학생이 된 아베코는 청순한 색기를 풍기기 시작했어. 연한 핑크색 루주는 때 묻지 않은 그녀의 자태에 아주 잘 어울려'라고 표현될 것이다. 하지만 인공을 자연으로 느끼는 능력, 일말의 작위作爲에 맹목적으로 달려들 수 있는 능력, 그것이 지상 어딘가에서 각각 다른 말로 포장돼 있어도, 별은 잠자코 하늘에서 반짝거리고 있을 뿐이다.

북두칠성이 낮은 위치에 있는 계절, 스무 살의 아베코는 P역에 요세를 마중 나갔다.

"갓치."

성으로만 불렸던 그를 그렇게 부르게 된 것은 고등학교를 졸업한 후부터다. 짧은 편지를 보내는 상대 중에 수예부의 일을 도와준 이 신문부 남학생도 있었다. 그는 도쿄대학에 진학하여 긴 편지를 아베코에게 보냈다. 주변에 있었던 일을 자세히 쓰고 있었지만, 자신이나 아베코하고 무관한 내용이었다. 하지만 건강한 성인이 된 아베코는 내용이 긴 것을 그만큼 호의를 표시한 것이라고 생각했다. 성인 여자에게는 어울리지 않는 편지지에 편지를 쓰는 것으로 호의에 보답하는 거라고 믿었다. 유치한 짓이라는 생각은 물론 건강한 정신에 떠오르지 않았지만.

"뭐야, 모치즈키. 거기 있었냐?"

배낭을 짊어진 요세는 아베코가 너무 여자다워져서 몰라봤다며 웃었다. 아베코도 요세가 도회적이 되었다고 말해주었다.

"이야, 교복을 입은 모습밖에 본 적이 없었긴 하지…… 아니, 체육 시간에 수영복 입은 것도 봤던가……."

요세는 우물거렸다. 남녀가 따로 수업을 할 때, 은근히 남학생들은 여학생에게 시선을 보냈구나 하고, 아베코는 베이지색 원피스를 입고 있음에도 불구하고 이제 와서 자신의 수영복에 쏟아진 시선을 생각하며 뺨을 붉혔다. 고개를 숙인 아베코는 요세가 우물거린 이유와 과거의 관련성을 적절히 설명하기 위한 말을 고르다 못해 침묵하고 있다는 사실을 깨닫지 못했다. 아베코가 얼굴을 들자 그는 얼른 정신을 차리고,

"아, 참. 같이 온 친구가 있어."

하고 역 매점 쪽으로 고개를 돌렸다.

"같이 온 친구?"

"같은 문과대의 같은 과 녀석. 홋카이도에 간 적이 없다고 해서 데리고 왔어."

요세는 어이, 하고 또 한 명의 청년을 불렀다. 요세보다 '도회적'인 분위기가 몸에 밴, 눈매가 온화한 청년이 아베코 앞으로 다가와 섰다.

"하나이 아다입니다. 이거."

아다는 캔 커피를 아베코에게 건네고,

"네 건 없다."

요세에게 혓바닥을 내밀어 보였다.

"이런 녀석이야."

요세는 아다를 한마디로 소개하고, 여자 한 명에 남자 두 명으로 이루어진 삼각형은 서로 60도 각도를 만들었다. 세 사람은 원만한 거리를 두고 P시를 걸어 다니다 점심을 먹고, 점심을 먹은 뒤에 남자 둘은 여관으로 돌아가느라 길에서 아베코와 헤어졌다. 요세가

여관으로 가던 길에 유턴하여 아베코 쪽으로 되돌아왔다.

"다섯 시쯤 한 번 더 만날 수 있을까? 아까 커피숍에서."

"응, 좋아."

아베코는 요세의 제안에 놀라지 않았다. 요세가 길을 되돌아온 것도, 다섯 시에는 셋이 아니라 둘이서 만날 거라는 것도 그녀에게는 예정된 조화였다. 발랄한 자신감을, 지상에 서식하는 일부 사람들은 '자연미'라고 표현한다.

요세는 정말로 커피숍에 혼자 왔다.

"낮에는 하나이도 있고, 여기저기 걸어 다니느라 제대로 말을 못 한 것 같아서 좀 천천히 얘기를 나눠보고 싶었어."

"응."

"고등학교 시절이라든가, 하나이가 모르는 이야기를 하는 건 미안하잖아, 그지?"

"그러게."

"하지만 모처럼 만났는데, 뭐랄까 이런 이야기를 하는 건 모치즈키밖에 없을 것 같은 생각이 들어서 말이야……."

"흐음."

"고등학교 때는 제대로 이야기하기가 쉽지 않았지만, 떨어져 지내니 오히려 이야기하기가 쉬운 그런 거 있잖아."

"그러게."

응. 뭐. 그러게. 흐음. 아베코는 요세의 말에 최소한의 맞장구를 칠 뿐이다. 왜냐하면 모든 것은 그녀에게 예정된 조화로, 요세가 하는 말과 태도의 본질을 이미 확신하고 있기 때문이다. 요세는 자기를 좋아한다는 본질을.

아베코는 절대 역겹고 교만한 여자가 아니다. 건강한 것이다. 문화제 준비를 도와주고, 편지지 여러 장에 걸친 긴 편지를 세 번 이상 보내고(2년 동안이지만), 도쿄에서 P시까지 와서 또 한 명의 남자와 각도를 60도로 유지한 뒤에 헤어졌다가 자신에게로 되돌아와 자신과 둘이서만 만나고 싶어하는 이성은 자신을 좋아하는 거다. 그렇게 확신하는 것은 특이한 성격이 아니다. 사람은 일상의 시끄러움 속에서 미처 깨닫지 못하지만, 아베코처럼 믿을 수 있는 인간은 남녀의 성별에 상관없이 수없이 존재한다. 압도적 다수라고 해도 좋다. 건강함이란 그런 것이다.

아베코는 이 남자는 내 포로다, 내게 예속되었다고까지는 생각하지 않는다. 막연히 좋아할 거라고 믿는다. 아베코 역시 요세를 좋아했다.

"내 편지, 이상했지? 이상했어, 그 시절에는. 그런데 지금도 역시 이상하려나. 중요한 것을 해결하지 못한 채 내버려둔 찜찜함이 밤이 되면 부글부글 끓어올라서, 정리하려고 하면 다른 것까지 생각하게 돼서 말이야. 관념적인 편지가 돼."

요세는 불운하게도 아베코만큼은 건강한 젊은이가 아니었다.

"아마 해결할 마음이 없는 거겠지. 사실은 해결하지 않아도 좋다고 생각한 걸 거야."

"음……."

요세의 막연한 말은 아베코에게는 '고백'을 하기 위한 도움닫기로 들렸다. 아베코는 고백을 받아들일 자세를 취했다.

“아, 그렇지. 아까 하나이가 말이야. 모치즈키보고 참 귀엽다 그랬어.”

요세는 거침없는 목소리로 말하더니, 아다가 음악을 좋아한다는 것, 밴드를 결성해서 그 동료와 며칠 뒤에 삿포로에서 만난다는 것, 자기가 그 그룹을 위해 작사를 한 곡 해준 이야기 등을 아베코에게 해주었다.

“아, 거기 출연해.”

“어머나.”

삿포로에 있는 유명한 라이브하우스, 그 이름만큼은 아베코도 몇 번 들은 적이 있다.

“모치즈키는 하나이와 마음이 잘 맞지 않을까? 혹시 시간이 괜찮다면 삿포로의 라이브, 함께 보러 가자.”

“응.”

커피숍 창에 비치던 가을 햇살이 갑자기 그늘졌다. 요세는 담배를 피웠다. 몇 번 피우고 연기를 뿜더니, 하얀 부분을 길게 남긴 채 껐다.

“마유무라하고 연락한 적 있냐? 같은 마을이었지?”

“……아니.”

아베코는 요세가 가이코의 이름을 꺼냈다는 사실이 이해가 가지 않았다.

(어째서?)

아베코가 그런 생각을 하는 찰나, 요세는 봇물이 터진 듯이 고백했다.

"엄청 예쁜 아이였지. 수영복을 입었을 때면 특히."

단 한마디의 고백. 아베코는 정신의 안정을 잃었다. 균형이 무너져 몸 둘 곳을 모른다. 부끄럽다고 생각했다. 무엇이 부끄러운지 모른다. 요세는 앞에서 손을 좌우로 젓고 있다.

"아니, 사귀었다거나 좋아했다거나 그런 거 아냐. 나 따위는 무시했으니까. 남자들 모두를 무시했지, 그 애는."

"글쎄……."

하지만 아베코는 언제나처럼 맞장구를 치고, 미소 지었다. 풀 수 없는 문제는 풀 수 있는 데까지만 풀고 그만둔다. 아베코는 아무리 풀지 못하는 문제가 닥치더라도 몸으로 받으며 나아갈 수 있다. 풀지 못하는 문제는 아베코의 몸을 통과하여 바로 과거로 흘러가기 때문이다. 연연하지 않는다는 것. 그녀의 단아한 윤기는 이렇게 단련되어왔지만, 그러나 이때 투명했던 윤기가 약간 칙칙해졌다. 고개를 갸웃거리며 약간 어려 보이게 미소를 짓는다. 그렇다고 미소 짓고 있다는 것까지는 본인도 눈치채지 못한다. 절묘한 칙칙함이었다.

"무시당했다니…… 갓치가 지나치게 생각한 거야……."

눈동자를 깜빡여 보였다. 아베코는 지급받은 제복을 입듯이 처녀성을 버렸다. 처녀막을 가지고 있다고 해도 이제 유니콘은 그녀를 좋아오지 않을 것이다. 처녀에서 여자로. 그 이행은 매끄러운 슬로프를 미끄러져 내려가듯이 자연스럽게 일어난다. 건강한 아베코의 발은 슬로프를 이동하고 있다는 것조차 모른다. 모르기 때문에 건강한 것이다.

"여섯 시 반이네. 그만 나갈까."

여섯 시 반에 무슨 특별한 게 있는 건 아니다. 그저 여섯 시 반이니까 자리를 뜨는 것으로, 커피숍에서의 대화는 아무 실체 없는 결과로 끝나버렸다. 그것에 대해 기분이 나쁘지 않게 느낄 동물이 엉덩이의 땀샘에서 향을 발산한다.

발산된 향은 이윽고 아다와 그 음악 동료를 끌어당겼다. 지상의 어떤 섬나라에서 어떤 사람들은 의식의 칙칙함을 신비로 느끼고, 온갖 수식으로 그것을 신비의 창고 속으로 넣는 걸 즐거움으로 느낀다. 아다도, 아다의 밴드 동료인 빨간 모자도 노란 모자도, 그 후에 아베코와 조우한 양복도 흰옷도 가죽점퍼도 고무장화도, 건강한 남자들은 모두 아베코의 칙칙함에 끌렸다. 칙칙함은 소리도 없이 조용히 아베코의 피부 모공 하나하나를 메워갔고, 그것은 섬나라 언어로 다양하게 묘사되었다. 부드럽고 심지가 확실한 분위기, 청초하면서도 부드러운 여자다움이 있다. 야하지 않고 부드러운 색기 등등. 가을철 20시에 자오선을 통과하는 1등성을 24광년 거리에 있는 포말하우트(Fomalhaut, 남쪽물고기자리에서 가장 밝은 별. 포말하우트란 아랍어로 '고래의 입'이란 뜻이다—옮긴이)라고 부를지, 사랑의 여신의 화신인 남쪽물고기자리라고 부를지, 그 호칭의 선택은 지상의 인간이 한다.

아베코는 용모에 대해 나쁜 말을 들은 적이 한 번도 없었다. 무다리. 들창코. 입 큰 개구리. 뚱보. 그런 전통적인 놀림조차 받은 적이 없다.

미국 여배우 사진에서 가지런한 치열을 보며 이런 식으로 예뻤으면 좋겠다고 감탄한 적은 있지만, 주위의 어느 누구도 아베코의 덧니를 나쁘게 말하지는 않았다. 이 나라에서는 압도적 다수의 사람이 치아를 주시하지 않는다. 프랑스인이 모델인 화장품 광고 사진을 보고 이렇게 코가 오뚝하면 좋겠다고 생각한 적도 있었지만, 아베코의 코가 주위 사람보다 현저하게 낮은 건 아니다. "아아, 다리가 더 길면 좋을 텐데." "아아, 코가 더 높으면 좋을 텐데." "아아, 손가락이 더 가늘면 좋을 텐데." 누구나 웃으며 이렇게 한탄하고, 친구들끼리 "아냐, 그 정도면 괜찮아." 하고 웃으며 격려하는 정도의 불만족에 지나지 않았다. 어느 날, 친구가 다들 한 번쯤 해보는 말처럼 "아아, 성형이나 할까." 하는 말을 들었다.

굳이 '이유'를 찾자면 이 친구 때문에 아베코는 성형을 했다. 이 친구의 친구가 또 성형을 했다. 어금니를 상하좌우 두 개씩, 총 여덟 개를 빼서 얼굴을 작게 하고, 코를 1.5밀리미터 높였다. 수술은 30분 이내에 끝났는데, 친구는 그것만으로 "엄청난 미인이 되어 캉캉 모델로 스카우트됐잖아."라고 아베코에게 패션잡지를 보여주며, 자기도 쌍꺼풀수술을 할 건데 삿포로까지 함께 가달라고 부탁했다.

처음으로 발을 들여놓은 성형외과는 병원이라기보다 제과점에 가까웠다. 펠트로 만든 토끼 얼굴이 달린 슬리퍼, 굴뚝에서 연기가 나는 집과 화단과 곰돌이 부자가 인쇄된 쿠션, 연분홍색 소파, 흰색 테이블. 홍차를 가져다주는 간호사……가 아니라, 가슴에 '코디네이터'라는 이름표를 달고 있다.

"안녕하세요. 기다리는 동안 이 진료카드를 작성해주세요."

코디네이터……는 종이와 볼펜을 테이블 위에 놓았다. 기입이 끝났을 즈음에 친구의 이름을 부르기에 아베코도 함께 진찰실로 들어가려고 하자,

"한 분씩 부탁합니다. 의료 프라이버시 문제가 있으니까요."

다른 간호사……인지 코디네이터인지가 단호하게 막아섰다.

아베코는 다시 소파에 앉아 잡지대에서 아무 잡지나 하나 빼들었다. 잡지대와 책장에는 많은 여성잡지가 꽂혀 있다. 각각의 여성잡지에는 모두 전단이 붙어 있고, 전단에는 이렇게 쓰여 있었다.

사람의 첫인상은 눈으로 결정됩니다. 누구나 밝은 인상을 주는 눈을 갖고 싶어합니다. 우리 병원에서는 메스로 절개하지 않는 어태치법, 마이크로컷법을 주로 사용하는 수술을 합니다. 어태치 타입은 자연스러운 쌍꺼풀, 마이크로컷 타입은 선명한 쌍꺼풀을 만듭니다.

힘들게 다이어트를 해도 이내 원상태로 돌아오는 배. 그러나 지방세포를 제거하면 두 번 다시 살이 찌지 않습니다. 저희 병원의 초음파 지방흡입은 어드밴스 캐비티 효과 발군. 피부의 생기를 잃지 않고 이상적인 스타일이 될 수 있습니다.

오드리 헵번의 러브신이 로맨틱한 비밀은 그 우아한 코에 있습니다. 부자연스러운 것은 싫다고 하는 당신도 자신의 조직을 사용하여 내추럴하고 이물감 없는 우아한 코가 될 수 있습니다. 수술은 단 10분. 사람에 따라서는 그날 오후에 맞선도 오케이!

저희 병원은 겨우 0.1밀리미터의 가는 주사기로 안전하게 지방을 주입하여 매끄러운 가슴으로 만듭니다. 일본 마취학회가 인정한 마취 자격을 가진 의사가 합니다.

'세련돼 보이네' 라는 말을 들을 정도의 자연스러움은 화장하는 것과 같은 느낌. 성형은 절대 과장스러운 변신 수술이 아닙니다.

생각만 하고 있어서는 예뻐질 수 없다. 센스를 높이도록 자신을 갈고 닦으며 생기 있게 사는 라이프.

맨 얼굴의 당신이 아름답다. 개성을 빛내라. 귀 뒤의 전혀 눈에 띄지 않는 곳에 몇 밀리미터의 구멍만 살짝. 흉터도 부기도 거의 없는 신선한 날들이 시작됩니다.

매끈매끈한 종이에 인쇄된 새끼고양이와 꽃다발 사진. 0120(우리나라로 치면 080 — 옮긴이)으로 시작되는 커다란 전화번호. 우표 크기의 원장 사진은 부드럽게 웃고 있다.
(흐음…….)
잡지에서 눈을 들자, 코디네이터가 아베코를 쳐다보고 있다.
"아, 잘 마셨습니다."
빈 홍차 컵을 코디네이터 쪽으로 밀었다. 하지만 코디네이터는 여전히 소파 옆에서 떠나지 않는다. 어색해서 아베코가 먼저 말을 꺼냈다.

"아주 많은 잡지에 실렸네요."

잡지에 실린 게 아니다. 잡지에 낸 거다. 전단은 이 성형외과의 광고다. 하지만 그것들을 마치 잡지 기사나 화보 중 일부인 것처럼 자연스럽게 붙여놓았다.

"네, 이건 극히 일부이긴 하지만. 선생님은 줄곧 미국 병원에 계시다가 이곳에 개원한 지 얼마 되지 않아 취재하러 많이 온답니다."

원장이 미국 병원에 있었다는 것, 이 병원이 개원한 지 얼마 되지 않았다는 것, 그리고 취재가 많다는 것은 모두 무관하다. 무슨 취재가 많은지도 불명확하다. 하지만 미용사 같은 코디네이터의 '날씨 이야기를 하듯' 자연스러운 어조는 아베코에게 의문과 경계심이 들게 하지 않는다.

"자, 이쪽 방으로."

코디네이터는 아베코를 대기실 구석방으로 데려갔다. 그곳도 대기실과 별로 다르지는 않다. 면적이 좁을 뿐 분위기는 마찬가지. 가정집 거실 같다.

"친구 분은 지금 바로 수술에 들어가니까 여기서 기다리세요."

"예? 그렇게 빨리?"

"네. 어태치법이어서 한 15분밖에 안 걸려요. 그렇지만 준비 시간이 필요하기 때문에 30분 정도 기다려야 할 거예요. 대기실에는 다른 예약 환자가 계시니까 여기서 기다려주세요. 잡지는 여기에도 많이 있으니까 그거라도 읽고 계세요."

"예에, 그럼."

아뇨, 아무리 그래도 시간이 아까우니 그냥 돌아가겠습니다, 라는 말은 할 수가 없다. 말하고 싶지만 못하는 것이 아니라, '30분 정도 기다리면'이라고 하니 '뭐, 그럼'이라고 생각한 것이다.

"어태치법은 정말로 간단해요. 하지만 친구 분은 그다지 변신은 하지 않을지도 몰라요. 뭐, 그래서 자연스럽긴 하지만……. 원래 얼굴이 비싼 화장품으로 화장을 해도 화장한 것처럼 보이지 않는 얼굴이니까요. 이런 표현을 쓰긴 미안하지만, 당신이 훨씬 바탕이 좋아 보이네요……. 아, 이건 비밀."

코디네이터가 웃어서 아베코도 웃었다. 재미있는 건 아니었지만, 상대가 웃으면 아베코는 웃는다.

"성형이란 게 그렇게 간단한 건가요?"

새삼 흥미가 생긴 건 아니다. 서로 같이 웃었기 때문에 무슨 말이든 하지 않으면 안 될 것 같은 기분이 들었다.

"발상의 전환이란 거죠. 겔랑이니 디오르니 알죠?"

"네."

"그 회사의 루주는 한 개 8000엔 정도, 파운데이션이 2만 엔 정도 하잖아요. 퍼머를 하면 1만 5천 엔. 에스테틱에 다니면 입회금이 몇 만 엔인가 하고 다닐 때마다 2만 엔 정도 낼 거예요."

"그렇죠."

"그러나 아무리 아이라이너로 눈을 또렷해 보이게 그리고, 파운데이션은 두 가지 색을 사용하고, 노즈 섀도를 써서 코를 높게 보이고, 헤어스타일에 돈을 들여봐야, 아이라이너로 그려서 또렷한 눈은 역시 부자연스럽잖아요? 열심히 노즈 섀도를 칠한 사람들이 종종 있지만 이상하죠?"

“흐음.”

“취직 시즌이잖아요. 뭐니 뭐니 해도 청순하고 밝은 첫인상이 중요하죠. 화장으로는 그걸 연출할 수 없어요. 우리 선생님은 인심이 좋아서 학생들 취직 성형의 경우는 이것도 공짜, 저것도 공짜, 약도 공짜 하고 할인을 하시며 규정 요금을 마구 깎는 바람에 나중에 내가 계산하느라 애를 먹는답니다.”

코디네이터가 웃는다. 아베코도 웃는다. 그러는 동안 정말로 친구는 쌍꺼풀수술을 마치고 아베코 앞에 섰다. 왼쪽 눈에 안대를 하고 있다. 오른쪽 눈두덩에는 작은 거즈와 반창고. 뺨에는 큼직한 거즈와 반창고. 놀란 아베코가 뭐라 말을 하기 전에,

“어디 굴러서 다친 것 같죠? 전혀 다치지 않았어요. 뺨의 반창고는 가짜예요. 아무렇지도 않은 곳에 그냥 붙인 거예요. 이렇게 해두면 다들 성형한 뒤라고 생각하지 않겠죠? 굴렀거나 어디 부딪쳤을 거라 생각할 거예요. 눈매가 좀 이상하다 싶어도 다쳐서 부은 줄 알겠죠. 마취로 생긴 부기가 2, 3일 갈 거예요. 다친 뒤랑 똑같죠. 그러다 부기가 빠지고, 쌍꺼풀이 생겨도 갑자기 변한 게 아니어서 사람들에게 성형한 걸 들키지 않아요.”

코디네이터가 말했다. “아베코도 하지?” 안대를 한 친구도 발랄한 어조로 말했다. 아베코는 『어째서 예뻐지는 걸 망설이는가?』라는 원장의 저서를 특별히 선물로 받아서 돌아왔다. 신서 크기(세로 약 18센티미터, 가로 약 11센티미터―옮긴이)의 이 책을 가방에 넣어둔 채 다니다가 마침내 읽은 것은 그로부터 2개월 뒤였다.

아베코는 취업과가 있는 건물을 향해서 교정을 걸어가고 있었다. 기분이 좋지 않았다. 복도에 있는 게시판 뒤에서 몇 명의 과 친구들이 자신의 험담을 하는 걸 들었기 때문이다.

"걔는 분명히 잘될 거야. 교수님한테 잘 보여서 성적도 잘 나오잖아."

"맞아 맞아. 왜 그런지 모르겠지만, 그 애 얼굴은 수수한데 남자들에게 잘 먹히더라. 저번에 아르바이트할 때는 말이야. 그 애가 지나가니까 그걸 본 주임이 침을 질질 흘리더라구."

"남자들은 정말 촌스러운 얼굴을 좋아해. 저 없어 보이는 얼굴이 청순하게 보이나 봐."

"아하하, 없어 보이는 얼굴. 맞아, 맞아. 정말 빈티 나는 얼굴이야, 걔."

게시판 부근에 있던 몇 명은 아베코라는 이름을 한마디도 입에 올리지 않았다. 대화 내용이 또렷하게 들린 것도 아니다. 아베코가 게시판 뒤에서 앞으로 돌아오자, 이야기를 뚝 멈췄을 뿐이다. 하지만 미안한 기색이 없는 걸로 보아 다른 인물의 이야기를 하고 있었을지도 모른다. 그러나 아베코는 걔와 그 애가 자기라고 생각했다. 반신만 인간인 생물을 인어라고 부르는 경우도 있고, 반어인 半魚人이라고 부르는 경우도 있는 것처럼, 평범한 아베코의 얼굴은 과 친구들의 말처럼 평가할 수도 있다. 과 친구들의 험담이 누구에 관한 것이건, 그것은 아베코의 기분을 나쁘게 만들었다.

교정은 나무뿌리 주위만 동그랗게 남기고, 콘크리트로 덮여 있다. 석양이 지면서 주위는 녹물색으로 변하고, 아베코의 그림자는 가늘고 기다랗게 지면에 달라붙어 있다. 은행 냄새가 코를 찌른다.

아베코는 취업과에서 봉투를 석 장 집어 들었다. 도내에 있는 회사의 모집요강이다.

"닫습니다."

취업과 직원이 창구 커튼을 치려고 할 때, 봉투를 하나 더 집어 들었다. 도쿄에 있는 한 백화점의 모집요강이었다. 봉투 겉면에 인쇄된 시부야 구라는 주소가 아다와 아다의 지인인 의사와 보낸 즐거운 저녁식사를 떠올리게 했다.

"원거리 연애를 하고 있어." 아베코는 과 친구들과 이성 이야기를 할 때면 언제나 그렇게 말했다. 원거리 연애라는 한마디로 사연을 장황하고 상세하게 설명하지 않아도 됐다. 이야기하는 성가심을 피하고 싶다는 '의식' 같은 건 건강한 아베코에게 없다. 실체보다는 이미지를 타인에게 표현하는 것, 그것도 한마디로 표현하는 것만으로 아베코는 간단히 도취될 수 있다.

아다와의 관계에 실체는 없었다. 섹스한 것을 실체라고 부른다면 실체는 세 번 있다. 결혼에 이르는 것을 실체라고 부른다면 실체를 동경한다. 하지만 상대와 서로 얽혀 있는 것을 실체라고 부른다면, 그것은 두 사람 사이에 없다. 아베코와 아다는 멋진 곳에서 만나 식사를 하고 이야기를 나누는 것뿐으로, 예컨대 그때 두 사람이 있는 장소에 대해서조차 대화한 적이 없다. 그렇다면 서로의 육체만 탐하는 관계인가 하면 그것도 아니다. "원거리 연애를 하고 있어." 이 한마디로 무사통과였다. 아베코는 버스의 행선지, 차창 밖으로 보는 경치, 차내의 승객, 운전기사, 그런 것들에 대해서는 생각하는 법이 없다. 부드럽지만 심지가 확실하고, 밝고, 참하고, 천진함이 남은 작은 몸집에 신비로운 아베코다.

아베코는 아다를 만날 생각도 있었지만, 채용시험을 치기로 한 백화점을 사전 답사도 할 겸 쇼핑을 해야겠다고 생각하여 주말에 상경했다.

따르르릉, 따르르릉. 아베코는 호텔 침대에 앉아서 신호 가는 소리를 듣고 있다. 응답이 없다. 아까도 그랬다. 어젯밤에도, 그제도.

(자동응답도 안 되어 있네.)

전화를 끊고 침대에 드러눕는다. 아다의 집에 전화를 걸었지만, 본인도 가족도 응답이 없다. 크게 유감스럽지 않다는 사실이 아베코를 더 유감스럽게 했다. 아베코는 의식이 아니라 피부로, 아다와의 원거리 연애는 머잖아 사라져서 아득한 곳으로 떠날 거라는 예감이 들었다.

싱글 룸은 조용하다. 목각인형도 달력도 간장병도 주전자도 없다. 사이드테이블 위의 전화기에는 물론 커버가 씌워져 있지 않다. 사물이 얼마 없는 방을 꽤 오래 둘러보았다.

비일상적인 기분이 아베코를 기쁘게 하고, 비일상적인 행위를 하게 했다. 독서를 했다. 다자이 오사무의 문고본이 가방에 들어 있었다. 3년 6개월 전에 사서 아직 다 읽지 않은 단편집. 아베코는 가방 안에 손을 넣었다. 그러나 그곳에는 『어째서 예뻐지는 걸 망설이는가?』가 들어 있었다.

(아, 그렇지. 나오는 길에 가방을 바꿔서……)

늘 들고 다니던 가방보다 한 치수 큰 가방은 전에 성형수술을 한 친구를 따라가던 날 사용한 것이었다. 아베코는 『어째서 예뻐지는 걸 망설이는가?』를 읽었다. 손안에 책 모양을 한 것이 쏙 들어오는 감촉을 느끼고 싶었다.

『어째서 예뻐지는 걸 망설이는가?』는 훌륭한 책이었다. 부드럽지만 심지가 확실하고 밝고 참한 청순함이 있는 신비로운 책이었다.

그것은 제1장 「가시밭길을 넘어서」부터 시작되었다. 제2장 「편견과의 싸움」, 제3장 「마음의 병에는 치료가 필요하다」, 제4장 「프로페셔널이라는 의미」. 여기까지가 '-입니다, -습니다' 체의 수필이고, 제5장 「수술의 구체적 예」와 제6장 「좋은 의사·병원 고르는 법」은 사진과 지도가 실린 '-다, -이다' 체의 안내로 되어 있다.

임상의학 중 외과에는 성형외과라는 분야가 있는데, 그것은 정형외과와 미용외과로 나뉘집니다. 정형외과는 화상이나 부상, 병으로 인해 정상적인 상태가 아닌 인체를 원래의 모양으로 고치는 것입니다. 양쪽 모두 참으로 험난한 여정을 걸어왔습니다.

'신이 준 육체를 인간이 바꾸는 것은 반역이다. 죄다' 라고 하는 기독교 사회의 도덕관과 윤리관 때문에 항상 공격받고, 비난을 받아왔습니다. 중세 유럽에서 매독으로 코를 잃은 사람을 위해 다른 부위에서 피부와 살을 이식한 의사가 교회에서 계속 비난을 받아오기도 했습니다. (중략)

현재에도 미용외과에 대해서는 '그건 쓰레기 의사다' 라고 비방하는 사람이 많습니다. 차가 고속도로를 달리고 전화와 팩스를 사용하고, 옛날이라면 죽을 수밖에 없었던 병을 과학의 힘으로 고치고 있는데, 왜 미용외과에만 기독교적 윤리관이란 잣대를 들이대야 하는지요. 더욱이 일본은 기독교 사회도 아닌데. (중략)

'열등감을 이용하고 있다' 는 비방은 외모 때문에 고민하는 사람의 마음 치료를 무시하는 것입니다. '성형하면 개성이 없어진다' 고 하는 비방은 불과 몇 밀리미터의 눈의 폭과 코의 높이가 그 사람의 개성이라고 말하는 거나 다름없습니다. (중략)

일본에도 팬이 많은 흑인 가수 재닛 잭슨은 "성형을 약간만 해도 사람이 굉장히 밝아져요. 끙끙거리며 고민하고 있을 거라면 성형하는 편이 훨씬 낫다고 생각해요."라고 인터뷰에서 말하고 있습니다. 이 아메리카 프런티어 정신으로 가득 찬 적극적인 자세야말로, 그녀를 경쟁이 심한 쇼 비즈니스계에서 줄곧 톱을 달리게 한 요인 중 하나라고 생각합니다. (중략)

개성은 존중되어야 합니다. 미용성형은 그 사람의 개성을 배제하거나 개조하는 행위가 아닙니다. 그 사람의 개성을 살리는 걸 도와주는 것입니다. (중략)

비방받아야 하는 것은 미용외과가 아니라, 일부 악질 병원입니다. 미용외과를 하면 돈을 번다고 쉽게 병원을 개업하여, 지원支院이 난립하고, 그 결과 기술이 미숙한 의사가 수술을 집도합니다. 고액 수술비를 청구합니다. 무엇을 감추겠습니까? 이런 병원에는 저도 비난을 퍼붓고 싶습니다. 그 때문에 일본 미용의료협회에서는 미용의료에 종사하는 자의 사회적 도덕 수준의 향상을 꾀하고 있습니다. (중략)

개성을 나타내지 않도록 해야 했던 군국주의 시대가 지난 지 수십

년. 현재는 끝없이 개성을 추구하는 시대입니다.

저자는 이 저서에서 개와 주인의 우정을 호소하려고 한 게 아니다. 에도 시대의 합동 주택에 살던 주민들의 인정을 이야기한 것도 아니다. 고단백질 저칼로리의 식생활이 건강의 기본이라고 설교한 것도, 영어1급시험에 잘 나오는 단어는 이거라고 가르쳐주는 것도, 오스만 제국의 흥망을 탐방한 것도 아니다. 저자는 독자에게 미용 성형은 비윤리적인 게 아니다, 개성을 살리는 한 가지 방법이다, 만약 당신이 성형을 하려고 생각한다면 이 병원이 좋다는 말을 하고 있다. 이 책은 목적을 다 이루고 있었다. 목적을 다 이루었다는 걸 독자가 눈치채지 못할 만큼. 그렇다면 이 책은 훌륭한 책이다. 아베코는 이 책을 읽고 성형을 결심하지는 않았지만, 이 책을 읽고 성형에 대해 다시 생각했다. 친구가 가뿐하게 성형한 날의 일, 요세에게 받은 부끄러움, 게시판 뒤에서 들은 '빈티 나는 얼굴'이라는 말, 미국 여배우의 사진, 프랑스인 모델의 사진들, 혹은 또 여러 장의 마음에 들지 않는 자신의 사진, 거울, 체중계, 탈의실, 옷가게의 윈도, 구두, 반지, 브래지어의 치수 표시 라벨, 빗, 미팅, 미팅 때의 여자 화장실, 역의 계단, 전철 안, 맞은편 자리, 남의 입김, 남의 눈……, 거의 무게가 없는 먼지 같은 과거의 광경들, 감촉과 냄새와 색이 연속되는 촬영, 그리고 가이코가 주마등처럼 떠올랐다.

저자는 센트럴 성형외과 원장이다. 상당히 비스듬하게 쓴 센트럴이라는 글씨. 흰 바탕에 초록색 글씨. 아베코는 그 간판을 오늘 호텔에 체크인하기 직전에 보았다. 호텔 맞은편 빌딩에 걸려 있었다.

만약 아다가 전화를 받았더라면, 해질녘이 가까웠더라면, 다른 곳에 있는 호텔을 이용했더라면, 아베코는 센트럴 성형외과에 가지 않았을지도 모른다. 그러나 아다와는 연락이 되지 않고, 그곳은 맞은편에 있고, 시각은 오후 1시 10분이었다. 아베코는 어쩌다 보니 그곳에 가 있었다.

그리고 4시 35분에 병원을 나왔을 때는 쌍꺼풀수술을 한 뒤였다. 비용은 약 7만 엔. 아베코는 아르바이트비와 용돈을 모아 백화점에서 쇼핑하려고 했던 돈을 갖고 있었다.

*

아베코는 패스트푸드 가게 한 모퉁이에서 식어빠진 코코아를 홀짝인다.

(왜? 나는 그때 왜 돈을 냈을까? 왜 성형을 하려고 생각한 걸까?)

아베코는 양손으로 얼굴을 가릴 때마다 손가락에 닿는 코끝이 아파서 후회의 바다 속으로 가라앉는다.

성형은 절대 마법이 아닙니다.

원장의 저서에는 그렇게 쓰여 있었지만, 그날의 일은 아베코에게 그야말로 마법이라고밖에는 생각되지 않았다.

그날, 코디네이터에게서 의외일 정도로 싼 수술비용 이야기를 듣고, 홍차를 마시고, 진찰실에서 의사 앞에 앉았다.

“실패하거나 하지 않을까요? 정말로 괜찮을까요?”

아베코는 먼저 이렇게 말하고 싶었다. 하지만 의사는 아베코가 ‘실패’의 ‘시’를 발음하기도 전에 즉시 포크 같은 것을 아베코의 눈두덩에 댔다.

“이 정도면 괜찮지 않아요? 보세요.”

한 손으로 포크를 대면서 다른 한 손으로 거울을 가리킨다. 거울 속의 아베코의 눈은 크고 또렷하다.

“에에…….”

아베코가 의사에게 말한 것, 아니 발음할 수 있었던 것은 ‘에에’ 뿐이다.

“당신 눈이라면 어태치법이 좋지 않을까요. 메스로 자르지 않고, 여기하고 여기를 살짝 집으면 되겠네. 15분이면 끝나요. 내일 홋카이도로 돌아가요? 가족들도 눈치채지 못할걸요. 가짜 반창고를 붙여줄 테니까. 익숙하지 않은 도쿄에서 엎어졌나 보다 생각할 겁니다. 그럼 어태치법으로. 이거 마시고 30분 정도 기다려요.”

의사는 빠른 설명, 빠른 동작으로 아베코에게 하얀 알약과 물을 건넸다.

(왜? 더 묻지 못했을까. 왜?)

그때를 돌이켜보면 돌이켜볼수록 이해할 수가 없다. 의사는 칼을 들이대며 아베코에게 성형을 결심하게 한 게 아니다. 저서에 나온 구절처럼, 개성을 살리고 적극적으로 살아야 한다고 설득한 것도 아니다. 하지만 한마디도 끼어들지 못하도록 압도하는 듯한 불꽃이 의사에게서 방출되고 있어, 절대로 알약을 먹지 않으면 안 될 것 같은 기분이 들었다. 코디네이터는 미소 지으며, 아베코를 수술 대기실로 데리고 갔다. 그녀가 팔을 잡고 있었다고 해도, 역시 그냥 갈래요 했으면 돌아갈 수 있었을 텐데, 그런데 아베코의 다리는 움직이지 않았고, 수술 대기실 침대에 누워 있는 동안 좀 전에 먹은 알약이 효력을 발휘하여 생각하는 것이 귀찮아졌다.

아베코는 안대는 하지 않았지만, 반창고를 여기저기에 붙이고 귀가했다. 어떻게 된 일이야? 가족들은 걱정했지만, 부기가 가신 후에도 의사가 말한 대로 성형한 줄은 몰랐다. 콘택트렌즈는 안 하니? 그렇게 물었을 뿐이다. 근시인 아베코는 그날부터 졸업식까지 이력서 사진 찍을 때 이외에는 계속 안경을 끼고 있었다.

동서백화점에 합격했다. 아베코는 안경을 계속 끼지 않아도 되는 곳으로 가고 싶었다. 그렇게 바랐기 때문인지, 아니면 안경을 끼고 면접에 간 탓인지, 도내에 있는 회사는 모두 떨어졌다. 졸업식에 안경을 끼고 참석한 후 사은회는 불참하고, 다음 날 상경했다. 다들 해외여행을 가지만, 난 도쿄 여행이면 됐어. 외국보다 국내 번화가 쪽이 훨씬 안전하고 싼 데다, 근무를 시작하기 전까지 지하철이니 야마노테선이니 노선을 익혀두고 싶어. 가족에게는 이 핑계가 이상하게 들리지 않았다.

(그걸로 끝이어야 했어……. 안경을 벗고, 잡지에 나온 가게에 가기도 하고, 미용실에서 요즘 유행하는 헤어스타일로 바꾸기도 하고…….)

아베코는 텅 빈 코코아의 합성수지 용기를 꽉 쥔다.

상경한 날, 아베코가 미용실이 아니라 성형외과에 다시 간 것은 도쿄로 오는 비행기 안 화장실에서 거울에 비친 자신의 눈이 외겹으로 되돌아간 것을 발견했기 때문이다.

“눈에 지방이 많은 사람의 경우, 어태치법으로 하면 종종 원래대로 돌아가는 경우가 있어요. 살짝 집는 정도니까요. 뭐, 그래서 자연스럽긴 자연스럽죠. 재수술합시다. 두세 군데 더 집으면 돼요. 우리도 책임이 있으니 50퍼센트 할인한 요금으로 해드리죠.”

의사가 말했다. 아베코는 ‘그건 말도 안 된다, 당신 눈이라면 어태치법으로 해도 되겠네라고 말하지 않았나. 그래놓고 돈을 받다니!’라는 반론은 생각도 나지 않았다. 진찰실에서 의사와 상대하면 도저히 거부할 수 없는 강력한 공기의 흐름이 있다. 마법이라고밖에 말할 수 없을 정도로 사람을 성형수술로 향하게 만드는 힘이.

“우리는 프로 의식을 갖고 있으니까요. 담당한 환자가 만족할 때까지 치료를 하고 싶답니다.”

아베코는 재수술을 했다. 아베코에게는 백화점의 사원 기숙사 입사일까지 머물 수 있는 호텔 체류비가 있었다. 수렁의 시작이었다. 눈 재수술 중에

“눈만 두드러져서 부자연스러워 보일 테니까, 코도 같이 만져주어야 덜 어색해 보일 겁니다.”

의사가 말했다. 지금 생각하면 아뇨, 그런 것까지 하지 않아도 돼요, 하고 거부할 수 있었을 것 같다. 하지만 수술 중에 그런 말을 들으면 최고의 결과를 얻고 싶은 법.

“우리도 기술자로서 미의식이 있으니까요. 비용은 특별히 눈과 코 합쳐서 15만 엔으로 해줄게요.”

라고 의사가 말했다. 코도 수술했다.

그 결과, 아베코의 눈은 선명하고 큰 쌍꺼풀이 졌고, 코는 콧날이 오뚝해졌다. 백화점에서는 신사용 잡화매장에 배속되었다. 직장에 익숙해지기 시작했을 무렵, 뭔가 부족한 게 느껴졌다. 월급을 모아서 눈과 코에 어울리도록 치열교정을 하고, 루주 색을 핑크에서 빨강으로 바꾸었다. 입술 선보다 더 크게 빨간색을 칠하는 아침, 낮, 밤. 밤, 아침, 낮. 첫 보너스는 턱을 갸름하게 하는 수술에 썼다. 뾰족한 턱이 아니면 빨간색 루주가 어울리지 않는다. 빨간색 루주에는 듬뿍 바른 칠흑의 마스카라가 빛이 난다. 게다가 짙은 화장은 성형을 가려주었다. 화장이 짙어지자, 세미 롱 스트레이트 헤어는 볼륨 부족으로 머리가 착 달라붙고 숱이 없어 보인다. 그래서 머리카락을 등까지 기르고 전체적으로 물결치는 소바주 헤어로 바꾸었다. 화려한 머리 모양은 화려한 얼굴을 따라잡았다. 머리가 따라잡자, 복장이 초라해 보였다. 목 위의 화려함에 비해 흰 블라우스에 핑크색 카디건, 감색 스커트는 너무 수수하고 보수적이어서, 한 시대 전의 낡은 옷을 빌려 입고 있는 것처럼 보였다. 그래서 원색의 화려한 옷을 사게 되었다. 그러자 화려한 옷에 비해 가슴의 볼륨이 부족했다. 코도 좀 더 높여서 화려한 모양으로 하고 싶었다. 연말연시 휴일에는 당연한 듯이 코 재수술과 유방확대수술을 하러 센트럴 성형외과를 찾았다. 하지만 백화점 근무가 끝난 후 롯폰기 술집에서 아르바이트를 하여 돈을 모은 아베코에게도, 두 군데 수술은 눈물 나는 고액이었다. 할 수 없이 코만 한 단계 높이고, 유방확대 대신에 '할리웃 드림 브래지어'를 샀다. 가슴 패드에 공기를 주입하여 유방을 크게 보이게 해주는 브래지어. 그리고 두 번째 코성형 후에 도쿄의 두 번째 봄을 맞이하여, 아베코는 점점 옥죄는 감각을 느끼게 되었다. 얼굴이 옥죄는 감각이 아니다. 그런 건 첫 수술 후부터 줄곧 있었다.

개를 보거나, 한없이 푸르른 하늘을 보거나, 낯선 집에서 저녁 짓는 냄새가 나는 걸 맡거나, 밤늦게 먼 전철 소리를 들을 때마다, 심한 불안에 휩싸여 자기 몸을 어떻게 처신해야 할지 도무지 알 수 없어서, 모든 정서가 옥죄는 듯이 느껴졌다.

아베코는 크게 숨을 토하고, 패스트푸드 가게의 합성피혁을 씌운 의자 등받이에 양팔을 올렸다. 오늘도 하고 있는 할리웃 드림 브래지어는 니트 소재 옷의 가슴을 받쳐주고 있다.

(고등학생들은 참 즐거워 보이네. 성형 같은 거 하지 않았겠지…….)

아베코의 가슴 속(문자 그대로 텅 빈 가슴 속!)은 텅 비었는데도 불구하고, 그녀는 패스트푸드 가게에 앉아 있어도 그 주위만 고급 나이트클럽 같은 분위기를 물씬 풍긴다. 유난히 풍만한 가슴의 숨막힐 듯한 섹스어필이 다른 손님들과 전혀 융화되질 못한다.

다비도프의 속삭임

Davydov

처녀는 오히려 가이코 쪽이었다.

오소네 박사에게 게슈탈트 붕괴를 일으킬 뻔한, 히노다마 촌 사람들이 불길하다고 피한, 요세가 일편단심 멀리서 감상했던, 아베코가 다카자와 센트럴 성형외과 원장에게 사진을 보여준, 그런 외모의 소유주였던 가이코는 아베코와 은행에서 만나기 직전까지 처녀였다.

예를 들면, 열린 창으로 빛이 새어 들어오는 파티, 그곳에 모인 사람들의 마음은 그 사람들 수만큼의 색이 있다. 안의 색은 밖으로 새어나가지 않는다. 희미하게 새어나간 색이 섞여 파티의 홀은 최대공약수의 색으로 물든다.

음악이 연주되고, 모인 사람들은 웃으면서 술을 마시고, 음식을 먹는다. 자리가 비좁을 정도로 음식물이 넘쳐나는 테이블에서 사람들의 시선을 끄는 것은 바닷가재다. 다른 음식과는 달리 그것만 커다란 은접시에 장식되어 테이블 한가운데 있다. 오오, 하고 누구나 감탄한다. 그리고 아무도 먹지 않는다. 손조차 뻗지 않는다. 모인 사람이 들고 있는 접시에 놓인 것은 햄, 테린, 소시지.

바닷가재는 테이블 중앙에서 샹들리에와 카메라 플래시의 번쩍이는 빛 세례를 받다가 이윽고 파티가 끝날 무렵, 그 살은 완전히 말라서 이미 사람이 먹을 수 있는 음식이 아니다.

햄도 테린도 카레도 국수도 치즈도 케이크도 없어진 테이블 한가운데, 〈올드 랭 사인〉이 흐르는 홀에서 바닷가재는 혼자 한탄한다. 설령 모두가 바닷가재에 마음을 빼앗겼다 해도, 건드리지 않으면 바닷가재는 자신이 사람들의 마음을 빼앗았다는 걸 모른다. 사람들이 먹지 않은 것은 자신이 맛없기 때문이라고 한탄한다. 자기보다 햄이 맛있어서라고 한탄한다. 아무도 "그렇지 않아."라고 바닷가재에게 가르쳐주지 않기 때문에, 바닷가재는 뒷정리를 하는 종업원들이 끌끌 혀 차는 소리를 듣는다. 모인 사람들도 종업원들도 바닷가재가 한탄하고 있을 거라고 상상하지 않는다. 그런 것처럼, 아무도 가이코가 처녀라고 생각하지 않았고, 그렇게는 전혀 보이지 않았지만, 사실은 그랬다.

성형 전의 아베코 같은 외모로 성형한 가이코는, 전에는 체험한 적이 없는 시선 세례를 받게 되었다.

가이코는 수술 자리가 안정되기 시작한 후 처음 외출한 날을 자세히 기억하고 있다. 흰 블라우스와 감색 스커트를 입고 있었다. 전철을 탔다. 매표소에서 개찰구에서 계단에서 남성이 "오?" 하는 눈으로 자신을 보는 걸 느꼈다. 통로를 이동하여 다른 차량으로 걸어

가자, 앉아 있는 남자 승객들이 어, 어, 어, 어 하고 하나같이 자신을 보는 게 아닌가! 그건 정말로 돌변한 반응이었다.

원래 '흰색 블라우스와 감색 스커트'에는 남자를 움직이는 우레 같은 힘이 있다. 너무 과장스럽다고 생각하는 여자라면 시험해보라. 흰 블라우스와 무릎까지 오는 감색 스커트를 가능하면 상반신을 조금 구부렸을 때 '속옷이 살짝 보이도록'(절대 '팬티가 살짝 보이도록'이 되지 않도록) 입고, 책을 버리고 거리로 나가보라. 그대의 조신함, 그대의 겸양, 성심, 무엇을 위해 지금까지 노력해왔는가 놀라게 될 것이다.

(설마 이렇게까지 위력이 있을 줄이야……)

가이코도 몹시 놀란 사람 중 한 명이다. 그 후부터 가이코는 외출을 할 때면 흰 블라우스에 감색 스커트를 위주로, 아주 옅은 은빛이 든 쥐색의 부드러운 천에 아주 옅은 핑크색 꽃무늬 프린트 원피스, 혹은 옅은 물색 카디건에 연갈색 스커트 식으로 코디를 했다. 성형 전에는 이런 옷을 입으면 98센티미터의 가슴과 54센티미터의 허리인 체구가 뚱뚱해 보였다. 그러나 유방을 작게 하여 허리와의 차이를 줄인 후에는 이런 옷이 아주 잘 어울린다. '계획' 제2단계 첫 번째, 촌스러운 옷을 잘 소화하는 법 익히기.

(깨끗한 더러움이 부드럽게 감돌고 있어. 이렇게 나가는 거야.)

가이코는 자신감을 갖게 되어, 성형 전에는 재미있지 않을 때는 움찔거리지도 않았던 뺨 근육을, 성형 후에는 의미없이 움직이는 것도 조금은 할 수 있게 되었다. '계획' 제2단계 두 번째, 자연스러운 미소를 익히기. 볼 살 이식을 한 뺨은 웃기지도 않은데 웃을 때마다 경련이 일었지만, 시간이 흐를수록 덜해졌다. 동서부동산으로 첫 출근할 무렵에는 다른 부위도 정착 단계에 들어갔다.

"마유무라 씨, 참 귀엽다."

입사하자마자 가이코 이야기를 하는 남자 사원이 많았다.

"영화표가 두 장 있는데."

한 남자 사원이 영화의 한 장면이 담긴 영화표를 보여주었다.

"그게 어쨌다고요?"

가이코가 말했다. 영화표가 두 장 있으면 있지 그래서 어쩌라는 건가. 공짜로 손에 넣어 기쁘다는 건가, 자기는 갈 수 없으니 두 장을 사달라는 건가, 아니면 그 영화를 아는지 어떤지를 묻는 건가, 이미 본 거라면 감상을 물으려는 건가? 가이코가 질문했다.

"그게 저……."

남자 사원은 우물거리면서, 만약 시간이 괜찮으면 함께 영화를 보러가지 않겠냐고 말한다.

"왜요?"

가이코가 또 생뚱맞게 말했다. 이 남자 사원과는 평소 이야기를 한 적도 없다. 왜 자기에게 영화 감상에 동행하길 바라는가. 함께 가려고 했던 사람이 갈 수 없게 된 건가? 가이코가 질문했다.

"미안해요. 싫다면 안 가도 되지만……."

남자 사원이 또 우물거린다.

"어째서 그렇게 생각하세요? 왜 사과하세요?"

또 가이코가 말했다. 싫다고 하지 않았는데, 왜 싫어한다고 생각한 걸까?

"아니, 저기, 난 이상한 마음이 있는 게 아니라, 그냥 영화를 보러 가지 않겠느냐고."

"이상한 마음은 뭐예요? 아직 명확한 연애 감정은 아니지만, 종류로서는 연애 감정에 속하는 어렴풋한 감정을 말하는 건가요? 이 여자 귀엽네, 하는 정도의?"

"뭐, 뭐 그렇죠. 그, 그런 거죠."

"그렇다면 내게 마음이 있으니 함께 가자고 말해주면 기뻤을 텐데. 마음이 없다면 마음이 있는 사람을 데려가세요. 난 당신이 키도 크고 멋있는 사람이라고 생각했는데 유감이네요."

또 가이코는 생각 없이 뱉어버리고, 아차 했다.

(안 돼. 매사 불투명한 채로 해두는 것이 깨끗한 더러움이야.)

그러나 벌써 말해버렸다. 말해버린 뒤, 가이코는 어떻게 하면 돌이킬 수 있을까, 고개를 숙이고 미간에 주름을 지으며 생각한다. 생각하는 자신을 깨닫고, 생각해서는 안 된다고 생각하고는, 미간을 마사지하는 상상을 한다. 그리고 광대뼈 근육을 수축시킨다. 그다음에 머리 전체를 위로 들었다. 그러자 빙그레 웃는 얼굴이 된다. 성형 전에는 화려한 얼굴로 얼버무리는 미소를 지어도, 남들에게는 '뻔뻔하게 잘난 척하는' 미소로 보였다. 하지만 수수한 얼굴로 얼버무리는 미소를 지으면, 멋쩍어서 '수줍어하는 것'처럼 보인다.

"이야, 이렇게 놀라게 하지 말아요. 난 지금 무안해서 어쩔 줄 몰라했어요."

안심한 남자 사원은 같이 미소를 지으며 가이코의 어깨를 두들겼다.

"갑자기 좋아한다고 하다니, 어떻게 대응해야 할지 난감하네. 나야말로 마유무라 씨가 마음에 들어서, 함께 영화를 보러 가면 좋겠네 하고 생각하던 참이었어요.”

가이코는 키가 크다고 그의 외형적 사실을 말했을 뿐이다. 그것이 어째서 좋아한다는 말이 되는가? 또 질문을 할 뻔했지만 참았다.

“뭐어…….”

가이코는 좀 어색하긴 했지만, 고심 끝에 모호하게 맞장구를 칠 수 있었다. 속에서 끓어오르는 의문점을 무시할 것. 원주율처럼 모든 것이 딱 나눠떨어지지 않는다고 기분 나빠하지 말 것. ‘계획’에 따라야 한다.

가이코는 주말에 이 남자와 영화를 보러 갔고, 영화 감상을 20자 이상 말하지 않으려 애썼고, 식사 때는 디저트를 보며 기뻐하는 척한 후, 다이어트 중이라 과자는 먹지 않겠다고 사양했다. 가이코는 크림을 사용한 달콤한 과자를 아주 싫어했다. 토가 나올 만큼 싫다는 표현이 있지만, 아이스크림, 크레프, 파르페, 타르트 같은 버터와 크림을 듬뿍 사용한 과자를 먹으면 꼭 나중에 정말로 구토가 나온다. 다이어트를 하고 있어요. 이거라면 마주 앉은 사람은 허락해줄 것이다.

“무슨 디너니, 무슨 세트니 하는 것에는 어째서 이 디저트라는 게 따라 나오나 몰라요. 좋으니 싫으니 말할 새도 없이 나오는 게 정말 짜증 나요. 디저트 같은 건 없어도 좋으니 밥을 많이 주든가, 커피를 리필해주든가 하면 좋을 텐데.”

전에 그렇게 말했을 때 동석한 남자가

“특이하네요.”

라고 말했다. 특이하다. 이것은 어휘력이 빈곤한 자가 내뱉는 거절의 단어라고 새삼 되뇐다. 개성이 있다고 칭찬하는 거라는 생각은 추호도 하지 않는 게 좋다. 자기 경험에 비추어 눈앞에 맞닥뜨린 상황과 사물과 사람을 혐오스럽게 생각하고, 그 혐오하는 것을 평이하게 표현하거나, 혹은 혐오하는 자신을 제대로 보지 않고 끝내는 말이다.

가이코는 특이하다는 말을 듣고 절망했다. 문제는 과자가 아니다. 그렇다고 과자를 싫어하는 여자는 싫다는 남자의 치기에 절망한 것도 아니다. 과자를 싫어하는 여자를 경험한 적이 없고 경험이 없는 일은 즐기지 못하는 부족한 지성을 순간적으로 경멸한 자신에게 절망한 것이다. 자신도 지성은 그다지 높지 않다. 타인의 부족한 지성을 한순간이라도 경멸하는 일이 없어야 신중한 것이다. '항상 혼자일 때와 똑같이 기도하세요,' 신은 그렇게 말했다는데, 가이코는 신중함이 부족한 자신의 천박함에 절망했다. 나는 미천하다. 가이코는 예전에 그렇게 생각했다. 정론이다. 그래서 가이코의 땀샘은 닫혀 향을 발산하지 않았다.

"하여간 여자란 감정적이라니까," "아아, 여자는 신경질적이어서 싫어," "만사를 자궁으로 생각하니 미칠 노릇이지." 등등, 어딘가에 '여자'라는 '어떤 사람'이 존재하듯이 말하는 남자가 있다고 하자. 이 남자가 연애를 한다…… 연애를 한다는 표현이 머쓱하다면, 자극을 느낀다, 발기가 된다고 짐짓 심하게 바꾸어도 좋다……. 어쨌든 이 남자의 마음을 끄는 것은 감정적이고, 신경질적이고, 자궁으로 생각하는 여자뿐이다. 그의 눈에는 표정이 풍부하고 세련된 감성과 자신과는 다른 신체 구조를 가진 생물만이 ‘여자’로 비친 것이다. 이런 생물만이 ‘여자’이니까, 그가 ‘여자라는 것은 비논리적이다’라고 생각하는 것은 당연하다. 이것은 정론이다. 이 남자 같은 남자와 이 남자 같은 남자와 상대하는 여자 같은 여자가 존재하는 공간에서는.

이런 공간에서 여자로서 자질이 뛰어난 사람은 남자를 앞에 두고 이렇게 생각한다. ‘섹스해줄게’라고. ‘교합하다’와 ‘교합해줄게’의 차이는 이 뛰어난 여자 앞에 자신의 취향이 아닌 남자가 나타났을 때 두드러진다. 그녀는 “뭐, 좋아하진 않지만, 섹스만이라면 해줄 수도 있지.” 하고 춘풍처럼 생각하여, 좋아하지도 않는 남자와 섹스하는 걸 자학적으로 생각한다. 자학적으로 생각하기 위해서는 자신이 높은 데서 낮은 데로 떨어졌다고 하는 감각을 가질 수 있는 자질이 필요하다. 교합 상대인 남자 역시 자학적인 낮은 위치로 떨어지는 즐거움을 맛보고 있을지도 모른다고 상상하는 조심스러운 태도는 그를 반드시 발기시킨다.

가이코의 ‘계획’은 절망에서의 활동이라고 할 수 있다. 그녀가 디저트에 기뻐하는 척하고, 자기 속에 끓어오르는 의문을 무시하는 식사를 마친 후에, 동석한 남자는 가이코의 몫까지 음식값을 계산했다.

(처음으로 식사를 얻어먹었어…….)

가이코는 한 번도 경험한 적이 없는 일이라 느닷없이 닥친 현실에 잠시 레스토랑 앞에서 멍하니 서 있었다.

그 후, 이 남자 사원과 따로 만난 적은 없다. “나답게 있자,” “본연의 모습으로 있자."의 반대로 하면 할수록 가이코는 사랑받게 되어, 상사, 동료, 동료의 지인, 그 지인의 지인, 동서부동산에 출입하는 광고업체 직원, 고객, 고객의 회사 동료, 골프 강사 등에게 항상 콘서트, 축구 관전, 스키, 테니스, 볼링, 식사에 초대받고, 데이트 스케줄을 조정하고 소화하느라 시간이 없었기 때문이다. 매일 퇴근 후로는 분주했고, 분주한 날들 중 어느 날 밤에 처음으로 섹스를 했다.

(처음으로 남자가 섹스를 해주었어.)

가이코는 그렇게 생각했다. 황급히 남자와 헤어져 집에 와서 수십 장의 종이에 여백이 없어질 정도로 계속 글씨를 썼다. 섹스해주었어. 섹스해주었어. 사랑이 없는데 해주었어. 그쪽에만 사랑이 있어. 성욕 처리도 사랑이야. 해주었어. 해주었어. 해주었어. 해주었어. 앞으로도 해줄 거야. '계획' 제2단계 세 번째, 객관성을 포기하는 걸 익히기. 그쪽에게도 자기는 성욕 처리용이었을 거라는 진실을 깨닫는 건 아직 초보자 코스지만.

하지만 꽃이 피고 나무에 파란 잎이 무성해지고, 이윽고 가랑비가 내리던 6월 7일, 광고 대행사에 근무하는 남자의 방 침대에서 적군파(赤軍派, 1969년 2개의 극좌파가 연합하여 이루어진 일본의 테러리스트 단체 —옮긴이)였던 이즈미 히로시가 가짜 여권을 만들어 돌아다니다가 마닐라에서 체포된 뉴스를 무덤덤하게 본 가이코는 드디어 유니콘을 좇지 않는 여자가 되었다. 이즈미 히로시는 성형을 하고 도망 다녔다. '적군파 출신'과 '성형'이라는, 이론과는 다른 우스꽝스러움에 폭소를 터트리는 남자 옆에서 가이코도 함께 웃었다. 가면 같은 이즈미 히로시의 얼굴도, 성형이라는 말도 가이코에게 자신을 돌아보게 하는 일은 없었다. 이건 내 일이 아냐, 나하고는 무관해. 가이코는 그렇게 자연스럽게 생각할 만큼 변신했다. 스물두 살 마지막 밤의 일이었다.

*

아베코는 스물네 살의 생일에 손을 씻고 있었다. 퇴근 시간이 조금 지난 동서백화점 직원 화장실. 학생 시절에 산 터키석 반지를 빼서 세면대에 놓고, 한 손의 손가락과 손가락 사이를 다른 한 손의 손가락으로 문지르고, 양쪽 손가락 끝을 비비듯이 하여 손톱 사이를 씻는다. 씻은 뒤에는 소독용 세제의 거품과 냄새를 지우기 위해 잘 헹군다. 헹굼은 여섯 번. 다 헹구면 양손을 모아 물을 담아서 수도꼭지에 다섯 번 물을 뿌려 씻어내고 수도를 잠근다.

"대단하네."

같은 신사용 잡화 매장에 있는 나카이 나호가 옆 세면대에서 말했다.

"뭐가?"

아베코가 나호 쪽을 보며 손을 닦는다.

"뭐가라니……."

나호는 루주를 다시 바르기 위해 코밑을 늘인 탓에 거울에 비친 아베코에게 코맹맹이 소리로 대답했다.

"그렇게 꼼꼼하게 손을 씻는 거 말이야."

"오호."

"오호라니…… 그렇게 남 얘기처럼. 모치즈키는 항상 손을 너무 꼼꼼하게 씻어."

"그러고 보니 그렇네."

아베코는 나호의 말에 처음으로 깨달았다. 성형 후, 아베코는 자주 손을 씻는다. 식사, 요리 전과 일을 본 후는 물론, 화장 전, 빨래를 세탁기에 넣거나 개거나 하기 전, 외출에서 돌아온 후, 편지를 쓰기 전, 옷가게에서 옷을 만지기 전, 신문을 읽은 후, 전철 손잡이를 잡은 후, 아기가 있는 집에 들어가기 직전 등등에 세심하게 손을 씻었다.

"결혼하면 남편 팬티를 나무젓가락으로 집어서 세탁기에 던지는 아내가 되는 거 아냐?"

나호는 언론에서 화제가 되고 있는, 남편 팬티를 싫어하는 아내 이야기를 했다.

"나무젓가락으로 집는 것까진 너무해."

나호는 거울 속의 허상이 아니라 실상 쪽을 향해 동의를 구했다.

"정말이야!"

아베코가 깊이 끄덕였다.

"그렇게 하면!"

그렇게 하면 세탁기가 더러워지잖아! 남자는 여자에 비해 엉덩이 살이 많지 않아서, 종이로 미처 다 닦지 못한 변이 팬티에 묻어 있는 경우가 많다고 신문에 나온 적이 있다. 나무젓가락으로 들고 싶을 정도로 더러워진 팬티를 그대로 세탁기에 던져 넣으면 세탁조가 더러워지지 않겠는가? 여자는 여자대로, 남자에 비해 성기 구조가 복잡하고, 또 매달 생리를 하는 관계로 냉이 팬티를 더럽힌다고도 나와 있었다.

"남자도 여자도 팬티는 목욕하러 들어갔을 때 각자 비누로 애벌빨래를 한 뒤에 세탁기에 넣어야 해."

아베코가 그렇게 말하자,

"그런 얘기가 아니지 않니?"

나호는 화장 가방에서 액상 아이라이너 작은 병을 꺼내며 말했다. 나호는 검은 아이라이너 액이 뚝뚝 떨어질 정도로 붓끝에 듬뿍 묻혀 눈 주위에 바른다.

"애정이 식으면 팬티를 건드리는 게 싫어진다는 뜻이야."

그럼 나는 내 손에 대한 애정이 식은 것일까? 아베코는 생각했다. 유아가 코에 손가락을 넣어 코딱지를 판 뒤, 그 손가락을 핥을 때가 있다. 순수한 흥미이기도 하지만, 유아는 순수하게 자기를 사랑하여 자신의 것은 더럽다고 생각하지 않기(생각할 수 있는 인지력이 부족하기) 때문이라고, 교육 심리학자의 책에 쓰여 있었다.

(그러나 나는 역시 나를 사랑해. 나를 사랑하는 것과 내 손이 더러워졌다고 생각해서 자주 씻는 건 다른 차원의 이야기야……라고 생각하지만…….)

만약 애정이 식으면 남편의 속옷이 만지기 싫어진다고 하면, 애정이 뜨거울 때는 속옷을 자주 만진다는 걸까. 타인의 속옷을 만질 기회란 건 언제일까. 사랑해, ○○ 씨. 사랑해, ×× 씨. 그렇게 속삭이는 남녀는 서로의 속옷을 만질까? 만지지 않을 것이다. 서로의 육체를 만질 것이다. 그런데 세상에는 속옷만 훔치는 인간이 있다. 처마 끝에 널어놓은 속옷을 훔쳐서 성적 흥분을 얻는 인간이 있다. 그런 인간은 엄청나게 적극적이고 낙천적인 성격이다. 훔친 속옷을 입었던 사람이 무진장 못생긴 여자일지도 모르는데, 어쩌면 여장이 취미인 못생긴 동성일지도 모르는데, 자기가 훔친 속옷의 주인만은 아름다운 여자라고 믿을 수 있으니. 아니, 그런 게 아니라 상상을 못하는 건지도. 이 속옷을 입었던 사람이 어떤 사람인가를 상상하지 못한다. 상상력이 터무니없이 빈곤해야 속옷 도둑이라는 페티시즘이 성립할 수 있다. 아니, 그런 게 아니라 속옷을 훔치는 행위를 하는 졸렬한 자신에게 자학적 도취를 느끼는 것일까? 하지만 아무리 자학적 도취를 한다고 해도 상상력이 결여되지 않으면 못생긴 사용자의 얼굴이 자학적 도취를 방해한다.

"그런가? 역시 상상력 결여는 팬티 도둑의 필요조건이네."

성형수술 이후 아베코는 끊임없이 뭔가를 생각하게 되었다. 뭔가를 문득 생각하기 시작하면, 그것이 또 다른 일을 생각하게 하고, 그것을 생각하면 또 다른 것이 떠오르고, 그걸 생각하면 또 다른 것을 생각해야 한다. 아베코는 생각을 정지시키고 싶어서 나호 쪽으로 고개를 돌렸다.

"흐음……."

나호는 입을 약간 벌린 채, 아이라이너 다음에는 콤팩트를 꺼내서 스펀지에 물을 적신 뒤 짜서 흰 가루를 열심히 얼굴에 바르고 있다. 그 피부는 투명감이 없고, 한쪽 뺨에는 여드름 흉터가 검붉게 남아 있다. 그 울퉁불퉁한 굴곡에 베이지색을 띤 흰색 가루를 피부 호흡이 방해를 받지나 않을까 싶을 만큼 빈틈없이 바른다.

더욱 투명감이 없어진다.

"모치즈키, 오늘 모임에 갈 거지?"

멍하니 실상인 나호를 보고 있던 아베코에게 거울 속 허상의 나호가 물었다.

"어, 으응."

"그래야지. 모치즈키가 출석해야 모임이 빛이 나니까."

세 번째 금요일에는 매장 여사원 여러 명이 타업종 연구회를 연다. 무엇을 연구하는 것도 아니다. 연구회라는 명목의 합동 미팅 같은 회식이다. 아베코는 입사 초에 출석한 적이 있었지만, 작년에 은행에서 가이코를 만난 이후로는 출석하지 않았다.

"왜 일부러 못생긴 얼굴로 성형한 거야?"

가이코가 한 이상한 말이 시간이 흐를수록 이상하지 않게 느껴지기 시작했다. 그렇게 되자 회식의 표면적인 흥청거림은 아베코를 침울하게 할 따름이어서 점점 결석하는 일이 늘어났다.

"오늘은 출석할 거야. 생일이거든."

"어머나, 그래? 그럼 생일 파티를 겸해서 신나게 놀자."

아베코는 나호와 타업종을 연구하러 회식 장소로 향했다.

"우리 팀에서는 히키 씨하고……."

동기인 남자 사원과 나호와 아베코.

"그리고 히키 씨의 지인인 남자 세 명. 그러면 여자가 부족하네. 내가 가는 골프 연습장에서 친구가 된 애를 부를게."

다만, 나호도 그 여자와 특별히 친하지는 않다고 한다.

"모치즈키처럼 미인은 아니지만, 밝고 귀여운 애야."

미인. 아베코는 이 직접적인 찬사를 성형한 후로 자주 동성에게 듣는다. 대신 멋있다, 상냥하다, 느낌이 좋다 등등의 모호한 형용은 듣지 못한다.

'미인은 아니지만 귀여운 사람…….'

아베코는 입속으로 되풀이했다. 성형한 뒤로는 반가울 정도로 모호한 여운이 있다.

"그리고 그 애는 우리하고 같은 계열의 부동산 회사에 다녀."

"뭐?"

동서철도와 같은 계열의 부동산 회사. 아베코에게 어떤 예감이 들었다. 예감은 맞았다.

아베코는 번화가에 있는 빌딩 6층에서, 등롱을 여기저기 달아놓은 술집 소파에 가이코가 앉아 있는 것을 발견했다.

콩알 같은 수수한 눈(으로 성형한 눈), 끝이 약간 위로 들린 낮은 코(로 성형한 코), 통통한 볼(로 성형한 볼), 통통한 볼에 눌려 무기력한 입.

(촌스러운 얼굴…….)

가이코의 얼굴을 보고 있으면 경마도 파친코도 복권도 꽝이고, 이건 절대로 안전하다고 권해서 투자한 외화 국채도 본전을 못 건질 것 같은 느낌이 든다. 가이코는 성형 전 아베코의 얼굴을 닮았다. 그것이 또한 아베코의 기분을 거스른다.

"처음 뵙겠습니다."

가이코의 얼굴을 보고 우울해진 기분을 날려버리려고 아베코는 웃는 얼굴로 참석자 전원에게 향했다. 향하자마자 "오오." 하는 환성이 노골적으로 터지며 남자 네 명은 아베코에게로 시선을 돌렸다. 아베코는 이런 시선의 도가니에 이미 익숙해 있었다. 도가니 뒤에는 남자들의 어색한 침묵이 펼쳐지는 것에도.

"가이코, 오랜만이야. 안녕?"

아베코는 침묵을 허물기 위해 큰 소리로 말하지 않을 수 없었다. 아베코는 일부러 장난처럼 연극 대사를 읊듯 말했지만, 화려한 얼굴(로 성형한) 아베코가 안녕 하고 말하자, 그게 화려한 얼굴에 잘 어울려서 그 결과 전원에게 거만한 인상을 주었다.

그러나 아베코와 가이코가 친구 사이라는 것은 자연스럽게 회식을 시작하기에 딱 좋은 화젯거리였다.

아베코에 이어서 가이코와 나호, 그리고 그 뒤를 이어 세 남자가 간단히 자기소개를 했다.

"후지야마 약품에 근무하고 있습니다."

후지야마 약품은 아베코 쪽을 본 뒤 바로 나호의 미니스커트 무릎, 그 천과 피부의 경계에 시선을 고정한다.

"오타 구에서 회계 사무소를. 아, 소장은 아니고요."

회계 사무소도 아베코 쪽을 보더니, 이내 아베코의 핸드백 잠금 쇠로 시선을 돌리고,

"잠금쇠가 하트 모양이네요. 재미있네요."

그렇지? 하고 옆에 앉은 시온 화장품 연구실에 근무하는 남자에게 동의를 구했다. 시온 화장품은

"빨간색 루주가 어울리는 사람 얼마 안 되는데, 모치즈키 씨는 잘 어울리는군요."

다비도프의 속삭임

하고 다른 두 사람에 비하면 직업상 그런 것인지 아베코를 보는 시간이 길었지만, 그도 역시 이내 시선을 나호와 나호의 블라우스 칼라와 목덜미의 경계로 보냈다.

히키만 이름을 말한 뒤에 다른 여자나 장소, 사물을 보지 않고 한참 아베코만 보더니,

"아베코 씨는 메이플소프(로버트 메이플소프Robert Mapplethorpe, 미국의 사진작가―옮긴이)가 찍은 여자 같아요."

라고 말했다. 어, 그게 뭐야? 메이플 시럽이라니? 메이플소프 말이야, 카메라맨. 남자 아니었어? 그러니까 '가 찍은' 이지. 어떤 거? 그야, 즉석카메라가 아닌 걸로지. 뭐야, 바보네. 알고 있다구, 웃기려고 해본 소리야. 요전에 텔레비전에서 가수 히데가 몰래카메라에서. 아아, 나도 봤어, 봤어. 그거 진짜로 화내더라.

히키의 발언은 이내 초면인 여러 남녀 사이에 도개교(연결 다리―옮긴이)를 내리는 기어가 된 뒤 어딘가로 흩어져버렸다. 아베코만 히키의 발언을 흘려듣지 않았다.

(메이플소프의 사진? 기분 나쁘네.)

성형 후, 아베코는 종종 미술관에 가게 되었다. 어떤 화가나 작품을 좋아하게 된 건 아니다. 멍하니 그림, 조각, 사진, 유리 세공품을 보고 있는 게 좋았다. 그래서 무슨 혹은 누구의 전시회인지 확인도 하지 않고 미술관에 들어가는 일이 종종 있다. 서늘한 전시실은 산책하기에 그만이다. 터벅터벅 걸으면서 전시물을 바라보며 밝은 배색이니, 재미있는 무늬니, 이게 좋으니, 이건 싫으니, 그저 그렇게 자신이 느끼는 대로 전시물에게 마음속으로 말을 거는 것,

그게 즐겁다. 아니, 그게 즐거웠다.

　동서백화점 미술 플로어의 히키는 이따금 전람회 표를 준다. 그건 대단히 고마웠지만, 아베코는 히키와 이야기하는 게 고역이었다. 그는 표를 줄 때마다 그 전시회의 미술가와 작품에 대해 이야기한다. 그가 생각하는 것을 이야기하는 거라면 길어도 좋다. 누군가 이렇게 평론한 작품이라고 가르쳐주어도 좋다. 하지만 그는 감각을 짜깁기하여 이야기한다. 그것도 타인의 감각을. 메이플소프가 메이플시럽과 비슷하다고 느낀 자는 지적知的이다. 그 자는 스스로 지각知覺하고 있다.

　"메이플소프의 장점은 말이죠, 아주 근원적인 어둠의 사랑을 받았다고나 할까. 빛의 시간이 아니라 질량에 말이죠. 이미 그 사람은 훌쩍 가버렸지만."

　히키는 메이플소프의 표를 줄 때, 그렇게 말했다. 메이플소프의 사진을 보고 히키 자신이 '어둠의 사랑을 받고 있다'고 하는 감상을 느낀 게 아니라, 누군가 타인이 느낀 것이고, '빛의 시간이 아니라 질량'이라는 감상도 누군가 타인이 느낀 것이다. 히키는 그런 감상의 권위에 예속되고, 예속된 것을 '아주'니 '훌쩍' 같은 부사로 은폐한다. 자기 자신도 모르는 사이에. 소크라테스를 가장 거역한(반역한) 그 비지적인 거동과, 그러나 자신도 성형을 해서 원래의 얼굴을 은폐하고 있다고 하는 켕김, 그리고 공짜표를 얻었다고 하는 감사. 아베코는 이 삼자 사이에서 고통에 시달리는 것이다. 자기의 고통을 야유할 수 있을 만큼 아베코의 내면은 외면의 화려함을 좇아가지 못했다.

“메이플소프에게 책임은 없지만, 메이플소프를 좋아하는 사람에게도 책임은 없지만, 메이플소프를 좋아한다고 말하는 걸 좋아하는 사람은 싫습니다.”

말하려다 관두었다. 벌써 아베코는 히키에게 받은 공짜표를 사용했고, 회식의 화제는 이미 별자리점으로 넘어가 있었다.

히키가 아베코 쪽을 보고 있다. 몹시 무겁게 느껴졌다.

*

가이코가 타업종 연구회에서 1년 만에 본 아베코의 얼굴은 화려한 부품이 이제 완전히 해골 표면에 자리잡은 것 같았다.

폭이 넓고 선이 뚜렷하고 큰 눈(으로 성형한 눈), 마담 가쓰라기만큼 무리하게 높이진 않았지만 그래도 높은 코(로 성형한 코), 세련된 브이 라인을 그리는 턱(으로 페이스리프트facelift 수술한 턱), 덧니를 빼고 의치를 하여 치열을 고르게 한 입.

(못생긴 얼굴이 자리를 잡았네…….)

아베코의 얼굴을 보고 있으니 제대로 된 직업을 구하지 못해 경마나 경륜, 파친코를 어슬렁거리다 대박이 터져 호화롭게 노는 졸부가 된 듯한 고독이 느껴진다. 그것이 또한 아베코에게 동정심을 일으킨다.

(저런 얼굴로 고치다니…….)

콩알 같은 작은 눈에 마스카라를 듬뿍 바르고 깜빡깜빡, 깜빡깜빡거리는 그 눈이야말로 남자의 마음을 매료시키는 눈이다.

성형미인
●

(그런 눈을 남자는 작다고 생각하지 않아. 그런 눈을 또렷한 눈매라고 생각해. 그 심리의 경로는…….)

'또렷한 눈매'라는 표현은 '좋은 것'에 쓰인다. '작고 수수한 눈'은 남자에게 '매력적'으로 비친다. 그렇다면 '콩알 같은 눈이 매력적이다'라고 생각하면 좋을 것 같지만, '매력적'이라는 말은 딱딱하다. 따라서 자신이 좋은 인상을 주는 눈을 '또렷하다'라고 생각한다. 납작코도 퉁퉁한 볼도 같은 맥락이다. 남자는 납작코에 볼이 퉁퉁한 여자가 좋다고는 생각하지 않는다. 코에 대해 '낮다'고 표현하고, 뺨에 대해 '퉁퉁하다'고 표현하는 것은 '좋지 않은 것'이란 인상을 주는 말이어서, 자신이 좋은 인상을 갖고 있는 코나 뺨에 좋지 않은 형용사는 쓸 수 없다. 그래서 '복스러운' 정도로 표현한다.

(그러니까 '콩알처럼 작은 눈은 부었고, 코는 낮은 데다 끝이 위로 치켜 들렸고, 뺨은 퉁퉁한 얼굴'은, 남자들이 표현하면 '또렷하고 생기 있는 눈에 코는 조그맣고 시원스러우며, 뺨은 동그랗고 복스러운 얼굴이어서 나이보다 훨씬 젊어 보인다'가 되는 거야.)

가이코는 고개를 살짝 기울이고 그 자리를 조용히 지켜보았다.

후지야먀 약품도, 회계 사무소도, 시온 화장품도 모두 아베코에게 말을 건다. 모치즈키 씨는 백화점이라 토, 일요일에 못 쉬겠군요. 쉬는 날에는 무얼 하세요? 어떤 음악을 들으세요? 아베코에게 말을 걸고, 아베코는 시원하고 솔직한 대답으로 모두를 웃게 한다. 그러나 후지야마 약품도, 회계 사무소도, 시온 화장품도, 흥미를 느끼는 쪽은 나호와 가이코에게다. 아베코에게가 아니다.

몇 년 전부터 수도 없이 많은 사람들이 꺼낸, 안전하면서도 언제든 만인이 기뻐하는 화제가 7인의 자리에 날아들었다.

남들에게 주목받는 데도 익숙하고, 재미있게 말하는 화술도 제대로 익힌 아베코는 그 자리의 주인공이었다. 웃음이 터진다. 웃음의 메아리가 사라질 즈음, 재빨리 농담을 한다. 또 웃음이 터진다. 화려한 주인공이다.

"마치 이 주변에 커다란 꽃이 활짝 핀 것 같네요."

회계 사무소가 진부한 비유를 해도, 화려한 아베코의 얼굴에는 이런 대사에 절대 동요하지 않는 익숙한 자의 여유가 있었다.

(저건 못생긴 애가 거치는 길이야. 데자뷔네.)

가이코는 아베코를 동정했다. 그녀의 모습은 예전의 자신과 같다. 아베코는 조명이다. 그녀 자신이 광원이다. 조명은 자리를 비추고, 사람들을 비추고, 사람들의 이야기를 비춘다. 찬란하게 빛나는 얼굴로 아베코가 웃어주면, 이야기를 하는 사람은 100명의 반응을 얻은 것처럼 느낀다.

(어째서 저렇게 못생기게 성형을 한 걸까. 미인은 조명이 아니라, 조명을 받는 사람이건만.)

회식이 시작된 후, 가이코는 조명이 자신을 비추고 있다는 걸 느낀다. 자신의 흰 블라우스를. 감색 스커트를.

(아베코의 옷까지 데자뷔네.)

오늘 아베코는 차이나풍으로 칼라가 선 검은 재킷과 같은 계통의 바지를 입고 있다. 뻣뻣한 옷감과 아래위 같은 색의 의상은 세로 라인을 강조하여 훨씬 키가 커 보인다. 액세서리를 하지 않고, 짙은 빨간색 루주로 액세서리를 대신한 세련된 차림이다. 예전에는 가이코도 항상 오늘의 아베코 같은 옷을 입을 수밖에 없었다. 뻣뻣한 천으로 재단한 옷을 입지 않는 한 98센티미터의 유방이 너무 노골적이어서, 마치 침실에서 금방 나온 사람처럼 보였다.

(저런 옷, 모두들 싫어하는 옷이야.)

심플한 디자인인 만큼 검정색의 존재감이 있다. 상대는 위압당한다. 하지만 자신이 위압당하고 있다는 사실을 대부분의 사람은 인식하지 못한다. 적극적으로 자기인식을 피하는 사람의 수는 훨씬 많다. 자기인식을 회피하니까, 자기가 그런 옷을 보고 왜 기분이 안정되지 않는지를 모른다. 모르는 채 자기인식을 계속 회피하고, 뇌는 회피한 상태를 계속 유지할 수 있는 말을 찾아낸다.

"모치즈키 씨, 오늘 패션은 독특하네요."

봐라. 후지야마 약품이 말하고 있다.

"그래요? 그냥 평범한 바지 정장인데요. 기성복으로 9만 8천 엔짜리예요."

"그래도 뭔지 모르게 그, 유행의 첨단을 달린다고나 할까요."

유행의 첨단을 달리는 옷이란 곧 싫어하는 옷. 싫다는 말을 후지야마 약품은 빙 둘러서 말하는 거다. 1/7과 3/4을 더할 때, 분모는 28로 맞추지 않으면 안 된다. 사회란 그런 장소다. 만약 그런 장소를 '남성 사회'라고 분노의 감정을 가지고 부르는 자가 있다면, 그 자들은 차를(?) 타지 않는 게 좋다. 에어컨을 사용하지 않는 것이 좋다. 뜨거운 물로 머리를 감지 마라. 두 겹으로 줄줄이 상자에서 나오는 화장지를 쓰지 마라. 음식물을 남기지 마라. 그런 것들은 모두 국가 경제로 이루어지는 일이니까. 그런 사치는 근대 남성 사회가 낳은 것이다. 그걸 뒤에서 받쳐준 것은 여성이니 하는 말은 절대 하지 마라. 말하면 더욱 받쳐주어야 된다. 말하지 않고 이용하는 게 좋다. 7과 4의, 9와 6의, 12와 21의 최소공배수의 가면을 그때마다 뒤집어쓰고 교태를 부려라, 아양을 떨어라. 오로지 그들을 유혹하는 것만 생각하고 여자를 무기로 삼아라. 가면은 어느새 벗겨지지 않게 된다. 영원히 벗겨지지 않게 되면 이미 그건 그 사람의 '몸' 이다. 최소공배수 연구를 거듭하여 '계획' 한 가이코의 안면과 육체다.

아베코의 세련된 옷차림, 그것은 남자를 주저하게 만든다. 주저한다는 것은 매료되지 않는다는 것이다. 매료되지 않기 때문에 화제는 옷과는 다른 이야기로 넘어간다.

"이야, 모치즈키 씨는 회사에 다니면서 야간대학까지 다니세요? 힘드시죠?"

봐라, 회계 사무소가 묻고 있다.

"그렇지 않아요. 철학 한 과목, 청강하는 걸요. 그것도 불순한 동기로요. 브래드 디카프리오의 키르케고르와 열네 살 소녀의 연애를 그린 영화가 있었잖아요. 그걸 보고 흥미가 생겨서……"

아베코는 유치하게 할리우드 인기 배우 이야기를 하고 있지만, 후지야마 약품, 회계 사무소, 시온 화장품은 '철학 청강' 에서 일제히 물러나고 있다.

(바보 같은 아베코. 죽음에 이르는 발언을 하다니. 철학을 청강하

는 거야 좋지만, 청강하는 걸 제 입으로 떠들면 본전도 못 건지지.)

한문을 읽을 줄 아는 걸 숨겼던 무라사키 시키부는 그 옛날에 최소공배수를 고려하고 있었다.

"굉장하네요, 모치즈키 씨는. 그야말로 재색 겸비군요."

"그렇지 않아요."

그렇다, 그렇지 않다. 철학 강의를 청강하기 때문에 '재才'가 있다고는 할 수 없다. 지적인 청강생도 있으며 그렇지 않은 청강생도 있다. 일단 아베코는 '색色'을 갖추지 않았으니 재색 겸비가 아니다.

"역대 철학자는 지적이었을 테고, 그들을 연구하는 선생님도 지적이겠지만, 그 이야기를 듣기만 하는 저야 지적이고 뭐고 할 게 없죠."

하지만 아베코가 자신을 지적이 아니라고 생각한다 해도, 그것은 타인에게 전달되지 않는다. 아베코의 외모가 그것을 방해한다. 오호호호, 나는 지적인 여자야, 하고 믿고 있는 것 같은 외모를 하고 있다. 그리고 오호호호 난 지적인 여자야, 하고 스스로 믿고 있는 여자는 가장 지적이지 못한 여자라고 지금의 사회는 간주한다. 따라서,

(아베코는 못생긴 데다 머리도 나쁘고 재수없는 여자가 돼버렸어.)

가이코가 콩알 같은 눈을 깜빡거리며 그렇게 생각하듯이, 타인에게도 그렇게 비칠 것이다.

타인은 내면 따위는 보지 않는다. 타인은 타인의 겉모습을 본다. 그렇다면 이성은 이성의 이미지를 보는 것이다. '남자는 여자를 볼 때, 그녀가 옷을 입고 있어도 머릿속으로 알몸을 그린다.' 이것은 여자들이 남자가 그럴 것이라고 꿈꾸는 이상적인 남자의 상이다.

현실에서 남자는 머릿속으로 여자의 옷을 벗길 수가 없다. 유방이 두드러지지 않는 뻣뻣하고 헐렁한 옷을 입고 있는 여자를 보면, 순전히 보이는 대로 보면서 유방이 작다고 생각한다. '남자는 유방이 큰 여자를 좋아한다.' 이것은 여자가 속아 넘어가고 싶은 편리한 거짓말이다. 음, 남자란 건 바람둥이야. 음, 남자란 건 단순해. 그렇게 비난하기 위한, 그렇게 비난함으로써 자신의 다른 결점을 보지 않기 위한 거짓말이다. 가이코는 지금까지 유방이 큰 여자를 좋아하는 남자를 한 번도 만난 적이 없다. 유방이 큰 여자가 좋다고 스스로 고백하는 것으로 남자다움을 연출하는 남자도, 유방이 큰 여자는 둔감해서 싫다는 것으로 자기의 민감함을 연출하는 남자도. 모든 남자가 좋아하는 것은 유방을 느끼게 하는 여자다. 유방의 실제 크기는 무관하다.

가이코는 오랫동안 보아왔다. 남자가 섹시하다, 색기 있다고 말하는 여자는 반드시 가슴이 팬 옷, 혹은 가슴팍을 무슨 상표 같은 것으로 강조한 옷을 입고 있다. 유방의 크기가 아니다.

(크기와 무관하지. 헐렁하고 두꺼운 트레이닝복을 입고 있으면 그 여자의 가슴둘레가 설령 100센티미터라고 해도 남자에게는 큰 유방이 아냐. 그러면서 100센티미터의 여자가 가슴팍이 팬 옷을 입으면 역겹다느니 감칠맛이 없다느니 운운하지.)

타인은 타인의 내면 따위는 상상하지 않는다. 투시 따위는 할 수 없다. 투시할 줄 아는 남자가 없으니까 패드가 들어간 브래지어가 잘 팔리는 것이다. 코에 주입한 실리콘도 보이지 않는다.

(그렇지 않다면 뭐 하러 덴츠(電通, 세계적인 일본의 광고 회사―

옮긴이)나 하쿠호도(博報堂, 일본에서 넘버 2인 광고 회사―옮긴이)가 사회에 존재하는 거야. 어째서 광고에다 기업이 그렇게 돈을 들이는 거야?)

가이코는 마음속으로 자신의 '계획'이 옳았다고 고무되어 있었지만, 그녀의 외모는 남이 보기에는 앞에 나서지 않고 소극적이며 수줍음을 많이 타는 듯이 보였다.

"마유무라 씨는 어떤 남자 타입을 좋아해요? 탤런트로 예를 들자면?"

드디어 회계 사무소가 가이코에게 말을 걸어왔다. 하지만 가이코는 처음부터 그가 자신에게 '마음'이 기울고 있다는 것을 알고 있다.

"탤런트…… 그러게요, 누가 있을까…… 별로 생각이 안 나네요……."

"기시바야시 로쿠로라든가?"

"그러게요, 느낌이 좋은 사람이죠."

"모리무라 다쿠야는?"

"그러게요, 그 사람도 느낌이 좋죠."

"톰 리브스는?"

"네, 다정할 것 같아요."

지극히 모호하게 대답했다.

"뭡니까, 누구라도 다 좋단 말이잖아요?"

"어머나, 그러네요. 줏대가 없나 봐요, 나."

누구라도 좋다. 모호한 대답으로 모호하게 웃으면 확실해지는 것이 한 가지 있다. 가이코는 문호 개방이 되어 있다고 남자들은 생각한다. 이것이다.

"탤런트 중에는 특별히 좋아하는 사람이 없지만, 교제를 한다면 나하고 느낌이 통하는 것 같은 사람이 좋겠죠."

가이코는 '느낌'이니 '같은'이니 하는 모호한 말을 선택하여 확실하게 점수를 가산해간다.

그렇게 되면 튀는 것에 익숙해진 아베코는 '자신의 의견'을 말하지 않을 수 없다.

"나도 결혼 상대에 대해 특별한 조건은 없어요. 평범하면서도 검소한 행복이 제일이라고 생각해요."

아베코가 말했다.

(또 아베코는 실점을 하네. 결혼 상대라니.)

결혼. 이 이야기에 남자들은 뒤로 빼게 된다. 학생이 아니다. 결혼이니 하는 말을 분명하게 내뱉으면, 남자는 '아, 이 여자 나를 잡을 속셈이구나' 하고 생각한다. 천재지변이 일어나도 아베코가 결혼하고 싶은 생각이 절대로 들지 않을 남자에 한해서 꼭 그렇게 말해야 한다.

"휴대전화로 연락을 주고받는다든가, 크리스마스이브에 함께 있는다든가, 유명한 가게에서 데이트를 한다든가, 그런 것을 사귀는 거라고 한다면, 그런 남자친구는 원하지 않아요. 여러 가지 화제에 대해 서로 이야기하고 웃고, 때로는 싸우기도 하고. 상대와 나는 다르니까 10할을 이해할 수 없잖아요. 3할을 이해할 수 있을 만큼 사귀고 싶어요. 그 뒤에 혼인 신고를 하고 싶으면 하면 되고, 혼인 신고 하지 않고 주말 동거를 하며 평일에는 일에 몰두하는 것도 좋고, 형태는 두 사람이 생각하면 되죠. 서로 건강하다면 그걸로 행복인 거죠."

아베코가 말했다. 가이코도 예전에는 그렇게 생각했다. 하지만 아무리 그렇게 생각해도 남자들은 '결혼'이라는 말이 나오면 '잡힌다!'고 생각한다. 결혼상대로는 상상조차 할 수 없는 남자일수록 그렇게 생각한다. 그러니까,

"결혼 같은 건 지금은……. 뭐, 분위기니까요. 뭔가 그런 식의 분위기나 느낌으로 일이 진행되겠지 같은 식으로……."

가이코가 말했다. '분위기'란 게 대체 뭔가. 무슨 분위기라는 건가. 분위기 자체가 모호한 말인데, 거기다 또 '느낌'이라는 모호한 말이 붙고, 거기에 또 '일'이니 하는 무슨 일인지 불명확한 말이 붙고, 거기에 또 '같은'이 이어져서, 결국 알맹이가 거의 다 빠진 발언이다.

(이 논리성이 결여된 단어를 사용하는 거야말로 미인이야. 언어를 기호로서 적확하게 조종하는 건 못생긴 여자지, 아베코.)

히키가 아베코에게 끌린 것은 그가 후지야마 약품보다도 회계 사무소보다도 시온 화장품보다도 훨씬 논리성이 결여되어 있기 때문이다. 자신의 판단으로 언어를 선택하지 못하는 히키는 논리조차 정서로 듣는다. 논리적으로 이야기하면 할수록 그는 신비롭게 느끼고, 아베코에게 끌리는 것이다.

(멍청이한테나 인기가 많네, 아베코는.)

가이코는 아베코를 동정했다. 멍청한 남자는 바닷가재를 먹을 때, 껍데기에 나이프와 포크를 사정없이 찌른다. 나이프와 포크는

아무 도움도 되지 않아, 바보는 허둥지둥 파티에서 집으로 돌아간다. 장식만 지저분해진 바닷가재는 이제 똑똑한 손님들도 손을 대려고 하지 않게 된다. 얼마나 불운한지.

2차를 가자고 아베코를 끊임없이 유혹하는 히키 뒤에서 가이코가 말했다.

"우리는 2차에 가지 않을 거예요. 아베코하고 오랜만에 둘이 할 이야기가 있거든요."

그리하여 후지야마 약품과 회계 사무소와 시온 화장품은 보좌역인 나호가 어딘가로 데려가고, 히키는 혼자 돌아갔다.

"'항상 남자 눈만 의식한다. 여자니까 남자의 눈을 어느 정도 의식하는 것은 어쩔 수 없지만, 이렇게까지 하는 건 지나치다, 재수 없는 여자' 라는 건 나를 두고 하는 말이겠지?"

가이코는 심야 영업을 하는 도넛 가게에서 아이스티의 빨대를 깨물었다.

"그러니?"

"뭐야, 그, 그러니라는 건."

"가이코는 항상 남자 눈을 의식하니? 몰랐어."

"의식해."

"그렇다면 아주 떳떳하잖아. 축구 선수가 월드컵에 나가서 이기는 건 기분 나쁘다, 작전을 세우는 건 비겁하다, 그런 말 안 하잖니? 축구를 하는 이상, 세계 대회에서 우승을 바라는 건 당연해. 우승 같은 건 노리지 않습니다 하면서 실실거리는 게 이상하잖아? 필승이다, 아자! 하고 곧장 목표를 향해 가는 게 불결한 거야?"

가이코는 남자의 눈을 의식하는 건 떳떳한 거라는 아베코의 말에 불끈했다. 그런 떳떳함은 깨끗한 더러움의 큰 적이다. 그런 떳떳함을 버리는 훈련을 수술 이후, 아니 수술 전 '계획' 설계 단계부터 계속해왔으면서 아직도 완전히 익숙하지 못한 걸까. 그래서,

"나는 말이야. 영원히 여자인 채로 남성 사회에서 귀여움을 받을 거얏."

신경질적인 목소리로 말해보았다. 때때로 신경질적이 되는 것도 남자가 안심하는 여자다운 여자다. 악, 프라다 가방 사줘욧. 악, 페라가모 구두 사줘욧. 악, 3캐럿 다이아몬드 사줘욧. 이런 유의 히스테리에 남자들은 질리면서도 안심한다. 만약 악, 자원이 아까워욧, 이면지는 4등분하여 철해서 메모지로 써욧. 혹은 악, 맹도견 대회에 적은 돈이라도 좋으니 기부를 해욧. 혹은 만화 〈사자에 씨〉(1949~74년에 〈아사히신문〉에 연재된 만화—옮긴이)에 나오는 동생인 가쓰오의 동급생인 하나자와네 아빠 직업 정도는 외워욧. 이런 히스테리를 부렸다면 남자는 당연하다고 끄덕이면서 두려워한다.

"나는 남자의 시선을 의식해. 체제에 반항하는 건 딱 질색이야. 다가가고, 또 다가가서 오호호 하고 천진난만하게 웃어줄 거야. 안보에 반대하는 짓 따위 절대 하지 않을 거야."

1965년생인 가이코는 부모가 둘 다 대학생일 때 낳은 아이다. 혼인 신고를 하지 않은 동거였다. 태어나자마자 바로 가이코를 히노다마 촌 본가에 맡겨놓고, 1971년까지 그들은 학교에 다니며 '운동'을 했다.

"전공투 같은 거 한 사람들. 그야 1할은 나라를 진심으로 걱정 했겠지만, 나머지는 동아리 활동이야. 여드름과 정자의 흥분을 운동으로 해소했던 거지. 그런데 진심으로 걱정하고 있다고 스스로 생각하는 것은 미역취처럼 강인한 객관성을 잃었기 때문이야. 그렇지 않다면 운동하는 중에 임신 따위 하지 않도록 피임에 세심한 주의를 기울였겠지. 아니, 그 전에 운동 중에 섹스 따윌 하지 않았 겠지."

히노다마 촌에서는 조부가 가이코의 부모는 일찍 세상을 떠났다고 떠들고 다녔다. 하지만 실은 살아 있고, 그들은 1974년에 헤어졌다.

"학생 운동이 유행하지 않게 되고 나니 상대의 허점이 보였을지도. 그런 거겠지."

가이코는 헤어진 후 소규모 식품 회사 사장의 딸과 재혼한 아버지가 어떻게 지내는지 잘 모른다. 재혼 후, 적지만 송금은 해주었다. 어머니는 오랫동안 낙담하고 지내다가 자식이 있는 남자와 재혼했다. 이쪽도 송금은 해주었지만, 가이코는 어머니와도 거의 교류가 없이 히노다마 촌에서 자라 마을을 떠났다.

"오늘 모임에 온 이 백화점의 히키라는 사람 말이야. 엄마에게 들은 이야기를 종합해보면, 우리 아버지는 분명 그런 타입일 거야. 히키 씨, 좋은 사람이지. 천진난만한 개처럼 자신의 바보스러움을 자랑으로 알고 있어. 어리석음을 시정詩情이라고 믿고. 우리 엄마도 좋은 사람이야. 아빠도 분명 좋은 사람이었을 거라고 생각해. 나, 엄마에게는 감사하고 있어. 그래서 부모가 가르쳐준 대로 따르려고 하지. 안보 따위 반대하지 않아. 그런 걸 하면 또 원망을 사게 될 거잖아. 에덴동산의 나무 열매를 먹은 이후에 신은 여자를 대가 끊길 때까지 원망할 거라고 말했으니까."

반대, 반대, 반대라고 소리치며 울부짖던 엄마는 여성운동가로 불리며 자립을 외쳤지만, 피임을 하지 않아 낳은 아이를 버리고 얻은 거라곤, 고작 2DK(방 두 개에 부엌 하나인 집─옮긴이). 그리고 이제 주름이 지고 백발이 되고 O자 다리를 한 채, 사상은 내면의 미로만 내보이려는가, 대중에게? 유치한 저항의 끝에 자기 자식에게 레토르트 파우치나 먹이고.

"옛날에 운동했던 사람들은 비행기를 납치하여 국체國體 개혁을 외쳤지만, 결국에는 식량이 부족한 나라에서 미 제국주의라고 욕을 퍼붓던 곳으로 돌아가고 싶다고 하고 있어. 나는 그런 거 싫어. 사회에 아첨하고 빌붙는 게 최고야. 그래서 나는 완벽하게 남자의 기호에 맞는 얼굴로 성형했어. 기필코 고수입, 고학력, 고신장인 남자를 잡아서 다이아몬드와 루비를 잔뜩 사달라고 할 거야. 그래서 3고인 남자를 노리는 건강한 여자로 수술한 거야."

가이코는 아베코의 목덜미를 힘껏 잡는다.

"대학으로 사람의 현명함이 결정되는 게 아니라고 말하는 사람이 흔히 있지만 말이야. 그렇게 말하는 사람일수록 오히려 더 학교 간판으로 사람의 현명함을 판단하고 있어. 학교 간판으로 사람의 현명함이 결정되지 않는 거야 당연하고도 당연하지. 불을 보듯 명확하지. 칼 루이스는 빨리 달린다. 그걸 보고 '루이스 빠르네.' 하고 감탄하는 사람에게 '루이스가 빠르긴 해도 무거운 역기를 들어올리진 못할걸.' 하고 불평하는 사람이 있다면, 그 사람은 어떻게 된 거야. 대학 따위로 사람의 현명함이 결정되는 게 아니라고 굳이 뻔한 사실을 들먹이며 화를 내는 사람은 그런 사람이야. 불건전해. 나는 칼 루이스에게 역도도 수중발레도 잘해야 한다는 트집을 잡진 않아. 단거리 달리기만 잘하면 대단하다고 박수를 보낼 거야.”

가이코에게 잡힌 아베코의 스탠드칼라가 꾸깃꾸깃해졌다.

“그럼 성형 전에는 불건전하고 트집쟁이였니?”

“그래. 맞아. 그랬어. 예전에 대학 다닐 때, 나는 유치원 때부터 그 학교에 다닌 그룹한테만 말을 걸었어.”

가이코는 유치원부터 대학원까지 같은 재단인 도내의 사립대학을 나왔다. 그 학교에 입학했을 무렵 친구가 아무도 없어서, ‘유치원부터 다닌 그룹’이라고 불리는 집단이라면 친구가 되어줄 거라고 생각했다.

“나는 나 자신이 부끄러웠거든. 사립대학밖에 가지 못한 내 나쁜 머리가 부끄러웠어. 그래서 유치원부터 줄곧 사립을 다닌 그룹은 머리는 텅텅 비었지만 부모라는 타인의 힘으로 간신히 학교생활을 유지한 인간들의 그룹, 성적이 낮은 것을 부끄러워하지 않는 그룹이라 생각했어. 그래서 그런 사람이라면 나를 업신여기지 않을 테니 친구가 되어줄 거라고 생각했어. 그랬는데 깜짝 놀랐어. 그 그룹 사람들, 부끄러워하기는커녕 유치원부터 사립을 다닌 걸 자랑으로 알고 있는 거야. 정말로, 정말로 깜짝 놀랐어. 그리고 어느 날, 그 그룹의 한 명이 이러는 거야. ‘역시 대학 간판은 중요해’라고. 자기 성적이 낮다는 수치를, 자신의 수치와 열등감을, 그렇게까지 쿨하게 웃음으로 만들 만큼 긍지를 갖고 있었던 거야. 나 한 수 배웠잖아.”

"……쿨하게 웃음으로 만들었던…… 걸까……."

"동의할 수 없다면 성적과는 다른 것을 긍지로 삼고 있었다는 표현으로 바꿔도 좋아. 마라톤은 못해도 유도를 잘하면 당당해도 좋다는 식으로, 성적은 낮아도 타인(자기 이외)의 돈을 쓸 수 있는 좋은 운을 타고났다면 당당해도 좋은 거야. 가슴을 펴고, 더욱 당당할 수 있는 장르를 개척해야 해. 그러나 무모한 목표를 세우는 건 실패의 근원이지. 나는 세계의 왕이 되려고 생각하지 않아. 세계의 왕이 될 만한 능력의 소유주가 아닌걸. 달리는 것도, 젓는 것도, 공을 때리고 차는 것도, 어학, 수학, 지학, 음악, 그림, 인테리어, 정원 가꾸기, 타인을 편안하게 하는 힘, 어떤 것에도 아무 재능이 없어. 그런 사람이 어떻게 타인에게 인간적인 현명함이니 하는 복잡하고 고도한 것을 추구한다는 거야? 그런 복잡하고 고도한 것을 추구하는 것은 욕심이야. 나는 결혼해서 키워달라고 할 거야. 나를 키워주어도 본인의 부담이 적도록, 나는 부자하고 결혼할 거야."

가이코는 더욱 아베코의 칼라를 꼭 쥐었다.

"애, 아베코. 너 도쿄대학 출신 중에 아는 남자 없니? 있으면 소개해. 나는 약품 회사도 화장품 회사도 회계 사무소도 싫어. 도쿄대 출신의 의사와 결혼할 거야."

사냥물을 노리는 눈이 반짝반짝 빛나고 있……어야 하지만, 콩알처럼 성형해서 그렇게는 보이지 않는다. 지켜주지 않으면 안 될 것처럼 힘없어 보인다.

"그런……, 만약 가이코가 그렇게 생각한다면, 다른 대학에서 다른 직종으로도 경제력이 있는 사람은 있을 거야……. 한 대학 한

직종에 한정되는 건 아니잖니?"

아베코는 씁쓸한 듯이 말했……을 텐데, 화려한 얼굴로 성형한 탓에 그렇게 보이지 않는다. 높은 곳에서 가이코를 내려다보며 설교하는 것 같다.

"있을 거 아냐. 넌 화려한 얼굴을 하고 있으니까."

멱살을 더 꽉 잡는다.

"……도, 동창생인…… 요, 요세……."

멱살을 더 세게 잡히자, 아베코는 생각난 이름을 댔다.

"요세? 누구냐, 그건? 그런 사람 있었어?"

"기억 안 나니? 같은 고등학교였잖아."

"아, 한 학년 선배로, 공대에 간 사람이구나."

가이코는 요세를 잊고 있었다.

"아냐. 동급생이야. 문과대에 갔어."

"문과대? 안 돼, 문학 따위 하는 사람은. 시원찮아. 게다가 고등학교 동창생을 만나면 성형한 게 들키잖아."

성형한 걸 들킨다. 그것은 아베코를 갑자기 어두운 나락으로 떠밀었다.

"그러네……."

"너하고 나는 비밀을 엄수해야겠지. 같은 죄니까. 앞으로는 더욱 협력하자. 알겠니? 좋은 사람 있으면 연락해줘. 나도 비밀을 지키고 너한테 소개할게."

알았지? 가이코는 힘없는 윙크를 하고, 그러나 가련하게 응석부리는 듯한 표정을 남기고 떠났다.

하이미날의 외침

hymenal

그때 그 개는 어떻게 지내고 있을까? 아베코는 그 개를 생각하는 날이 많아졌다. 산책길에 버려진 플라스틱 도시락 통을 연신 쿵쿵 거리던 개. 노인 잠방이 같은 털색을 한 그 개는 코가 빨갛고 얼룩덜룩했다.

스물여섯 살의 아베코는 이제 개를 정확히 기억하지는 못한다. 다만 그때 본 개의 동작과 개 주위에 떠돌던 분위기를 막연히 떠올리는 것이다.

(발 주변이 버선을 신은 것처럼 희었지. 작고 귀여운 버선. 동그란 발. 푹신푹신한 공 같은 발로 도시락 통을 누르고 있었어.)

세월의 흐름은 사실이 아닌 것도 아베코에게 주었다. 사실은 아니지만, 사실 이상으로 진실된 것을. 개의 무심함은 아베코의 마음을 위로해준다.

수요일이었다. 휴일이다. 스케줄은 없다. 아베코의 달력과 수첩은 날마다 깨끗하다. 재즈댄스 교실도, 불어 학원도, 컬러리스트 강좌도, 철학 청강도 끝났다. 재즈댄스를 배운 피트니스 클럽의 회원 자격은 아직 남아 있어서 퇴근 후에 간다. 역기를 들어올리고, 아령을 잡고, 기계 보트를 젓고, 지하 수영장에서 1킬로미터를 헤엄친다. 키는 성형 전과 변함없고, 체중은 3킬로그램이 늘었지만, 체지방은 10퍼센트나 떨어졌다. 성형 전에는 기모노가 어울리는 가늘고 나긋나긋한 허리였던 것이 벌처럼 잘록해지고, 역기와 아령 들어올리기로 대흉근이 발달하여 유방이 커지고, 상완이두근에 예리한 각도의 선이 생기고, 물속에서 두 발로 물장구치기를 하여 평평한 엉덩이가 볼록해지고, 발목이 가늘어졌다.

"그렇게 운동을 하면 몸이 울퉁불퉁해지잖아."

나호가 그런 말을 한 적이 있지만, 운동을 하지 않는 아마추어의 기우에 불과하다. 아베코는 올림픽이나 보디빌딩 대회를 목표로 한 운동선수가 아니다. 퇴근 후에 가볍게 웨이트 트레이닝을 하고 느린 수영을 하는 정도로 여체가 울퉁불퉁해지진 않는다. 세계 대회를 목표로 한 운동선수는 회사에 출근하는 일도 없이 날이면 날마다 격렬한 운동을 하고, 전문가가 짠 식단대로 음식물을 섭취하고, 때로는 특수한 주사며 약품조차 섭취한다. 그래야 겨우 '약간 울퉁불퉁' 해진다. 자외선을 쬐는 일도 없이 무리 없는 운동을 계속하는 아베코는 허리가 가늘고, 유방과 엉덩이가 동그랗게 크고, 늘씬하고 부드러운 곡선을 지닌 몸매가 되었다. 이 몸매 위에 화려한 얼굴이 올려져 있다. 아베코에게 접근하는 여자는 없었다. 그녀들은 아베코에게 자기 남자를 빼앗길 거라고 생각했다. 아베코에게 접근하

는 남자도 없었다. 그들은 아베코가 막대한 희망 사항을 요구할 거
라고 생각했다.

"이따금 만나서 식사도 하고 대화를 나누는 걸로 충분해."

아베코의 희망이라면 겨우 그 정도로, 그 대상도 남녀 불문이었
는데.

히키는 여전히 타인의 권위에 도취하여 아베코에게 접근했지만,
머잖아 그가 도취한 타인의 권위를 히키 본인의 감성이라 믿는 여
자를 만나 결혼했다. 아베코는 결혼을 진심으로 축복했다.

히키가 결혼한 후에 함께 밤길을 걸은 적이 있다.

아베코가 다니는 피트니스 클럽은 기숙사가 있는 동네에서 세 역
앞, 다른 민영 전철 노선이 하나 더 지나가는 역에 있다. 젊은 층에
게 인기 있는 가게도 많다. 수영을 하고 돌아오는 길, 아베코는 몸
에 힘을 쭉 빼고 걷고 있었다. 근육 트레이닝과 유산소 운동 후에
때때로 찾아오는 러닝 하이를 느꼈다. 부교감 신경이 자극되어 술
을 마셨을 때 같은, 그러나 더부룩함이나 구토감이 전혀 없는 편안
한 마음으로 자갈돌이 빼곡히 깔린 좁은 골목길을 걷고 있었다.

"여어."

유리문을 열고 가게에서 나온 히키가 말을 걸어왔다. 그는 이 동
네에 살아서, 전에도 몇 번 만난 적이 있기 때문에 말을 걸어와도
놀라지 않는다.

"또 수영?"

"응."

“머리가 젖은 채로네. 감기 걸려.”

히키는 꽤 술을 많이 마신 것 같았다. 알코올 냄새가 그의 입에서 술술 풍겼다.

“곧 전철 탈 거니까 괜찮아.”

히키는 아베코가 대답하는 걸 제대로 듣지도 않고 아베코에게 물었다.

“행복하냐?”

“응?”

“너, 그런 걸로 행복하냐고.”

아베코는 순간 움찔했다. 히키가 성형을 눈치챈 건가 하고.

아베코는 수분을 듬뿍 머금어서 무거워진 타월을 찔러 넣은 비닐 보스턴백을 오른손에서 왼손으로 바꿔 들었다가, 다시 왼손에서 오른손으로 바꿔 들었다. 바꿔들 때마다 비어 있는 쪽 손으로 코를 가렸다. 턱을 가렸다.

히키가 잠자코 있는 아베코를 보고 웃었다. 숨소리가 희미하게 새어나오는 웃음 뒤에 그는 “밤이 오고 종이 울린다……” 하고 시를 암송하기 시작했다. “지친 파도가 지나가는 동안.” 구절까지 오자, 아베코에게 잠깐 길을 걷자고 했다. 아베코는 히키가 성형을 눈치챈 게 아니라, 그저 시를 암송하고 싶었을 뿐이란 걸 알고 안도했다. 러닝 하이는 안도를 홍소哄笑로 바꾸었다. 아베코의 홍소는 밤 그늘에 울렸다.

“보는 데 지쳤어, 듣는 데 지쳤어.”

히키의 농담에 응할 생각이었는데, 히키는 랭보가 한 말이 아니라, 아베코가 한 말이라고 생각했다. 그의 표정이 굳어지더니, 아베코의 턱을 잡았다. 아베코는 움직일 수 없었다. 히키가 잡고 있는 부위에는 실리콘이 들어 있다. 그 생각만 그녀의 머리에 가득했다. 히키는 아베코에게 키스했다. 아베코는 보스턴백을 도로에 떨어뜨리고, 안도의 기쁨으로 히키를 받아주었다. 몸을 떼자, 히키는 "잘 가." 하고 말했다.

집으로 돌아온 아베코는 다행이야 하고 생각했다. 아베코는 언제 어디서고 두려워했다.

만약 성형이 들킨다면……! 성형이 들킨다면 어떡하지……!

매장에서 주목받을 때도, 재치 있는 화술로 사람을 웃길 때도, 성실한 사무 처리와 재빠른 불량 봉제품 수선 기술과 아이디어로 희망한 대로 기획부로 이동했을 때도, 여성의 승진이 타기업보다 적은 동서백화점에서 그녀만큼은 특별히 계속 승진할 거라고 이 부서에서 사랑받을 때도, 그때그때의 장면을 기뻐하면서 마음속의 뱀이 속삭이는 소리를 듣는다. 너는 성형미인이야.

만약 성형이 들통 나면 얼마나 비웃을까.

우와, 그 여자 성형이었어? 뭐야, 인조미인이었구나. 아게소코(과자나 화장품 선물 상자의 높게 된 바닥—옮긴이)네. 우후후, 짝퉁 주제에. 봐, 저 오뚝한 콧날, 저 콧속에는 실리콘이 떡하니 들어 있을 거야. 봐, 저 예쁜 눈, 의사가 돈벌이로 칼질을 한 거였어. 작은 얼굴이라고? 머리카락 속을 조사해봐, 얼굴 피부를 잡아당겨 꿰맨 자국이 666으로 나 있지 않을까. 다음에 가면 춤이라도 보러 가자고 해볼까.

뱀은 밤이 되면 아베코에게 악몽을 꾸게 한다. 꿈은 항상 케케케, 히히히 하는 웃음소리를 동반했다.

떨릴 정도의 공포 혹은 고뇌는 타인이 깔깔깔, 히히히 하고 웃는 사항에만 뿌리를 내려 자신을 덮친다.

아베코는 늘 성형이 들통 나는 걸 두려워했다. 그래서 히키가 취기로 밤길에서 잠깐이나마 그녀를 성형하지 않은 보통 여자로 보고 잠깐 동안 좋은 마음을 가지고 키스를 한 거라면, 그것만으로 무서운 뱀을 잊을 만큼 기뻤다. 뱀을 잊을 수 있었던 잠깐 동안이 기뻤다.

하지만 다음 날, 히키는 아베코가 예상치 못한 말을 했다.

"나는 무책임한 놈이야. 어젯밤에는 술에 취해 정말 실수했어. 어떻게 됐었나 봐."

자기에게는 아내가 있다. 섹스를 한 건 아니니 아내를 배신한 건 아니다. 앞으로도 배신할 생각은 없다. 이런 의미의 이야기를 히키의 개성이라고도 할 수 있는 불명료하고 감각적인 의성어로 열거하며 아베코를 경계했다.

"나는 너를 받아줄 수가 없어."

"별로…… 나는 히키 씨에게 아무것도 요구한 것 없는데."

"아니, 넌 용서해주지 않을 거야. 언젠가 너는 그것만큼은 용서해주지 않게 될 거야."

"그거라니?"

"그러니까 그런 것, 그런 황당한 느낌, 그것만큼은 없던 일로 하고…… 용서하지 않을 사람이니까."

“용서하지 않아? 뭘?”

“나는 너하고는 결혼할 수 없는 입장이야.”

도무지 영문을 알 수가 없었다. 왜 아베코와는 결혼할 수 없다는 말을 하는 걸까? 대체 어디에서 ‘결혼’이란 말이 나온 걸까? 아베코는 어떻게 대처해야 할지 난감했다. 하지만 아베코는 히키가 특수한 사례가 아니라, 설마 히키처럼 소심한 오만을 갖지 않았을 거라 보이는 남자조차도 이야기를 해보면 금세 히키와 똑같아지는 것을, 이날 이후에도 종종 경험하게 된다. 그러나 이때는 영문을 모르는 놀라움으로 히키의 넥타이 매듭만 멍하니 보고 있었다. 히키가 아베코를 보지 않으려고 옥상 난간에서 고개를 돌린 채 있었기 때문에.

이렇게 해서 하룻밤 만에 뱀의 속삭임을 잊을 수 있던 안도감은 사라졌다.

“가끔 값싼 곳에서 식사를 하고 수다를 떨 수 있으면 돼.”

그곳에서 키스를 하고 싶다고 자신의 입술을 바라봐주는 사람이 있다면 좋겠다. 실제로 키스를 하지 않더라도, 키스하고 싶다고 생각되는 여자라면, 잠깐이라도 하고 싶다고 생각되는 시간이 있다면 좋겠다. 아베코의 희망이라면 고작 그 정도였다.

그러나 여자도 남자도 그렇게 생각하지 않았다. 그리고 아베코는 주위 사람이 그렇게 생각하지 않는다는 것을 몰랐다. 깨끗한 달력과 수첩. 그것만이 그녀의 손에 있고, 언제나 뱀의 속삭임에 겁먹고 있었다. 운동을 빼먹지 않는 것도 육체노동으로 뱀의 속삭임이 들리지 않을 만큼 깊은 잠에 빠지길 원해서일지도 모른다.

아베코는 에스테틱에는 가지 못했다. 안마를 받을 수가 없다. 그것은 아베코를 숨어 지내는 도둑의 심정으로 만들었다. 아베코는 터틀넥 스웨터를 벗을 때조차 얼굴 안쪽의 보형물 때문에 조마조마해야 했다. 개가 부러웠다.

*

스물여섯 살의 가이코는 하나이 아다와 만나기로 하여 한창 외출 준비를 하고 있었다. 아다와는 반년 정도 전부터 '사귀고' 있다.

성형 전, 가이코는 주위 사람들이 흔히 말하는 '사귄다' 란 말의 의미를 잘 몰랐다.

12월 24일과 2월 14일과 3월 14일과 1월 1일, 거기에 휴일, 휴일 전날 밤, 생일. 연간 있는 이런 날 가운데 시간이 맞는 날에 그와 만나, 그 시간 안에서, 언론에서 인기 있다고 소개된 맛집에 가고, 그 시간 안에서 마찬가지로 언론에서 인기 있다고 소개된 음악, 운동, 전시회를 보고 들으러 가고, 생각이 맞으면 섹스를 하고, 가끔씩 선물을 주고받는다. 식사값과 전시회 입장료는 남자가 부담한다. 서로 수다는 떨지만, 이야기는 하지 않는다.

가이코는 수술 후에야 그런 행위를 두고 주위에서 '사귄다' 고 하는 것을 이해하게 되었다. '계획' 제2단계 네 번째, 다수파를 철저히 모방하기. 개성 따위는 무익하다. 개성 따위는 이단시당하는 근원이다. 개성을 외치는 다수의 젊은이는 개성을 주장하며 머리를 초록색으로 물들이고 무스로 세우는 짓은 해도 상투는 틀지 않는다. FUCK이라고 힘차게 벽에 낙서는 해도 에스페란토어로 '빌어먹을'이라고는 쓰지 않는다. 일렉트릭 기타를 치며 노래하지만, 샤미센으로 반항의 노래를 만들지는 않는다.

"아다 씨하고 종종 만나 식사를 하면 좋겠어."

가이코는 그걸 바라지는 않는다. '사귀어서' 결혼하기를 바란다. 그러나 가이코 주위의 남자도 여자도 가이코가 그렇게 바란다고는 생각하지 않았다. 그리고 가이코는 주위 사람이 가이코의 바람을 모른다는 것을 잘 알고 있다. 왜냐하면 가이코, 자신이 그렇게 바란다는 걸 모르기 때문이다. 자신이 그렇게 바라지 않으니 주위도 자신이 바란다고 생각하지 않을 거라고 생각하고 있었다. 조명이 자신의 내면을 비추려고 하면 이내 전원을 끈다. '계획'에 따른 훈련은 세월이 지나면서 착착 성과가 나타나고 있었다.

"아다 씨가 생일 선물로 준 하트 반지를 껴야지."

18금 반지를 가운뎃손가락에, 은반지를 새끼손가락에 끼고, 화장대 앞에서 자신의 손을 바라보는 가이코는 거울에 비친 자신의 얼굴은 성형한 것이 아니라 원래 타고난 얼굴이었다는 착각이 들었다.

성형 전에는 반지 끼는 걸 싫어했지만 지금은 좋아한다. 전에는 반지를 끼면 반지와 손가락 사이에 땀이 차고, 때가 끼고, 미세한 세균이 들러붙어 번식할 것 같아서 몇 번이나 반지를 빼고 손을 씻고 싶었다. 반지를 낀 손으로 물을 가져온 웨이터의 손에 소독용 에탄올을 뿌린 일조차 있었다. 성형수술 후 4년이 지난 가이코에게는 소형 스프레이 병에 에탄올 액을 넣어 갖고 다니는 습관도 없어졌다. 손톱에 핑크색 에나멜을 칠하는 것은 말할 것도 없다.

 핑크색, 복숭아색, 베이비핑크, 흰색, 베이지, 물색, 크림색, 이런 색이 얼마나 예쁜가. 옷장에서 꺼낸 샤넬 정장도 옅은 핑크색이다. 네크라인과 앞섶의 금색 단추를 따라 덧붙인 검은 이음천은 핑크의 느슨함을 다잡아 품격을 자아내고 있다.

 성형 전에는 샤넬 정장이라고 하면 분뇨 구덩이처럼 촌스럽고, 금니처럼 징그럽고도 우둔한 디자인으로 보였다. 짤막한 네크라인, 흐리멍덩한 핑크에 전혀 어울리지 않는 시커먼 이음천, 졸부의 응접실 조명 기구 같은 금색 단추, 저런 분뇨 구덩이 같은 디자인의 옷이 몇십만 엔이나 한다는 사실에 분노보다는 오히려 할리카르나소스에 있는 마우솔레움을 보는 것과 비슷한 신기함을 느꼈다. 하지만 지금은 샤넬은 샤넬이기 때문에 좋아한다. 샤갈이니까 사고, 밀레니까 가치를 인정받는 그런 행위는 세계적으로 인정받고 있지 않은가.

 루이뷔통 가방은 루이뷔통이기 때문에 좋은 물건이라며 갖고 싶어하는 것을 어리석다고 욕하고 싶은 자는 자신의 선민의식을 숭상하면 된다. 가이코에게는 이렇게 생각하는 일조차 이제 없다. 지금은 오래전부터 샤넬을 좋아했다는 착각이 든다.

 가이코는 향수를 귓불에 뿌리고, 거울에 전신을 비쳐 보았다. 수술 전과 직후에는 54센티미터였던 허리가 지금은 타월을 대지 않아도 가는 허리의 매끄러운 선에 살이 붙어서 샤넬처럼 체형을 드러내지 않는 양장이나 기모노가 어울리게 되었다. 허리에 살이 붙었지만 체중은 8킬로그램이나 줄어서, 어깨도 매끄럽게 처지고, 전보다 훨씬 체구가 작아 보인다. 지방을 이식한 뺨 때문에 얼굴이 동그스름해져서 실제 나이보다 어려 보인다고 가이코는 생각한다.

지방 이식 수술을 한 데다 페이스트 상태의 파운데이션을 발라서 가이코의 피부는 더욱 두껍게 보였고, 남자들은 이 피부를 보고 한눈에 그녀에게 끌렸다.

남자를 매료하는 것은 두꺼운 피부다. 파운데이션을 두껍게 바르면 두꺼운 피부로 보이기 때문에 이것도 남자를 매료한다. 남자는 흰 가루를 두껍게 발라서 두꺼워 보이는 건지, 정말로 피부가 두꺼운 건지 그 차이를 알아보지 못한다. 어쨌든 여자의 두꺼운 피부를 사랑한다. 피부가 두껍다는 것은 비만을 가리키지 않는다. 또 피부가 얇다는 것이 마른 몸을 가리키지 않는다.

사람의 살과 피 위를 덮고 있는 것을 피부라고 부른다. 피부 가운데 가장 표층부, 피부라기보다도 이른바 막 부분의 두께는 뚱뚱하거나 마른 것하고는 무관하다. 이 피막皮膜은 여성 양말로 예를 들 수 있다. 80데니어의 타이즈가 두껍고, 20데니어의 팬티스타킹이 얇다. 아주 약간 기침만 해도 얼굴이 확 붉어지는 피막, 이것은 얇다. 소리내어 웃을 때 얼굴이 확 붉어지는 피막, 이것도 얇다. 관자놀이나 입가에 어렴풋이 파란 정맥과 빨간 모세혈관이 비치는 듯한 피막, 이것이 얇은 피막이다. 두꺼운 피막이란 이 반대의 피막이다.

반대의 피막이 남자를 끌어들인다. 이유는 피막이 두꺼우면 질이 건강하기 때문이다. 튼튼하기 때문이다. 질이 튼튼하면 성교를 즐기는 감각이 발달한다. 튼튼하지 않으면 성교는 그저 아프기만 한 행위에 지나지 않는다.

♂의 DNA에는 튼튼한 질을 향해 센서가 작동하는 습성이 크로마뇽인 시절부터 수많은 질병, 재해, 전쟁 등을 거쳐 기억되었다. 따라서 남자가 피막이 두꺼운 우에 이끌리는 것은 본능이다. 자연스럽다. 남자다운 것이다. 가이코의 '계획'에는 이렇게 되어 있었다.

이즈미 히로시가 체포된 뉴스를 함께 본 광고 대행사의 아무개, 동료인 아무개, 상사인 아무개, 고객인 아무개, 그 지인인 아무개, 그 또 지인의 아무개, 인스트럭터 아무개, 그 지인인 아무개……, 가이코는 무수한 남자들에게 들었고, 현재도 계속 듣고 있다. 귀엽네, 예쁘네, 사귀고 싶네 등등. 그리고 수술 전에는 남자들에게 듣지 못했던, '내가 밥값 낼게' 하는 말도 지금은 전혀 놀랍지도 않은 당연한 소리가 되었다.

구두를 신다가 가이코는 한 번 더 현관에서 방을 돌아보았다. 전에 살던 집에서 이사 온 지 얼마 되지 않은 19평방미터의 원룸에는 아담한 소파와 사이드테이블, 화장대, 서랍장, 침대가 가지런히 있다. 이런 가구를 방 안에 사 모으기 위해, 퇴근 후 구인잡지에서 본 긴자 클럽에서 아르바이트를 한 적도 있었다. '페르소나.' 가이코는 그 가게 이름을 보며 빈정거리는 미소를 띠었던 걸 이미 잊고 있었다.

(주름이 너무 없나.)

현관에서 되돌아와 침대에 걸터앉는다. 새로 입힌 하얀 커버가 부자연스럽다고 생각한 것이다. 오늘 밤, 아다를 처음으로 방에 들일 계획이었다.

아다는 오소네에게 소개받았다. 소개하게 했다고 하는 편이 옳을지도 모른다.

"세상에 무슨 짓을…… 무슨 짓을……."

오소네는 가이코의 얼굴을 보고 뒷걸음질쳤지만, 뒷걸음질치는 오소네를 보는 가이코의 얼굴은 이미 수술한 지 3년의 세월이 흐른 지라,

"벌써 한 거니까 어쩔 수 없잖아요. 그것보다 선생님."

그녀는 천진하다고 표현해도 좋을 목소리로 남자를 소개해달라고 부탁했다.

"오랜만에 선생님을 이렇게 찾아온 것은요. 선생님이 반대하신 수술을 한 얼굴을 보여드리고 뒷걸음질치게 하기 위해서가 아니고요. 선생님 같은 분…… 즉, 지적이고 품위 있는 어른에게서, 소개받듯이 자연스럽게 남자를 만나는 것이 좋을 것 같아서예요. 선생님이라면 카운슬링하는 환자 중에든, 그 병원 젊은 선생님의 지인 중에든 독신 남성이 있겠죠? 부탁 좀 할게요. 이웃 사람들도 선생님께 아들이나 친척에게 좋은 사람 소개시켜달라고 오죠?"

오소네는 "그죠?" 하고 콩알 같은 눈을 깜빡거리는 가이코를 보며 목소리마저 달라졌다고 한탄했지만,

"저는 부모님과는 교류가 없어서 혼담을 부탁할 만한 사람이 없어요. 외톨이로 도쿄에 살거든요."

가이코 역시 한탄하자, 할 수 없이 훗날 남자를 소개해주었다. 한 사람을 소개하고, 3개월 정도 후에 또 한 사람, 또 반년 뒤에 한 사람, 4개월 정도 뒤에 또 한 사람.

그때마다 가이코는 오소네가 동석한 가운데 차례대로 상대방을 만났다. 모두가 가이코를 '청순하고 섹시하다,' '봄바람 같은 사람'

이라고 칭찬한 것 같지만(오소네에게 들었다), 가이코는 모든 사람의 연봉과 직업이 마음에 들지 않았다.

"분위기도 뭔지 모르게 안 맞고. 느낌이랄까, 주파수가 맞지 않는 것 같아요."

예전에는 필링이니 주파수니 하는 말을 '계획'에 따라서 사용했던 가이코였지만, 그 무렵에는 이미 자연스럽게 말하고 있었다.

"분위기가 맞지 않다고 하면 나로서는 어떻게 할 도리가 없지. 어때요, 더 높은 사람에게라도 부탁하러 가보겠어요?"

"높은 사람?"

"신."

정월 초사흘이었다. 오소네는 가이코에게 정월 첫 참배를 권했다.

"왜 언젠가 갔던 스메미마 공원 있죠. 거기서 좀 더 가면 신사가 있어요. 걸어서는 좀 무리고, 버스로 갈까요?"

"흐음."

가이코는 명주로 된 하카마(袴, 일본 옷의 겉에 입는 주름 잡힌 하의─옮긴이)를 입고 정정하게 걸어가는 오소네의 뒤를 따라갔다. 그럭저럭 붐비는 그 신사에서 주저없이 손뼉을 치고, 그 후 아다를 만났다. 신사 바로 옆에 아다의 집이 있었다. 훌륭한 롤러스케이트 연기 이후, 아다는 오소네를 존경하게 되어 해마다 정월이면 인사를 거르지 않았다.

"두 사람 다 스메미마 공원에서 잠깐밖에 얼굴을 마주치지 않아서 서로 기억은 못할 거야."

오소네는 가이코에게 아다를, 아다에게 가이코를 소개하고, 그녀와 아다의 친구가 라이터를 빌려달라고 한 것을 두 사람에게 이야기했다. 두 사람은 역시 기억하지 못했다.

"그렇지만 그때 만났더라면 좋았을걸, 제가 실수했네요."

아다는 가이코를 눈부신 듯이 바라본다. 가이코는 의상 대여점에서 빌린 기모노를 입고 있었다. 금란단자金蘭緞子를 수놓고, 초봄을 연상시키는 색에 격자무늬의 하오리(羽織, 일본 옷 위에 입는 짧은 겉옷―옮긴이)와 기모노다.

"이렇게 예쁜 여자 분과 선생님이 함께 계셨다니……. 어째서 제대로 보지 않았을까요? 큰 실수했네."

"어머나."

마스카라를 덩어리질 정도로 칠하고, 아이라이너를 가부키 배우처럼 진하게 그려도 가이코의 콩알 같은 눈은 화장이 짙어 보이지 않고, 오히려 화사한 정월 화장으로 (아다에게는) 보였다.

"사실은 우리 집이 바로 저기여서 정월 첫 참배는 이미 설날에 마쳤답니다. 그런데 아까 선생님이 전화로 급히 참배를 가자고 하셔서……. 지인의 따님이 새해 인사를 와서 지금 바로 그리로 갈 테니까 하고 황급히 말씀하시는데, 대체 무슨 영문인지 몰랐어요. 그렇지만 외출하지 않고 있길 잘했네요. 아니, 참배를 두 번 하길 정말 잘했어요."

아다는 가이코에게가 아니라 오소네에게 말했다. 작은 목소리로, 하지만 가이코에게 다 들리는 크기로, 부끄러운 듯이 가이코와 눈을 마주치지 않으려고 하면서.

그리고 참배를 마치고 자택으로 돌아왔을 때, 가이코는 오소네에게 전화를 했다.

"선생님, 고맙습니다. 그 사람으로 OK 예요."

"아니, 그렇지만, 아다는 아직 학생이라서……."

오소네는 전에 소개한 독신 남성들은 본인이나 본인의 지인을 통해 혼담을 희망했지만, 아다는 그런 게 아니라고 설명했다.

"어머나, 거기까진 선생님이 책임을 지시지 않아도 괜찮아요. 그 다음은 제가 알아서 할 테니까. 저는 그저 아다 씨를 만날 기회를 주셔서 감사하다는 말씀이에요."

"아니, 그렇지만 저기 아다는 학생이니까 아직 결혼이라는 것 자체를 생각하지 않을 텐데. 국가고시를 앞두고 있기도 하고……."

"물론이죠. 저도 당장 결혼하려고 생각하진 않아요. 그저 제 타입이라는 말씀이죠."

아다는 도쿄대학 문학부를 졸업한 후, 가업인 치과를 잇기 위해 호리코시 치과대학에 다시 입학했다. 머잖아 도쿄대 출신의 의사가 될 독신 남성. 아다는 가이코의 '타입'이었다.

"그런가. 로맨스의 시작이라는 건가. 그렇게 아다가 마음에 든다면 잘됐네."

아다는 좋은 청년이지. 오소네는 전화 너머에서 순수한 감상을 말했다.

"정말이에요. 신사에 있을 때 제 가슴이 터질 것 같았어요."

가이코도 자신이 첫눈에 사랑에 빠진 거라고 믿었다. 앙큼한 목적을 비추려고 하는 조명의 전원을 뚝 끄고.

가이코는 아다를 방에 들이지 않았고, 들이지 않는 것이 애를 태우는 거라고는 생각하지 않았다. 마음속을 비추는 조명의 전원은 줄곧 꺼진 채로다.

반년 남짓, 가이코와 아다는 만나서 식사나 스포츠 관전, 음악감상을 했다. 그동안에 두 사람은 수다를 떨었다. 역시 저 선수의 슛은 훌륭해. 흐음. 몰라? 수비 방향을 읽는 게 빨라. 대단해, 그런 식으로 선수를 보는구나. 존경했어? 응, 했어, 했어. 아, 롤링 스톤스다. 소리 좀 높여줄래? 응. 고마워. 어떻게 할까? 도쿄돔, 좋은 자리 잡을 수 있을까. 맞아, 나 광고 대행사에 아는 사람 있는데 물어볼게. 정말? 정말. 그렇지만 보장은 못해. 하지만 좋은 자리 못 잡아도 같이 갈 거지? 응, 꼭…… 등등. 아다는 수다를 떨 때 홋카이도에 여행 갔을 때나 아베코가 생각나는 순간도 있었다. 하지만 북국의 경치도 아베코와 보낸 시간도 짧게 그의 머리를 스쳤다가 이내 또 머리 어딘가로 사라져버리고, 롤링스톤스 공연 표를 입수할 수 있을지 어떨지가 훨씬 중요하게 와 닿았다. 또 어떤 관계였는지에 상관없이 다른 여자 이야기를 하는 건 싫었다. 가이코도 광고 대행사의 지인에게, 라는 말을 했을 때 문득 그 지인이 제트라이트를 침대 폴에 세워둔 걸 떠올렸지만, 발가벗은 그의 체온에 대한 기억은 전혀 없었다. 지금은 섹스를 한 것도 하지 않은 거나 다름없다고 생각했다. 하물며 갓치라고 부른 적도 있는 동급생 요세에 대해서는 더욱 까맣게 잊고 있었다. 두 사람은 '지적인 의사가 만나게 해주지 않았더라면 전혀 교차하는 일 없을 세계에 살고 있었다' 고 서로를 생각하고, 키스와 포옹을 하고, '사귀기' 를 하고 있었다.

가이코는 침대 커버에 자연스런 주름을 만든 후, 꽃병에 꽂은 프리지어를 네 송이 모두 꽃병에서 뽑았다가, 도로 꽂았다가, 또 뽑았다가, 슈퍼마켓 봉지에 넣어 쓰레기통에 버렸다. 꽃은 오늘 아침에 산 것이다. 방에 아다를 불러들일 것을 고려하여 꽂았다. 그리고 그렇게 준비한 걸 아다가 눈치채면 안 된다고 생각했지만, 그 생각은 방문을 잠글 때 재빨리 잊어버렸다.

그리고 가이코는 약속 장소에서 팔꿈치 관절을 구부리지 않고, 겨드랑이와의 각도를 45도 정도로 잡은 낮은 위치에서 팔을 뻗쳐 손목만 흔드는 동작을 아다에게 보였다.

아다는 왼쪽에 있는 운전석에서 그녀에게 손을 흔들었다. 지금부터 둘이서 시바우라 부두에 있는 레스토랑에 가기로 되어 있다.

아다는 차 안에서 가이코의 옷과 머리 모양을 칭찬했다. 그리고 의국醫局의 선배가 복도에서 미끄러져 넘어진 사건을 이야기했다. 가업인 치과를 맡을 때까지, 아다는 호리코시 치과대학에서 레지던트, 다음에는 전공의로서 일하게 된다. 독일 자동차는 거의 진동 없이 도로를 달렸다. FM 라디오가 유로비트를 틀어주었다.

가이코는 아다에게, 시바우라에는 짧은 스커트를 입은 여자가 무대에서 부채를 들고 춤을 추는 가게가 있더라고 말해주었다.

"요전에 텔레비전에서 봤어. 난 싫어, 그런 거."

"응."

"그런 걸 보고 싶어하는 남자의 마음도 이해가 안 가."

"그러게."

가이코는 자기네 집 이야기를 했다. 그녀의 아버지와 재혼한 여자의 회사는 근처 초등학교에 급식을 조달해주는 회사다. 사원은 전원 친척으로, 아버지도 그중 한 사람이다.

"아버지네 식품 회사는 요전에 식중독 뉴스로 모두 난리였나 봐."

가이코가 한 말은 거짓이 아니다.

"아버지는 내가 회사에 다니는 걸 좋게 생각하지 않아. 그렇지만 난 그 사람 옆에 있고 싶지 않아서 혼자 사는 거니까."

이것도 거짓말이 아니다. 친부든 계부든 '아버지'는 '아버지'인 것이다.

"발레를 배웠는데 시시해서 관뒀어."

이것도 역시 거짓말이 아니다. 히노다마 촌에는 공민관에서 매주 한 번 초등학생에게 놀이와 춤을 가르치는 체육 선생이 있었다. 발 등 부분에 고무가 있는 발레 슈즈를 신고 추어서 초등학생들은 그 걸 발레라고 불렀다.

가이코는 전혀 거짓말을 할 생각은 없었다.

"부잣집 따님의 우울증이란 거야. 자기가 가족을 싫어하는 건."

하하, 하고 아다가 웃자, 가이코는 정말로 멜랑콜리한 부잣집 아 가씨가 된 기분이 들었다.

그날 밤, 자택 앞까지 가이코를 태워다준 아다는 시동을 끄자 그 녀에게 물었다.

"괜찮아?"

오는 도중에 가이코는 세 번이나 '속이 안 좋아' 하고 말했다. 칵 테일의 취기가 도는 것 같다고.

"어쩐 일일까? 평소에는 괜찮은데."

거짓말이 아니다. 정말로 칵테일의 취기가 도는 것처럼 느껴진다. 차 문을 열어준 아다의 팔에 기대듯이 하여 자기 방문을 열었다. 그래서,

"괜찮아?"

하고 아다도 가이코의 방에 들어갔다.

"응, 분명 그 가게가 너무 시끄러워서, 그 탓일 거야……."

샤넬 정장의 상의를 벗고, 스커트 호크를 풀었다. 가이코는 가슴이 답답한 걸 없애기 위한 거라고 생각할 수 있게 됐다.

성형 전의 가이코는 몰랐다. 전철 손잡이나 계단 난간에 닿아도, 반지를 끼고 있어도, 박테리아가 손에 우글우글 붙는 것 같아서, 하루에도 몇 번이고 손을 씻던 가이코는 몰랐다. 영화나 소설이나 텔레비전 드라마의 등장인물들이 몸을 씻지 않고 섹스를 하는 부자연스러움을.

하지만 그건 이미 그녀에게 먼 옛날 일이다. 가이코는 극히 부자연스럽게 다리를 쭉 뻗고, 극히 부자연스럽게 아다에게 기대고, 극히 부자연스럽게 그의 쪽을 향해 눈을 감고, 그녀를 안고 블라우스와 스커트를 벗기려고 하는 그에게 극히 부자연스럽게 "안 돼, 하지 마."라고 말할 수 있게 되었다.

아다와 가이코는 섹스를 했다. 함께 전라가 되었을 때, 가이코는 피임을 거부했다.

"나 천주교여서…… 저기, 그건 금지되어 있기 때문에……."

하고.

가이코는 신사 참배를 하러 가서 신도神道의 신 앞에서 합장한

것을 잊고 있었다. 아다는 종교적인 이유가 아니라, 오늘은 ‘안전일’ 이라는 의미로 받아들였다.

*

“저 혹시…….”

오소네는 대각선 방향으로 앞에 앉은 여자에게 과감하게 말을 걸었다. 등나무 의자를 약간 뒤로 빼며.

“실례지만, 모치즈키 아베코 씨 아닌가요?”

여자는 곱게 정리한 반달눈썹을 한쪽만 움찔 움직였다. 그렇다면 사람을 잘못 본 게 아니었는가. 오소네는 안심했다. 예전에 이 레스토랑에 온 후, 한참이 지났다. 그 무렵에는 사방에 놓인 피닉스(야자과의 상록교목—옮긴이) 화분도 천장에서 도는 선풍기도 반짝거리는 새것이었고, 손님들이 콜로니얼풍 인테리어라는 걸 이내 알아봤지만, 새로운 건축자재의 숙명이랄까, 10년도 되지 않아 그저 통일감이 결여된 의장意匠으로 바뀌었다. 선풍기는 멈춰 있고, 테라스에 있던 전위 예술 작품은 녹슬어 전체의 조화를 갉아먹는 데 일조하고 있다.

“모치즈키 맞는데요…….”

“오소네입니다. 전에 여기서 만났죠? 하나이 아다와 함께.”

오소네는 성형외과의사라는 직업상 사람의 얼굴을 잘 보고 잘 기억한다. 특히 가이코처럼 강렬한 관계가 있는 인물이 보여준 사진 속 아베코의 얼굴은. 그리고 그것이 아다와 함께 이 호텔에서 만났던 여자의 얼굴이었다면. 그는 자기 뒤에 레스토랑에 들어와서 대각선 방향 앞자리에 혼자 앉은 여자를 보자마자 아베코란 걸 알았다.

“아다 씨와……”

아베코의 단정한 얼굴이 창백해졌다.

“그렇지만 그때는……”

그때는 성형 전 얼굴이었는데 어떻게 아는지, 하고 아베코는 당황하고 있다. 오소네는 새삼 자신의 직업에 대해 자세하게 이야기했다.

“……아세요? 프로가 보면…… 수술……한 거……”

아베코는 눈을 감았다. 아는 것 같다. 오소네는 지인의 지인인 성형외과의사들에게 “어, ○○ 선생님네 눈이다.” “아, △△ 선생님네 코네.”까지 안다고 들었다. 실제로 자리에 앉은 아베코의 얼굴에 바로 눈이 간 것은 그 얼굴이 부자연스럽기 때문이었다. 많은 연예인이 성형을 했지만, 연예계에 있지 않은 사람은 그들의 얼굴을 스크린, 브라운관, 포스터, 그라비어 사진으로밖에 보지 못하기 때문에 부자연스러움을 느끼지 못한다. 아베코의 수술은 시술 기술과 디자인이 새롭기 때문에, 1960년대에 시술을 받은 마담 가쓰라기의 납땜을 한 것 같은 얼굴만큼 부자연스럽지는 않지만, 숙명적으로 피할 수 없는 성형의 부자연스러움이 역시 있었다.

먼저 쌍꺼풀 선이 묘하다. 눈초리가 원래의 눈가에서 벗어나 있다. 다음에 코. 콧구멍과 콧구멍 사이의 살이 본래의 코 골격에서 보면 너무 많고, 코끝에서 슬로프가 갑자기 끊겼다. 또 본인의 어깨, 팔, 무릎 등의 뼈 가늘기로 보면 한눈에 보더라도 콧날이 서지 않아야 하는데, 명료하게 서 있다. 이것은 내부에 뭔가를 주입한 것이다. 여성화를 갈망하는 동성애 남성이 성형을 한 경우, 여성이 성형을 하는 것보다 수술이 잘 받고 자연스러운 것은, 남자 쪽이 골격이 크고 뼈 자체가 굵어서, 콧날에 실리콘을 넣어도 다른 부위와 균형이 잘 맞기 때문이다. 아베코의 얼굴 수술은 아주 잘되어서 화려하게 완성되었다. 하지만 그래도 균형이 결여되었다. 페이스리프트로 인한 세포의 표면 흐름이 원래의 표면 흐름과는 다르다는 것이 결정적으로 부자연스럽다. 오소네는 그 부자연스러운 부분을 상상으로 제거하고 원래의 얼굴을 추측하여, 여자가 모치즈키 아베코라는 걸 안 것이다.

따라서 만약 그녀가 성형수술을 하지 않았더라면, 옆자리에 앉았다는 이유만으로 여자의 얼굴을 말똥말똥 쳐다보는 무례한 짓을 하지 않는 오소네는 아베코인지 못 알아봤을지도 모른다. 그러나 오소네는 사실을 얼버무렸다.

"의사가 보면 바로 안다고는 하기 어렵죠. 나는 특별해요. 가이코 씨에게 당신의 이야기를 들었으니까. 마유무라 가이코 씨, 알죠?"

"……"

오소네는 네에 하고 입술만 움직이는 아베코에게 합석해도 되겠느냐고 제스처로 묻고, 아베코도 제스처로 승낙했다.

"그렇게 반대했는데 결국 그 아가씨는 해버렸어요. 그 아가씨하고는 묘한 인연이 있어서 말이죠……"

오소네는 아베코에게 가이코와의 만남, 수술에 반대한 것 등을 이야기했다.

"내가 가이코 씨를 처음 만난 날, 당신도 처음 만났다는 것을 나도 가이코 씨도 한동안은 몰랐답니다. 성형하려고 하는 가이코 씨와 그걸 말리는 내가 옥신각신하는 동안 그녀가 보여준 졸업앨범 사진으로 알게 됐죠."

"그랬어요?"

스물여덟 살이 된 아베코는 녹슨 전위예술품이 있는 테라스 창 쪽으로 고개를 돌렸다. 감 껍질 같은 가을 석양이 화려하게 만든 얼굴을 비춘다. 아베코는 전보다 아름다워졌다고, 오소네는 생각했다. 성형으로 만든 얼굴은 부자연스럽긴 하지만, 아베코의 분위기에서 예전에 몸에 밴 듯한 불결감이 소멸했다. 옆에 있어도, 그 하얀 분가루가 떨어진 캐비어를 입에 넣었을 때와 같은 냄새가 느껴지지 않는다.

"내게는 가이코 씨를 관리하거나, 내 생각을 강요하고 세뇌할 권리는 없답니다. 가이코 씨가 얼굴과 몸을 성형하고 싶어하고, 그 이유에 동의하지 못한다 해도, 내 앞에서 그렇게까지 탄원하는 환자에게 힘을 빌려주고 싶다고 생각하게 되죠. 그러나 무리였어요. 나는 가이코 씨를 수술할 수가 없었습니다. 가이코 씨는 처음에 뭔가에 좌절하고 있었어요. 그 좌절을 없애주려고 했지만, 설득하면 타인의 좌절이 제거될 거라고 생각한 내가 물렀던 거죠. 물론 이야기하는 건 중요한 거죠, 굉장히. 굉장히 중요한 거죠. 하지만 내게는 그녀를 설득할 힘이 부족했어요. 처음에 무엇에 좌절했는가보다, 그 좌절을 거쳐 현재를 살고 있는 가이코 씨와 대치해야 했지요."

“그러나 선생님은 정말로 성실하게 가이코라는 환자를 진찰해주셨다고 생각합니다. 제가 간 센트럴 성형외과는 병원에 온 사람을 선풍기나 자동차 부품으로밖에 생각하지 않았어요.”

아베코는 티스푼을 몇 번이나 종이 냅킨으로 닦은 후 커피를 저었다.

“저, 혹시 시간이 괜찮으시면 조금만 더 함께 계셔주지 않으시겠어요? 성형한 것을 감추지 않아도 되는 상대와 함께 있는 것은 가이코 말고 선생님이 처음입니다. 고향집에도 거의 가지 않고, 갈 때는 두꺼운 테의 안경을 끼고 얼굴을 정면으로 보이지 않도록 하며 속이고 있었어요.”

남거나 모자람 없이 생각을 있는 그대로의 크기로 솔직하게 타인에게 전하는 화법도 그녀를 전보다 젊어 보이게 했다. 전에는 그녀에게서 느끼지 못했던 싱싱한 외로움이 있다.

“가이코 씨는 성형한 후 나이 들어 보인다고 할까, 차분해졌다고 할까. 달라져버렸어요.”

오소네는 완전히 못생겨졌다는 표현을 피했다.

“만나세요?”

“가끔……”

“가이코는 자기가 예쁘지 않다고 오랜 세월 믿고 있었던 것 같아요…… 이상하지만.”

“정말 그래요. 어째서 그녀가 성형을 하려고 생각하는지 나는 도저히 이해할 수 없었죠. 그러나…… 만나서 이야기를 듣는 동안 반쯤은 알게 됐습니다.”

오소네는 가이코의 '계획'에 대해 아베코에게 이야기했다. 꽤 긴 시간이 걸렸다.

"가이코는 같은 말을 제게도 했어요. 처음에는 도저히 이해할 수 없었어요. 그렇지만 가이코의 얼굴과 비슷한 얼굴을 한 후부터는 뭔지 모르게…… 이해가 갑니다."

아베코는 턱을 괴고 테라스 창을 보고 있다. 가을 석양은 그녀의 얼굴에서 피부 표면의 부자연스런 흐름을 감추고, 그 단정한 실루엣만을 오소네에게 보여준다.

자신을 스스로 아름답다고 생각하지 않는 자의 쓸쓸한 결벽이 아베코의 얼굴만이 아니라 전신에서 피어오른다. 아베코에게 아름답다고 말하는 사람이 몇 명 있을까. 아마도 가이코는 어릴 때부터 아무에게도 아름답다는 말을 듣지 못했을 것이다. 아·름·답·다·라는 타인의 발음을 듣지 못한 게 아니라, 애정과 같은 뜻인 아름답다는 말을 타인에게 듣지 못한 것이다.

왜 가이코는 사랑받지 못했을까. 어째서 사랑받는다는 실감을 얻지 못한 걸까. 과거를 분석하는 것은 그다지 의미가 없다. 오소네는 분석해도 하나의 원인을 찾아내기란 무리라고 생각한다. 사람은 과거보다 현재를 살고 있다.

"아베코 씨."

오소네는 아베코의 어깨를 흔들어 그녀의 얼굴에 대고 공격적으로 말했다.

"당신은 아름다워요."

아베코는 잠자코 있었다. 그리고 말했다.

"고맙습니다."

아베코는 오소네의 칭찬이 슬펐다. 당신은 아름다워요. 그것은 사람이 사람에게 말해서 아무런 수치도, 더러움도, 교태도, 배신도 없는 말인데도 불구하고, 사람이 사람에게 말하길 꺼리는 말이다. 가끔 누군가가 누군가에게 말하면, 들은 사람은 "무슨 말 하는 거야, 약 먹었냐? 무슨 속셈이라도 있는 거지?" 하고 전달 내용을 피하려고 한다. 하지만 피하려고 하는 자는 행복하다. 그것은 좋아서 수줍어하는 거니까. 피하지 않고 감사의 말만 하는 사람에게는 근본적인 의심이 있다. 전달 내용을 그저 친절로만 받아들인다. 아름답다고 하는 타인의 말은 그 사람에게 아무런 기능도 하지 않는다.

오소네는 자신과 아베코 앞으로 커피를 두 잔째 주문했다.

"하나이 아다 씨, 요즘 어떻게 지내요? 벌써 20년, 30년도 더 전의 일처럼 느껴지네요……."

"그럼 모르나요?"

"제가 아다 씨를 만날 수가 없잖아요. 예전 얼굴을 아는 사람은…… 이제 못 만나요."

"그럼 이제 가이코 씨와도?"

"마지막으로 만난 게 4년 정도 전입니다."

"그런가요? 모르겠군요, 두 사람의 일."

"네?"

"두 사람 재작년에 결혼했습니다. 가이코 씨는 이미 임신해서 안정기를 맞은 후에 올린 식이었죠. 마치 오늘처럼 식장에서 나가자 하늘에 핑크빛이 번지던 날이었어요."

천주교 성당에서 식을 올린 후, 시내에 있는 큰 호텔에서 피로연이 열렸다. 보건부 장관 출신의 경력을 가진 정치가 부부가 중매인 역할을 했다. 찬란한 웨딩드레스와 칵테일드레스는 가이코의 수수한 얼굴(로 성형한)과 투명감 없는 피부에 전혀 어울리지 않아 한층 그녀를 촌스러워 보이게 했지만, 오소네는 자신의 눈이 이상하기 때문일 거라고 스스로를 타일렀다.

"가이코 씨에게 아다를 만나게 해준 것은 나였답니다."

오소네는 아베코에게 정월 첫 참배에서 두 사람이 만난 것과, 가이코가 아기를 안고 아다와 소파에 앉아서 찍은 사진으로 만든 연하장을 보낸 이야기를 했다.

"그렇군요. 그렇지만 행복해 보여서 다행이네요."

아베코는 가이코의 결혼을 기뻐했다. 아다와의 희박한 인연은 아베코에게 아무런 미련도 남기지 않았고, 그 이상으로 아베코는 가이코가 성형한 사실에 주눅 들지 않고 살고 있는 것에 일종의 격려 같은 것을 느꼈다. 그럼에도 불구하고, 그 격려는 이내 아베코의 현재를 돌아보게 했다.

"가이코는 좋겠다. 나는…… 나는 언제나 두려워서…… 방에 혼자 있으면 비명을 지를 것 같은데……."

아베코의 목소리는 점점 가늘어져간다.

"선생님, 저는 성형한 후 항상 불안해요. 진심으로 즐거운 때가 한순간도 없어요."

화려한 얼굴을 손에 넣은 대신, 늘 언제 들킬까 하는 불안을 품고 살아야만 한다.

"그래서 처음이에요. 들킬 걸 두려워하지 않고 이렇게 이야기하는 것. 성형한 후 처음으로 편하게 이야기하고 있어요……."

아베코는 테이블 위에서 깍지를 낀 양손 위에 턱을 올렸다.

"나는 다행히 건강 체질로 태어났어요. 그리고 은퇴한 지금은 한가로운 몸이죠. 당신이 나하고 이렇게 있어서 조금이라도 평안하다면, 나는 여기 있을 겁니다."

아베코는 엎드린 채 손수건을 뺨에 댔다.

"정말로 가벼운 충동이었어요. 왜 성형 같은 걸 했는지 정말 후회해요. 선생님을 만날 때까지 후회하고 있다는 걸 인정하고 싶지 않았어요. 이미 원래대로 돌아갈 수 없는 이상, 인정하면 더 싫어질 것 같아서……. 왜 더 빨리 선생님과 재회하지 못했을까요……. 적어도 첫 번째 수술 뒤에 재회했더라면 다시 시작할 수 있었을 텐데……."

"아뇨, 나는 성형 후의 가이코 씨를 만났기 때문에, 당신에게서 지금 나하고 있는 게 편하다는 말을 들을 수 있는 거랍니다. 더 빨리 만났어도, 나는 당신을 편하게 해주지 못했을지 몰라요. 가이코 씨를 그렇게 하지 못했던 것처럼.

만나서 얼마 되지 않았을 때, 가이코 씨가 말했죠. '퍼머나 화장은 욕하지 않으면서 왜 성형만 욕하나요?' 나는 '퍼머나 화장은 머리를 길러서 자르면, 비누로 씻어내면 원래대로 돌아가지만, 성형은 원래대로 돌아가지 않기 때문'이라고밖에 대답하지 못했어요. 성형은 좋지 않은 거라고 그녀에게 말하면서도, 나는 왜 좋지 않은지, 왜 비윤리적인지 대답하지 못하는 무능한 의사였습니다.

가이코 씨는 대답했지요. ‘원래대로 돌아가지 않는 것을 왜 비난하나요? 그럼 뚱뚱한 사람이 균형 있는 식사와 적당한 운동과 규칙적인 생활로 날씬해져서, 이제 원래대로 돌아가지 못하면 비난받나요?’ 하고. 그리고 재닛 잭슨이란 미국 가수가 성형해서 밝아졌다고 하는 이야기도 했어요. 그것에 대해서도 나는 ‘그건 프로니까 또 다른 이야기’라고밖에 대답하지 못했죠. 스스로도 답이 약하다는 걸 알면서.

변명이지만, 나는 가이코 씨 같은 미인이 성형을 생각하는 자체에 어쨌든 놀랐습니다.”

오소네가 차가운 커피가 아니라 물 잔에 손을 뻗었을 때, 아베코는 엎드리고 있던 얼굴을 들고,

“선생님, 지금의 저라면 가이코에게 대답할 수 있어요. 원래대로 돌아가고 못 돌아가고, 연예계에서 살아남고 못 살아남고, 그런 것 때문에 성형을 비윤리적이라고 하는 게 아니에요.”

그리고 휴우 하고 크게 한숨을 토했다.

“그걸 숨겼을 때부터 성형은 비윤리적이 되는 거예요.”

“숨겼을 때부터 성형은 비윤리적이 된다…….”

“네. 누군가가 퍼머로 머리를 구불구불하게 한다, 금발로 물들인다. 입술에 빨간색을 칠하고 눈두덩에 파랗게 칠한다고 쳐요. 그리고 누군가가 그 머리를, 그 입술을, 그 눈을, 머리가 구불거리네, 금발이 됐네, 핑크색이 됐네, 하고 지적할 때, 그 사람은 퍼머를 한 거나 화장을 한 걸 숨기지 않아요. 태어날 때부터 입술이 핑크색이었다고 하지 않고 루주를 발랐다고 말해요.

심미치과도 성형의 일종임에 틀림없어요. 하지만 심미치과에 다니는 것이 꺼림칙하지 않은 것은 덧니를 빼고 의치를 한 걸 감추는 사람이 없기 때문이죠. 저절로 덧니가 빠져서 치열이 고르게 됐다고 하는 사람이 없기 때문이에요. 덧니가 없어졌네요, 하고 남이 지적하면 심미치과에서 뺐어요, 하고 그 사람은 말하겠죠.

헤밍웨이의 손녀는 플레이메이트 역을 얻고서 유방확대수술을 했다고 인터뷰에서 대답했어요. 사람들은 여배우로서 프로 근성이 있다고 말했죠. 성형은 성형 행위 자체보다 숨긴다는 것에서 사람들은 부정과 교활함을 느끼는 거예요.

사람들은 너무 신경이 쓰여서 낮은 코를 높였다고 대답한 재닛 잭슨에게 조소를 보내는 대신 적극적이라고 받아들이고, 반대로 그 오빠인 가수는 환자를 보듯 하는 것은 오빠가 표백수술을 한 피부를 갑작스런 색소 변이 때문이라고 대답했기 때문이에요. 숨긴다고 하는 비윤리를 넘어 원래 하얗다고 믿고 있으면 이미 그건 병이죠."

가게 안은 고기와 소스, 버터 냄새로 가득 차기 시작했다. 저녁 시간이 되어 차가 아니라 식사를 하는 손님이 늘어났기 때문이다.

"아베코 씨, 나는 젊은 당신에게 많이 배웠습니다."

오소네는 아무런 주저도 없이 아베코의 총명함에 감사를 표했다.

"내가 가이코 씨에게 대답하지 못한 것을 당신은 내게 대답해주었어요."

"천만에요. 선생님은 말씀으로 하시지 않았을 뿐, 저보다 훨씬 전에 훨씬 잘 알고 계셨을 거예요. 저는 그저 가벼운 충동으로 성형을 했다가…… 제가 직접 했으니까 몸소 느낀 걸 말한 것뿐인걸요."

선생님에게 이야기를 털어놓으면서 이제야 불안과 두려움의 그늘이 아니라 실체를 볼 수 있었다고 아베코는 공손하게 머리를 숙였다.

카트린의 백합
Catherine

수요일 오후, 아베코는 철책 너머로 소년소녀들이 행진하는 것을 보고 있었다. 스피커에서 흘러나오는 〈돛을 올려〉에 맞추어 체육복을 입은 고등학생들이 운동장을 걸어간다. 아베코는 긴장감 없는 걸음걸이에서 젊음을 본다. 쳇, 체육대회 행진이라니 너무 시시해. 그들은 그렇게 생각하고 있을 것이다. 그것이야말로 젊음이다.

이웃에 있는 사립 고등학교 건물은 두부처럼 직사각형이다. 콘크리트 벽면에는 곳곳에 진흙과 공이 부딪친 자국이 있고, 은색 알루미늄 테가 박힌 각각의 창에는 얇고 흰 커튼이 있다. 운동장 구석 식수대의 무거운 재색. 백엽상의 흰색. 축구 골대의 녹색 그물. 방송 기구가 놓인 텐트 아래에는 교사가 여러 명 앉아 있다. 텐트는 바로 앞에 있어서, 교사들의 얼굴이 보였다. 한 사람은 예전에 아베코를 가르쳤던 교사와 퍽 닮았다.

"기립! 경례."

누구였는지는 딱 꼬집어 말할 수 없지만, 예전에 자신과 매일 얼굴을 마주쳤던 목소리가 아베코의 귀에 들리는 것 같았다. 덜그럭 덜그럭, 40~50개의 책상이 흔들리는 소리가 들리는 것 같았다. 부스럭부스럭, 필통 여는 소리도.

그곳에 서 있는데, 그곳에 서 있지 않은 느낌으로 아베코는 철책에 손가락을 짚고 운동장을 보고 있었다.

"앗."

코에 먼지가 들어가 재채기를 했다. 욱신거리는 통증이 콧마루를 달렸다. 아베코는 철책에서 떨어져 고개를 숙이고 집으로 돌아왔다.

히키와 키스를 한 동네에서 세 역 다음에 있는 기숙사에서는 작년에 오소네와 재회한 후 나왔다. 지금은 단독 주택 2층에 세를 얻어 살고 있다. 전쟁이라는 재해에서 간신히 살아남은 주택가에 있는 낡은 집이다. 정면에서 보면 양식 3층 석조 건물로 보이지만, 이웃집 앞으로 지나가는 아주 좁은 골목에서 올려다보면 일본식 2층 목조 건물이란 걸 이내 알 수 있다. 거리로 난 간판 같은 석면石面에만 아르데코 양식의 장식을 하여, 가짜 3층과 2층 사이쯤에 '기다이 양 점'이라고 일부 글자가 빠진 로고가 박혀 있다. 로고가 떨어진 부분은 'ㄴ'과 '장'이다. 가까이 가보면 그곳만 허옇게 되어 있다. 긴다이 양장점. 원래는 그런 가게였던 것 같다. 근대近代라는 말이 복식服飾에 돈을 들이는 여성을 끌어들이던 시절에.

긴다이 양장점은 지금은 장사를 하지 않는다. 가게로 쓰던 자리의 안쪽에 있는 방에 귀가 먼 70대 부인이 혼자 살고 있는데, 그것이 아베코의 주인집이다. 아들로 보이는 남성이 정기적으로 찾아오지만, 아베코는 그를 제대로 만난 적이 없다. 아래층 방에 들어가고 나가는 걸 얼핏 본 적이 있을 뿐이다. 주인은 귀가 먼 데다 눈도 노안이지만, 무척 건강하여 조금 아까 아베코가 바라보고 있던 고등학교 운동장에서 매일 아침 열리는 라디오 체조에 다니고 있다. 주인은 아베코에게 아주 싼값에 방을 임대하고 있었다. 물론 2층에 작은 부엌을 새로 만들긴 했지만, 주인과 함께 현관, 우편함, 세면실을 공유해야 하는 형태로, "방세에 적당한 집이지요." 하고 부동산 소개업자는 말했다. "요즘 사람들은 이런 곳에는 들어가고 싶어하지 않아서요. 아가씨가 그래도 좋다면 정말 싸게 얻는 겁니다. 낡았긴 하지만, 동남향 2층에다 다다미 8조, 6조 방 두 개, 거기다 수도도 있고, 광열비, 수도 요금 포함하여 월 6만 5천 엔이니."

부동산 소개업자가 말한 대로였다. 아베코에게는 아무것도 불편한 게 없었다. 아침 5시 30분에 일어나고, 오후 4시에 공중목욕탕에 가고, 밤 8시 30분에 자는 귀가 먼 집주인은 아베코에게 간섭도 하지 않고 성형한 얼굴을 자세히 들여다보지도 않는 좋은 사람이었다. 출퇴근하는 데는 전보다 시간이 걸렸지만, 그것도 20분 차이에 지나지 않는다.

같이 쓰는 현관을 올라가면 바로 계단. 계단을 올라가면 짧은 복도. 복도 막다른 곳이 수도, 복도 왼쪽이 맹장지를 바른 문. 그 문을 열면 8조. 8조 안쪽에 6조.

철제 책장을 세 칸 놓은 8조에 〈닻을 올리고〉에 이어 〈쌍두 독수리의 깃발 아래〉가 들려온다. 그리운 날들이 떠오른다.

아베코는 요세에게 편지를 썼다. 오랫동안 소식 전하지 못했지만, 문득 생각나서 연락함. 답장 바람. 이런 취지의 글을 엽서에 써서 보냈다.

요세와는 정말 오랫동안 만나지 못했다. 현주소도 모른다. 그래서 본가로 보냈다. 가이코의 화려한 예전 얼굴이 실린 졸업앨범에 요세의 본가 주소도 실려 있었다.

2주일 후에 좀처럼 사용하지 않는 아베코의 전화기가 울렸다. 요세에게서였다. 학생 시절에 연애 감정이 없는 상대에게 기나긴 편지를 보내곤 했던 요세는 아베코의 엽서에 약간은 놀랐지만, 아베코를 '특이하다'고는 하지 않았다. 오랜만이어서 기쁘다고 했다. 요세는 보험 회사에 근무하다가, 최근 그만두고 전직을 생각하던 참이었다. 아베코는 그다음 수요일 오후에 요세를 8조 방으로 초대했다.

"잘 오셨습니다."

"예, 모치즈키 씨에게 들었습니다. 잘 오셨습니다."

귀가 먼 주인이 현관 앞에서 요세에게 몇 번이나 인사를 하는 소리가 들린다.

아베코는 주인이 아래층에서 자기 이름을 부르기를 기다렸다.

(부르면, 예, 하고 대답하고, 그리고 내려간다……. 그러면 요세는 내 얼굴을 본다…… 그러면 요세는…….)

아베코는 현관에서 요세를 보는 건 피하기로 했다. 이윽고,

"모치즈키 씨, 모치즈키 씨."

주인의 목소리가 들리고, 아베코는,

"예, 2층으로 올라가라고 해주세요."

귀가 먼 주인에게가 아니라 요세에게 들리게 말했다. 주인이 큰

소리로 여기가 계단이고, 모치즈키 씨는 위층이랍니다, 하고 말하고 있다.

삐걱, 삐걱, 삐걱. 계단이 삐걱거린다. 아베코는 문 앞에서 마음의 준비를 한다.

"모치즈키. 나야."

문화제 준비를 함께했던 목소리가, P시 커피숍에서 가이코는 어떻게 지내는지 묻던 목소리가 문 너머에서 들렸다.

"응."

편도선이 부은 것 같은 기분이 들어, 문을 열려고 하다 잠시 망설였다. 요세의 '대답'을 떠올렸다. 아베코는 전화로 오늘 약속을 정한 후, 그에게 물었다. 그가 솔직한 '대답'을 하도록, 질문이 뜬금없다는 인상을 주지 않도록 세심한 주의를 기울였다. 마치 날씨 이야기를 꺼내듯이, 마치 무난한 농담으로 전화 통화를 마무리하는 것으로 자주 만나던 시절의 친근함을 되살리려고 배려한 듯이, 먼저 가장 시청률이 높은 텔레비전 프로그램 이야기를 하고, 그 프로그램에 나온 여자 탤런트가 성형했다더라는 소문을 이야기하고, 그다음에 넌지시 물었다.

"근데 성형에 대해서 어떻게 생각해?"

"괜찮지 않아? 본인이 만족한다면. 내 여자친구나 아내가 한다면 싫을 것 같지만."

문 앞에 선 아베코의 귀 속에 요세의 '대답'이 소용돌이치고 있다. 괜찮지 않아? 본인이 만족한다면. 내 여자친구나 아내가 한다면 싫을 것 같지만. 괜찮지 않아? 본인이 만족한다면. 내 여자친구나

아내가 한다면 싫을 것 같지만. 괜찮지 않아? 본인이 만족한다면. 내 여자친구나 아내가 한다면 싫을 것 같지만. 괜찮지 않아? 본인이 만족한다면. 내 여자친구나 아내가 한다면 싫을 것 같지만.

아베코는 그것이 '솔직한 대답'이라고 생각한다. 그녀는 문에서 떨어져 책장 앞 방석에 앉았다. 그곳에서 말했다.

"들어와."

"실례합니다. 이야, 주인이 참 좋네. 맞은편은 공중목욕탕이고, 이런 데라면 혼자 살기 딱 좋겠다."

요세는 오랫동안 만나지 못한 쑥스러움을 그렇게 말하며 얼버무리려 했다.

(아직 이쪽을 보지 않았어…….)

아베코는 고개를 숙인 채 요세가 방 한가운데 놓인 방석에 앉기를 기다렸다. 심장이 빠르게 종을 쳤다.

"고등학교 시절 친구도, 대학 시절 친구도 거의 만나지 않아서, 엽서 받고 깜짝 놀랐어."

"……."

"뭐야, 왜 계속 고개를 푹 숙이고 있는 거야."

여기 앉을게, 하고 요세가 말했다. 아베코의 시야에 가지런히 모은 그의 무릎이 들어왔다.

"오랜만이어서, 뭐랄까, 저기, 어……."

아베코가 요세의 양손이 무릎에 놓이는 걸 본 뒤에야 말했다.

"요세, 나 성형했어."

"응?"

요세가 밝다고도 할 수 있는 목소리로 되묻는 것과 동시에 아베코는 얼굴을 들었다.

"……."

요세는 가만히 있다. 무릎 위의 손은 뒤로 치우지도 않고, 그의 입을 가리지도 않고, 아베코를 가리키지도 않았다. 눈은 크게 뜨지도 않고, 아베코를 피하지도 않고, 그냥 멍하니, 그러나 허탈해하지는 않았다. 그는 그저 가만히 있었다.

"나 성형수술했어."

아베코가 다시 말했다. 요세는 잠자코 있었다.

"마유무라 가이코, 기억나지? 그 애의 졸업앨범 사진을 의사에게 보여주었어."

요세는 고개를 저었다. 잠자코 있다.

"가이코 닮았니?"

아베코는 닮건 닮지 않았건 아무래도 좋았지만, 침묵을 메우려 했다. 요세는 고개를 가로저었다. 그리고 간신히 말했다.

"닮지 않았어."

목소리는 들뜨지도 않고, 가라앉지도 않았다.

"그러니?"

아베코가 말하자 요세는 무릎을 펴고, 책장 한구석에 누워 있는 책 한 권을 가리키며 말했다.

"이 책, 산 거야? 나 살까 하다 관뒀는데. 재미있니?"

요세는 베스트셀러가 된 추리소설의 감상을 듣고 싶은 게 아닐 것이다.

“내가 그려준 지도로 이 집 찾기 쉬웠니? 헤매지 않았어?”

아베코도 맥락 없이 말했다. 응. 요세는 대답하고, 담배를 피워도 괜찮냐고 물었다.

“그럼.”

아베코는 싱크대에서 빈 청량음료수 깡통을 가져와서 요세 앞에 놓았다.

“차 가져올게.”

요세는 다시 싱크대로 돌아가려는 아베코에게,

“맥주 같은 거 있니? 이 정도면 되는데.”

앞에 놓인 빈 깡통을 가리킨다.

“응. 사다뒀어.”

“그럼, 그걸로 줄래?”

“응.”

아베코는 작은 냉장고에서 작은 캔 맥주를 두 개 꺼내 방으로 돌아왔다.

“요세에게 마지막 편지를 받았을 때, 나는 상경하기 전날이었어. 그렇지만 이제 만나지 못할 것 같아서 버렸어. 얼굴이 달라져서.”

“그렇구나.”

요세는 아베코의 얼굴을 바라보았다.

“마유무라는 닮지 않았지만 참 예뻐졌네.”

예뻐졌다. 아베코는 그 칭찬을 언제나처럼 어두운 마음으로 받아들였다. 하지만,

“아게소코니까.”

그렇게 말하자, 설령 듣는 사람에게는 비굴한 대사일지라도, 고름 덩어리가 그제야 툭 터져 몸 밖으로 빠져나가는 느낌이 들었다.

"더 이상 숨기는 데 지쳤어. 나도 가짜 얼굴을 진짜라고는 생각지 않아. 사과를 베어 먹는 광고를 봐도, 깎아내서 약해진 턱이 걱정되는 생활. 피곤해서 이불에 쓰러질 때도 베개에 눈두덩이 압박되지 않을까, 코에 들어간 실리콘이 어긋나지 않을까 걱정되는 생활. 더 이상 견딜 수가 없어졌어."

고름은 순식간이라고 해도 좋을 정도로 얄밉게 아베코에게서 빠져나간다.

"센트럴 성형외과의 다카자와 선생님, 그건 정말 사기야. 수술 전에는 어째서 예뻐지는 걸 망설이냐느니, 당신의 원래 얼굴을 살려서 아주 살짝만 바꾸는 것뿐이니까 걱정하지 말라느니 해놓고는, 수술하자마자 스웨터를 벗을 때는 충분히 주의해주세요. 당신 콧속에는 실리콘이 들어 있으니까요, 당신 턱은 드릴로 깎았으니까요. 어째서 이미 돌이킬 수 없는 상황이 되어서야 수술 전에 말해야 할 주의 사항을 이야기하느냐고, 정말 사기지. 재수술을 하지 않을 수 없는 구조를 멋지게 만들고는 개미지옥 식으로 돈을 등쳐먹고 그 돈으로 광고를 하고. 알고 있니? 매스컴이 성형업계의 악독한 부분을 폭로하기 힘든 것은 그랬다가는 성형 광고 외에 다른 광고도 정지시키도록 광고 대행사에 힘을 행사하기 때문이야. 광고 대행사의 경영을 성형외과가 하고 있는걸. 펜은 칼보다, 광고 대행사보다 약해. 성형한 사람도 불평을 하지 않아. 할 수가 없지. 자기가 가벼운 충동으로 한 거니까."

아베코의 목소리에는 억양이 없다. 담담하다.

"나도 가벼운 충동으로 한 걸 후회하고 있어. 그런데 말이야, 최근까지 후회조차 마음대로 못했어. 가짜 롤렉스를 고가에 파는 그룹이 체포됐다는 뉴스를 들어도 우울했어. 나는 그런 범죄자와 같은 짓을 했다고 우울해져서 벌벌 떨었어. 후회라는 말에 눈을 딱 감고. 후회하기 시작한 뒤로, 후회만 하고 있어서는 아무것도 달라지지 않는다는 걸 알았어. 그래서 요세를 만나려고 생각한 거야. 전에 긴 편지를 보내주었잖아."

아베코가 키스를 한 히키에게 아무것도 원하지 않았듯이, 그 무렵의 요세는 자신에게 편지를 썼다. 그가 좋아했던 것은 가이코로, 아베코에게 보내는 편지는 '그냥 쓴 것' 이다.

"그냥 만나서 이야기하고 싶었어."

"응. 연락 잘했어."

요세는 다 피운 담배를 빈 깡통에 넣었다.

"새삼스럽지만 오랜만이다. 벌써 우리 스물아홉이다, 그지?"

"정말 그러네."

"예뻐졌어. 그건 정말이야. 마유무라는 닮지 않았지만, 그야 남이니까 닮지 않은 건 당연하잖아. 원래의 바탕이 다르다는 의미지, 예뻐진 건 사실이야."

요세는 잠시 망설인 후에 아게소코라는 표현을 꺼냈다.

"아게소코라고 하지만 말이야. 그 '소코(바닥)' 는 모치즈키의 얼굴이잖아. 소코가 심하면 성형수술에도 한도가 있는 거야."

이것은 성형한 사람 모두가 듣는 위로다.

"수술 전에는 몰랐어. '소코'만 생각하니까. 수술 후에 안 거야. 문제는 '아게'라는 것을. '아게'를 감추는 괴로움은 수술 전에는 상상도 못했어."

그리고 그것을 상상하게 하지 못하게 하는 시스템이야말로 성형외과의 상술이다.

"이제 감추는 거 싫어."

아베코는 캔 맥주 뚜껑을 따서 마셨다.

"맛있다."

아아, 맛있다.

*

수요일 저녁 무렵, 오소네는 서재에서 우산을 분해하고 있었다.

(여길 누르면 용수철이 올라가며 펼쳐지고……. 이 용수철이 여길 고정시키고 있으니까, 접을 때 여기가 줄어든다…….)

혼잣말을 하는 오소네의 책상 위에는 여러 가지 부품과 뭔가를 계산한 용지가 흩어져 있다. 장난감 권총도 있다.

프랑스식 창으로 다프니스와 클로에가 비에 젖은 것이 보인다. 정원도 좀 더 손질을 해야 한다. 미치요는 청소를 잘했다. 특별히 청소 시간을 정하지 않고, 자투리 시간을 요령 있게 청소에 할애했다.

(왜 자동 우산이 보급되었는가. 그건 바로 펼쳐지기 때문이다. 우산을 펴는 정도의 수고를 아까워한 게 아니다. 바로 펼쳐지는 것이 재미있기 때문이다.)

오소네는 우산을 분해했다. 이따금 정원을 보며 미치요를 떠올렸다. 지도를 보는 걸 좋아하는 여자여서 비가 오는 휴진일에는 곧잘 둘이서 엎드려 지도책을 보았다. 여행을 한다고 가정하기도 하고, 실제로 여행했을 때 이야기를 하기도 하고, 마냥 대륙의 모양을 바라보기도 했다.

*

수요일 심야, 가이코는 남편 아다의 지갑을 조사하고 있었다.

110평방미터의 802호실에는 도로의 소리가 들리지 않는다. 해질 녘에 조금씩 유리창을 때리던 비는 그친 것 같다.

아다의 지갑은 현금 외에 신용카드와 그 명세서, 영수증으로 잔뜩 부풀어 있다. 소레이유 23,000. 타토이토-GS 56,132. 인더문 32,409. 이노우에 서점 4,600. 아베코는 건드린 흔적이 남지 않도록 지갑에서 꺼내지 않고 스탠드 빛에 비추어 조사한다.

아베코는 아다가 여자와 호텔을 이용한 게 아닐까 의심하고 있는 참이었다.

"임신해서 결혼하는 거라며? 너, 함정에 빠진 거 아냐?"

가이코는 결혼식 피로연에서 술 취한 젊은 치과의사가 아다에게 하는 말을 들었다. 커다란 열대어 수조 뒤에 가이코가 있다는 것을 모르고 취객은 아다에게 말했다.

"완전 곤드레만드레네. 너무 취했어."

그때 그 취객을 나무라던 여자. 연수국研修局의 동료라고 처음 소

성형미인
●
202

개받았다. 그 여자는 취객에게 술잔을 받아들면서, 아다의 몸에 자신의 몸을 기댔다. 결혼식 후에도 그 취객과 여자는 신혼집인 802호실에 자주 전화를 걸어왔다. 그런데 최근에는 여자 쪽의 전화가 없어졌다. 여자에게 전화가 오지 않게 된 시기와 아다의 귀가가 늦어지는 날이 늘어나기 시작한 시기가 일치한다.

(상대는 그 여자야.)

그 여자. 피아제 손목시계를 한, 베르사체 벨트를 한, 지방시 향수를 뿌린 여자. 가이코는 의심했다. 가이코는 손목시계의 디자인을 보지 않고, 벨트의 색도 보지 않고, 향수의 냄새도 맡지 않고, 타인이 몸에 지닌 것에 표시된 제조 회사 이름만 기억하고 있었다.

(임신해서 결혼한 건 함정에 빠진 거라니, 무슨 그런 심한 말을.)

가이코는 울 것 같다.

(마치 계획적으로 속인 것처럼 말하다니.)

오소네에게 정초 인사를 하러 갔을 때 우연히 아다를 만났다. 느낌이 좋은 청년이었지만, 특별한 인상은 없었다. 대개 여자란, '위험한 향기가 나는, 그러면서 소년처럼 구김살 없이 웃는 얼굴을 보여주는, 너무 가까이하면 상처를 입을 것 같은, 하지만 가까이 가지 않을 수 없는 느낌'이 드는 남자에게 끌린다. 아다에게는 그런 요소, 즉 섹스어필은 전혀 없었다. 아다에게 데이트 신청을 받아서 만났지만, 구체적으로 결혼을 생각한 적은 없다. 부모의 이혼으로 상처받은 탓에 남들보다 더 결혼에 대한 '동경'이 컸지만, 동경 속에서 상상하는 남자는 자신을 안아 올려 침대까지 데려갈 만한 키가 크고 듬직한 남자이지 아다처럼 약해 보이는 남자가 아니었다. 그래서 축구를 보러 가도, 시바우라의 카페에 가도 설렘이란 건 아무것도 없어 육체관계를 허락하지 않았다. 허락하지 않았다기보다 그런 기분이 들지 않았다. 그러나 자신에 대한 아다의 연모는 깊었다. 19평방미터의 방에서 "좋아해."라고 몇 번이나 말했다. 성행위에서 여자가 주도권을 잡으면 노는 여자라고 오해받아 불결한 생각을 하게 되므로, 성행위를 할 때는 그가 하는 대로 맡겨두었더니 임신했다. 그렇다면 결혼하는 건 당연하다.

가이코에게는 진심으로 이렇게 생각하는 능력이 갖춰져 있었다. 먼 옛날에 만든 '계획'은 가이코에게서 객관성을 뿌리째 빼앗아갔다.

(결혼이란 거 아직 그리 와 닿지 않던 나였지만, 아다 씨가 재촉을 하고 하도 갈망하여서 결혼하고, 남자라면 너무 아파서 기절했을 거라고 하는 출산을 했는데 함정이라니, 그렇게 심한 말을.)

성형한 지 7년. 아다의 지갑을 뒤지면서 아이라이너와 마스카라를 클렌징으로 지운 아베코의 콩알 같은 평범한 눈에 눈물이 고였다. 아무도 없고, 아무도 보지 않는 방에서 눈물을 글썽거릴 필요는 없다. 정말로 슬픈 눈물이 고였다. 마음에서 흐르는 눈물이 고일 만큼 가이코는 신비에 감싸인 청순한 색기를 가진 여자가 되었다.

(매일 요리를 하고, 설거지를 하고, 방 청소를 하고, 보통 주부들은 육아에 쫓겨서 인테리어 같은 건 신경도 못 쓰지만, 그가 편안하게 쉴 수 있는 집을 만들기 위해 인테리어에도 신경을 쓰고, 시부모의 그 심술도 다 견뎌내고…….)

월수금에 오는 베이비시터와 화목토에 오는 가정부의 급료는 시집에서 지불하고 있다.

(보내지 않아도 되는데 심술을 부리는 거라니까. 내가 자기네 가족의 품위를 떨어뜨렸다고 업신여기는 거라고.)

정신적 고통을 견디고 아다를 위해 가사를 해도, 그 배려와 가사 노동과 육아를 평가받는 일이 없다.

(게다가 바람까지 피우다니 너무한 거 아냐. 그 여자는 육아의 고생도 가사의 고생도 없으니까, 색기를 뿌리는 데만 전념할 수 있는 거야.)

그 여자. 가이코는 아다가 부탁한 것을 갖다 주러 갔을 때, 의국에서 그 여자를 만난 적이 있다. 그날도 피아제 시계가 백의 자락 틈으로 보였다. 가이코는 백금 반지를 낀 왼손 약지로 눈물을 닦으면서 거실을 나왔다. 아다의 지갑에 호텔 영수증은 없었다.

(이 아이만이 나의 버팀목이야.)

트윈 베드가 나란히 있는 침실. 구석에 놓인 베이비 침대에 자고 있는 두 살짜리 딸의 얼굴을 들여다본다. 딸은 성형 전의 가이코를 닮아서 부모도 조부모도 닮지 않은 아기다. 가이코는 누굴 닮았을까 하고 딸을 안을 때마다 말하는 시어머니의 시선을 X선처럼 느낀다. 막연히 무섭다고 생각하지만, 그 무서움의 실체가 성형이 들통 나는 것에 대한 공포라고는 자각하지 않는다. '계획'은 가이코에게 자각하지 않아도 되는 능력을 갖추게 했다.

(정월에 술 취한 시아버지가 남자가 좋아할 얼굴이라고, 내게 한 말을 질투하는 거야. 나는 원래 얼굴과 완전 다르게 성형한 게 아냐. 성형한 축에 들어가지도 않을 정도라구. 내가 성형한 거라면 시어머니의 틀니 쪽이 더 규모가 큰 가짜지.)

가이코는 딸이 깨지 않도록 조심스레 베이비 침대에서 떨어져, 남편이 깨지 않도록 살며시 지갑을 그의 가방에 넣었다. 그때 아다가 뒤척거렸다. 놀라서 숨을 삼키며 몸을 돌리는 찰나, 의자에 벗어둔 그의 상의가 바닥에 떨어졌다.

아내가 남편의 상의를 옷걸이에 거는 행동은 부자연스럽지 않다. 가이코는 몸만 뒤척였을 뿐 잠이 깬 게 아닌 남편에게 안도하면서 상의를 옷장 쪽으로 가져갔다. 어깨선을 가지런히 해서 옷걸이에 걸 때, 가이코의 손바닥에 빳빳한 것이 느껴졌다. 안주머니를 뒤진다. 거기에는 엽서가 들어 있었다.

어제는 정말 고마웠어. 이쪽에서는 아무래도 이쪽 생활에 익숙하지 않아 축 가라앉아 있었는데, 오랜만에 즐거운 저녁식사를 했네. 가족들 모두 건강하기를.

엽서에는 그렇게 쓰여 있었다. 두꺼운 종이 위에 투명한 종이를 붙여, 두 장의 종이 사이에 도라지꽃이 압화되어 있는 세련된 엽서다. 보낸 사람은 그 여자.

그렇다면 그 여자와 아다는 저녁식사를 함께했다는 말이다. 가이코는 소인을 본다. 10월 30일. 아다는 지난주에 그 여자를 만난 것이다.

(지난주, 애가 열이 나서 난리였는데, 그런데 그 여자는 밀회를 즐기고 있었어.)

가이코의 분노는 남편이 아니라 상대 여자에게 향한다. 가이코에게는 투명 종이 아래에 있는 도라지꽃의 보라색이 여성의 권리니, 남성 사회의 폐해니, 성희롱 반대니, 자립이니를 금속성 소리로 외치면서도, 그 주제에 본심은 남자들에게 사랑받고 싶어서 어쩔 줄 모르는, 일을 가진 여자의 강한 주장을 나타내는 색으로 비쳤다.

(그 피아제 시계도 남자가 사준 건지 몰라.)

가이코는 신비로웠다.

"어?"

침대에서 아다의 목소리가 났다. 아다의 침대 사이드 램프가 꺼져 있어서 목소리만 낮게 들린다.

"아직 안 잤어?"

아다는 일어나서 가이코가 엽서를 들고 있는 걸 보지 못하고 침실을 나갔다. 가이코는 선 채로 수세식 화장실의 물 내려가는 소리와 냉장고 닫는 소리와 유리잔이 탁자에 닿는 소리를 들었다.

"여보."

가이코가 주방으로 엽서를 들고 갔다. 아다는 타르 1밀리그램의 담배를 피우고 있었다. 아기가 집에 있기 때문에 담배는 환풍기가 있는 주방에서만 피운다.

"기분 나쁜 꿈을 꾸었어. 중학교에서 가방 검사를 하는데, 선생님이 아랍인이어서 사막의 형무소 같은 곳으로 끌려갔어."

"그래요."

가이코는 인공 화강암 카운터 테이블을 사이에 두고 아다 앞에 섰다. 아다는 벽에 걸린 시계를 보고,

"왜? 잠이 안 와?"

연기를 뿜었다. 가이코는 한숨을 토했다. 그리고 물었다.

"당신, 이거 어떻게 된 거예요?"

도라지 압화 엽서를 카운터 테이블에 내민다.

"아, 이건."

아다의 뺨 언저리가 약간 굳어진다.

"이거, 어디서?"

"당신이 양복을 아무렇게나 벗어놓아서 옷걸이에 걸려고 하는데 나왔어요."

남편을 나무라고 화를 낼 마음은 없다. 신비로운 가이코에게는 그럴 마음이 정말로 없다.

"어째서 움찔한 거예요?"

가이코의 말에 아다는 부정했다. 그 부정하는 목소리가 "우, 움찔 하지 않았어." 하고 버벅거리는 걸로 들렸다.

"하지 않았어."

"안 했어."

그 부정도, "하, 하지 않았어."로까지 버벅거리는 걸로 들렸다.

"이 엽서, 어디 넣어뒀는지 잊어버려서 대체 어디서 나온 건가 싶 었던 거야. 양복 주머니라니 등잔 밑이 어두웠네. 뭐라고 하면 좋을 까. 의외였어."

그 설명은 몹시 정중하다. 가이코에게는 그렇게 느껴졌다.

"그 여자와 만났어요?"

"응. 그 친구, 가나가와 현에 있는 치대 의국으로 옮겨갔어. 그래 서 오랜만에 만나서 밥 먹었어. 우리 의국과는 시스템이랄까, 근무

시간 안배가 많이 다른가 봐. 적응이 안 돼서 우울해하는 것 같더라고. 한참 만나지 않아서 그런 점은 몰랐기 때문에, 이런저런 얘길 들어주기도 하고 말이야. 특별히 격려를 해준 건 없지만, 좀 괜찮은 식당에서 저녁을 사주었더니 그쪽에서도 감사 엽서를 보낸 게 아닐까?"

점점 정중한 설명. 엽서의 여자를 만났는가 물었을 뿐인데 저녁을 먹은 식당까지 스스로 말한다.

"굳이 '한참'이라고 강조하는 건 당신 뭔가 켕기는 게 있기 때문 아니에요?"

"켕기는 거 없어. 정말이야. 이봐, 괜한 오해하지 말아줘."

아다는 담배를 끄고, 바로 다음 담배에 불을 붙였다.

"감사 엽서라면 어째서 집으로 보내지 않아요? 어째서 굳이 의국으로 보내요?"

"그건 보내는 사람 자유잖아. 전에 자기가 있었던 곳이니 의국 주소를 쓰기가 쉬웠을 테지. 자동적으로 썼다고 할까…… 쓰고 난 뒤에, 아차, 집으로 보내는 게 좋았을걸 하고 생각했을지도 모르지. 그렇지만 그거 꽤 고급스런 엽서잖아. 꾸깃꾸깃 접어서 쓰레기통에 던지기 아까웠을 거야. 어차피 내게 보내면 되니까 의국 주소로라도 괜찮겠지, 정도로 생각했을 테지."

"어떻게 그렇게 그 여자의 심리를 잘 읽어요? 심리를 읽을 수 있을 만큼 그 여자를 잘 알고 있기 때문인가요?"

"심리를 읽고 말고 할 것까지 없잖아, 그런 거."

적당히 좀 해, 하고 아다는 소리를 질렀다. 소리를 지르자 가이코는 눈물을 철철 흘렸다. 거짓이 아니다. 정말로 슬프고 참을 수 없이 고통스러웠다.

"권리만 주장하는 신경질적이고 못생긴 여자만은 되고 싶지 않아요. 좋아하는 사람을 위해 요리를 하고 아이를 키우고, 그것이 가장 행복하다……. 순수하게 그렇게 생각하는 마음을 잃어버린 못생긴 여자는……. 나는 당신의 아내로 있는 것이 내 일이에요."

가이코가 울자 침대에서 딸도 울기 시작했다. 110평방미터의 802호실은 울음소리로 가득 찼다.

"어이, 아니야. 정말이라고. 오해는 하지 말아줘. 정말로 그 여자와는 아무것도 아니야."

아다는 담배를 재떨이에 비벼 껐지만, 아직 연기가 나고 있어서 한 번 더 눌러 끄려다,

"정말이라니까. 맹세해."

그렇게 말하고, 시끄러운 울음소리 속에서 담배를 자기 손바닥으로 눌러 껐다.

"보다시피. 맹세해."

가이코는 그걸 보고 카운터 테이블을 내리쳤다.

"역시! 역시 그 여자하고 뭔가 있군요. 그런 짓까지 하다니, 역시 그 여자와 당신은."

테이블을 또 내리치며 유리잔에 든 우롱차를 아다의 손과 얼굴에 뿌렸다. 딸의 울음소리는 더욱 커졌다. 아냐, 아냐. 아다는 같은 말만 되풀이했다.

가이코는 울면서 남편이 그 여자와 저녁식사를 한 지난주의 신문

에 '가와시마 시로(영양학)에 따르면, 연합적군聯合赤軍이 산속에서 서로 죽인 것은, 역의 구내매점에서 빵과 컵라면만 사서 섭취한 결과 칼슘 부족에 따른 잔학성이 증가한 탓이다' 라고 하는 기사가 나왔던 것을 문득 떠올렸다. 그러자, 이 기사에서 '컵라면뿐인 생활' 이라는 부분만 가이코의 쓸쓸함을 더해주어, 가슴이 한없이 안타까워지면서 더욱 눈물이 나왔다. 신비로운 눈물은 이렇게 솟구치는 것이었다.

*

목요일 아침, 아베코는 엘리베이터 안에서 나호에게 안녕 하고 인사를 건넸다. 시온 화장품에 근무하는 남자와 결혼한 나호는 동서백화점을 그만두었지만, 작년부터 파트타임으로 나와서 일하고 있다. 히키가 맡고 있는 미술 플로어에서 전람회가 개최될 때만 접수 일과 잡무를 맡는다.

"안녕. 〈체코슬로바키아 유리 세공전〉이 끝날 때까지, 잘 부탁해."

여드름 자국이 불그스름하게 흩어진 나호의 피부는 결혼 후 분칠이 훨씬 옅어졌다. 발랄해 보이는 피부는 아침 인사를 하는 그녀를 결혼 전보다 젊어 보이게 한다. 불그스름한 여드름 자국도 애교가 있어서 귀엽다.

"원피스 너무 예쁘다."

나호가 아베코의 사복을 가리켰다.

"디자인과 색채가 과감한 그런 옷은 역시 모치즈키 같은 얼굴과

카트린의 백합
•
211

스타일이 아니면 소화하지 못할 거야. 나 같으면 도저히.”

“그야 나는…….”

아베코가 말했다.

“……성형을 했으니 그렇지.”

나호는 아마 자기가 잘못 들었을 거라는 표정을 하고,

“기획부는 사복을 입어서 매일 고생이겠다. 결혼하고 나니 옷 걱정 하는 게 귀찮아지는 거 있지. 옛날에는 뭐 하러 그렇게 열심이었는지…….”

옷 이야기를 계속하면서 점점 곤혹스런 표정이 되어갔다. 승강등이 층수를 표시해간다. ‘8’에서 찡 하고 소리가 났을 때,

“성형했다는 건, 저기…….”

나호가 문이 열리기 직전, 질문도 비난도 놀라움도 아닌, 약간 얼빠진 듯한 목소리로 말했다.

“성형수술한 얼굴이야, 내 얼굴은.”

문이 열린다. 아베코는 오른쪽으로 나호는 왼쪽으로 향했다.

목요일 오후, 그 뒤 금요일, 토요일, 일요일, 월요일, 화요일. 아베코는 백화점 내 복도에서, 급탕실에서, 화장실에서, 엘리베이터 내에서, 몇 번이고 몇 번이고 찌르는 듯한 시선을 얼굴에 느꼈다. 어느 방의, 어느 장소의 문을 열어도 문을 열기 전에는 떠들썩한 사람 소리가 났지만, 아베코가 들어가는 동시에 딱 그쳤다.

예상했던 일이다. 아베코는 이렇게 될 것을 예상하고 있었다.

*

성형……. 사람들이 귀를 쫑긋 세우게 하는 이 울림. 성……형……. 축축하게 습기 차고 끈적하게 달라붙는 듯한 이 울림.

성형……. 일찍이 메이지 시절부터 이미 행해진 수술이라는데, 태평성대인 헤이세이(平成, 현재 일본의 연호—옮긴이)가 되어도 아직 구시대적인 낡은 폐단을 시각으로 호소하는 이 글자. 봐서는 안 될 것을 본 것 같은, 봉인된 뭔가를 날름 벗겨 버린 것 같은 전율, 그럼에도 불구하고…….

그럼에도 불구하고 날름 벗겨버린 자가 득의의 미소를 짓게 만드는 성형. 어딘가에 성형한 사람이 있으면, 저 사람 성형했어, 하고 입에 손을 대고 왼쪽 사람에게, 왼쪽 사람은 오른쪽 사람에게, 오른쪽 사람은 앞사람에게, 앞사람은 뒷사람에게, 전달하여 퍼트리지 않으면 성이 풀리지 않는다.

성형……. 아무리 최신 설비를 갖춘 곳에서 번쩍거리는 백의를 입은 자가 수술을 해도, 그곳은 어디까지나 ‘병원’ 이 아니라 ‘의원’ 이다. 사람들은 어디선가 풍작거리는 멜로디가 흐르고, 곡마단에 채여 갈 것 같은 수수께끼 같은 공포로 가득 찬 공간을 떠올리지 않을 수 없다.

아무리 유행의 첨단을 가는 패션잡지에, 또는 텔레비전에, 간판에, 오픈된 명랑한 대기실 안을 찍은 사진 광고를 게재해도, 오픈이라는 말과는 거리가 먼, 거리가 멀 뿐만 아니라 오픈이라는 말, 명랑이라는 말의 반대어라고조차 생각될 만큼 은폐되고 폐색된 무엇,

카트린의 백합

·

213

그것이 성형이다.

아무리 '적극적'이니, '그걸로 밝아질 수 있다면'이니, '퍼머를 하고 화장을 하는 것과 마찬가지'니 하면서, 태연한 척 밝게 이야기해도, 그 목소리는 변호, 변명, 얼버무림이 되어간다.

왜냐하면 성형……. 그것은 끊어도 끊어도 끊어도 끊어도 끊어도 끊어도 끊어도 끊어도 끊어도 끊어도, '교활하게' 끊을 수 없는 것이니까. 교활함이라고 글씨로 표기하기 힘든 보잘것없음이 그것을 언제 어떤 때든 악착같이 따라다니며 발 언저리, 손 언저리, 목덜미에 찰싹 달라붙어 있다.

그래서 아베코는 더 이상 숨길 수가 없었다. 침묵의 일주일 후, 아베코는 다시 수요일을 맞이했다.

수요일 오후, 아베코는 울타리 너머로 소년들이 공을 차는 걸 보고 있었다. 흰색과 검은색 무늬가 섞인 공은 대충 걷어차는 것만으로도 젊음이 한층 돋보이는 그들의 발과 발 사이에서 구르고 날아다닌다.

(흰색과 검은색!)

아베코가 두 가지 색이 다가오는 것을 눈치채자마자, 금속이 삐걱거리는 소리와 함께 얼굴 위로 큰 충격이 출렁거리며 지나갔다. 공이 울타리를 흉하게 돌출시키며 아베코의 얼굴을 강타한 것이다.

아베코는 두 손으로 얼굴을 가리고 길가에 주저앉았다. 타다다닥 하고 흙을 차는 소리가 들렸다.

"괜찮으십니까?"

체육 교사로 보이는 그는 울타리 너머로 아베코에게 말을 걸었다.

"아, 아."

손목이 젖어 있다. 코피다. 아베코는 주머니에서 손수건을 꺼내 코에 댔다.

"얼른 학교 양호실로."

교내로 들어가기 위해서는 울타리를 한참 돌아야만 한다. 아베코는 당연히 주위 풍경을 파악하고 있다. 체육 교사는 아베코의 대답을 기다리지 않고, 순식간에 눈앞에서 사라졌다.

아베코는 떨려서 일어설 수 없었다. 아픔도 코피도 신경 쓰이지 않는다. 실리콘만이 걱정이었다.

안내 창구에 근무하고 싶어서 성형을 한 A양은 출근 중 선반에서 떨어진 가방에 코를 맞아 실리콘이 코에서 튀어나와 버렸다. 이것은 과도한 융비술로 인한 사고…… 운운.

쌍꺼풀 성형을 한 B양은 눈두덩을 너무 잘라내서 잘 때조차 눈을 감을 수 없게 되었다. 이것은 눈두덩 안쪽의 살을 지나치게 제거하였기 때문에…… 운운.

복부 지방흡입수술을 한 C씨의 피부는 샛노랑색으로 변색하여 딱딱하게 굳었다. 이제 어디 가서 옷을 벗을 수 없다고 C씨는…… 운운.

수술 후에 읽은 주간지 기사들이 보금자리를 파괴당한 벌처럼 아베코의 머릿속을 덮쳤다.

체육 교사가 아니라 백의의 양호 교사가 자전거로 아베코에게 달려왔다.

"설 수 있겠습니까? 설 수 있겠습니까?"

백의의 팔이 아베코의 어깨를 안는다. 어긋났습니까? 어긋났습니까? 아베코에게는 그렇게 들려, 몸을 떨었다. 코를 누른 손수건을 움직일 수 없다.

아베코는 양호실에서 얼굴을 닦았다. 피가 묻은 거즈가 금속 쓰레기통에 힘없이 들어갔다. 콧구멍이 뻣뻣하다. 숨이 막혀 있었다.

"별 일은 없을 거라 생각합니다만."

양호 교사는 아베코에게 주소와 이름을 적도록 카드 같은 종이를 건넸다.

"그러나 학교 관계자가 아닌 분이 머리에 가까운 곳을 맞아서 걱정이니……. 저어, 책임상의 문제도 있고…… 병원에서 엑스레이 검사를 하신다면 저희 쪽에서 연락을 취하겠습니다만……."

"아, 아뇨."

엑스레이. 그것은 성형한 사람의 온몸을 경직시키는 기계다. 몹시 가난한 생활 속에서 면학과 연구를 계속해온 여자를 아내로 들인 남자가, 아내와 함께 만든 것이 천박한 허영으로 메운 실리콘이 숨은 장소를, "봐라, 여기 있네." 하고 폭로하는 기계였다.

"폐를 끼쳤습니다. 죄송합니다."

아베코는 이 학교 학생이라도 더 적절한 인사를 할 줄 알았을 텐데 싶어 부끄러웠지만, 달리 뭐라고 말을 할 수 없었다. 카드에 주소와 이름을 휘갈겨 쓰고 나서 양호실을 나왔다.

"어서 와요."

"휴일이어서요."

"예. 날씨가 좋네요."

귀가 먼 주인의 커다란 목소리와 앞뒤 맞지 않는 대사와 활짝 웃는 얼굴에 생기는 밝은 주름이 그나마 아베코를 편안하게 했다.

아베코는 6조 방에 깔아둔 이불 위에 반듯이 누웠다. 거울을 보는 것이 무섭다. 코와 턱을 만지는 것이 무섭다. 목으로 넘어가는 피맛은 더 이상 나지 않는다. 코피는 어쨌든 멈춘 것 같다.

아베코는 천장의 나뭇결과 얼룩을 한참 동안 바라보았다. 나뭇결과 얼룩은 여러 가지 것으로 보인다. 배와 어부. 난쟁이와 해바라기. 프라이팬과 수세미.

(그러고 보니 어릴 때 아파서 학교를 쉴 때 곧잘 천장의 나뭇결과 얼룩을 봤었지.)

해는 점점 저물어, 어두컴컴한 방에 누워 있는 근시인 아베코에게는 나뭇결도 얼룩도 잘 보이지 않게 되었다.

일어나서 불을 켜고 뻣뻣하게 거울에 다가갔다.

턱은 휘지 않았다. 코도 휘지 않았다. 아베코는 콧구멍에서 솜을 뺐다. 세수를 하고 아래층으로 내려갔다. 주인이 밖으로 나가려는 아베코를 불러 세웠다.

"아들이 낮에 다녀갔어요. 감을 잔뜩 가져왔는데, 괜찮으면 감 좀 먹을래요? 혹시 볼일이 없으면 말입니다만."

주인은 큰 보청기를 귀에 꽂고 있어서 평소처럼 두서없는 말투는 쓰지 않았다.

"고맙습니다. 그럼 잘 먹겠습니다."

아베코는 코에서 신경을 돌리려고 주인집으로 들어갔다.

주인의 이름은 리누라고 한다. 가토 리누. 리누는 돋보기를 끼고 감을 깎아주었다. 껍질을 두껍게 깎았지만, 손은 야무져서 처음부터 한 번도 껍질이 끊어지지 않게 깎았다.

"자, 들어요."

얇은 유리 쟁반에 4분의 1로 자른 감이 두 개 놓여 있었다. 쟁반 아래에는 천이 깔려 있다. 재질은 면이지만, 네 귀퉁이에 정성스럽게 백합이 수놓여 있다. 천도 하얗고 자수실도 흰색이어서 밝게 빛나는 문양을 보고 백합이란 걸 알 수 있었다.

"어머나, 예쁜 받침대네요."

아베코는 자수를 관심 있게 보았다.

"아, 그러면 한 장 줄까요?"

리누는 낡았지만, 손질이 잘된 장롱 서랍에서 하얀 천을 꺼내 아베코에게 내밀었다.

"이건 손수건이에요. 나는 흰색에 흰 자수를 놓는 걸 좋아했어요."

"이거, 할머니가 놓은 자수예요?"

"옛날에요. 옛날에는 양재洋裁를 했거든요."

긴다이 양장점의 전 여주인은 열심히 재봉틀을 돌리고, 바늘을 든 손을 움직였던 시절의 이야기를 아베코에게 했다. 아베코는 수예부였던 이야기를 전 여주인에게 했다.

“이 맞은편이 가게였죠. 귀찮아서 지금은 창고로 쓰고 있지만. 아들은 모두 헐고 원룸 맨션으로 만들자고 하는데, 그런 걸 하면 무거워서 감당을 못해요.”

리누는 하루하루를 불편 없이 살아갈 만큼의 돈, 물건, 공간이 있으면 그 이상을 소유하는 것은 관리의 의무도 져야 하기 때문에 ‘무겁다’고 표현했다.

“나는 올해 12월 31일에 죽을 거예요, 예.”

“네에?”

“언제나 그렇게 아들에게 말하고 있어요. 죽고 싶은 건 아니에요. 그걸로 됐다는 거지.”

리누는 감을 맛있게 먹는다. 치아는 집안이 모두 건강하다고 한다.

“아들이 함께 살자는 걸 거절했어요. 그런 짓을 하면 내가 치매가 들어버릴 테니까. 12월 31일에 죽기 직전까지 정정하게 사는 요령이죠.”

아베코는 리누의 며느리가 참 행복하겠다고 생각했다. 할머니에게 무슨 말을 들으면 히노다마 촌 낡은 집 부엌 구석에서 울던 어머니가 떠올랐다.

“오늘은 어쩌다 말을 걸었네요. 이건 2층에 가져가서 들어요.”

리누는 아베코에게 껍질을 깎지 않은 감을 두 개 건넸다.

“고맙습니다. 손수건도 주시고.”

아뇨, 아뇨, 하고 리누는 손을 크게 저었다. 그리고 문을 열다가, 어? 하고 아베코의 얼굴을 보았다.

“흠.”

돋보기를 빼서 앞치마에 렌즈를 닦고 다시 걸치더니,

"아, 잘못 봤구나. 얼굴에 뭐가 묻은 것 같아서요. 그럼."

문을 닫았다.

아베코는 감을 냉장고에 넣자 얼른 거울 앞으로 갔다. 가서 눈을 감았다. 감았다가 천천히 떴다. 거울에는 아까 본 것과 같은 얼굴이 비쳤다.

아베코는 휴우 하고 숨을 내쉬고, 거울에서 떨어져 얼굴을 쓰다듬었다. 갸름한 얼굴과 오뚝한 코, 선명한 쌍꺼풀 선. 그것들은 수술 후, 아베코의 손바닥에 익숙해진 감촉이다.

(솜 찌꺼기라도 묻었나.)

안심하고 검지, 중지, 약지 세 손가락 끝을 코 아래에 댔다.

그러자 중지 끝에 뭔가 아주 작은 감촉이 전해져왔다. 그렇게 생각해서인가 싶을 정도로 작은 감촉이었다.

"……."

아베코는 중지를 가볍게 접었다. 약지도 가볍게 접었다. 검지만 타인의 눈치를 보는 하급 관리의 허리 모양처럼 어정쩡하게 뻗어서, 그 손가락 끝으로 콧구멍, 정확하게는 구멍이 뚫리기 시작한 부분을 더듬었다.

검지의 손톱과 살 사이에서 바늘이 떨어지는 정도의 희미한 소리, 희미하게 딸칵 하는 소리가 나는 것 같다. 소리가 나는 듯한 감촉이라고 하는 편이 좋겠다. 손가락 끝을 콧구멍으로 조금 더 넣는다. 좌우 구멍 사이의 살, 코끝이라고 불리는 부분의 안쪽 부분에 손가락 안쪽이 들어간다.

손가락 안쪽에 동그스름한 것을 떠올리게 하는 뭔가가 느껴졌다.
(……)

아베코는 침을 삼켰다. 거울을 보았다. 높은 코는 휘지는 않았다. 휘지는 않았다. 아무렇지도 않다. 떨리는 윗입술을 앞니 안쪽으로 말듯이 깨물었다. 코 아래가 늘어나고, 콧구멍과 코끝이 당겨져서 거울에 비쳤다.

앗, 하고 깨물고 있던 윗입술을 뗀다. 그것은 거울에서 사라진다. 리누처럼 "잘못 봤다."고 생각하기로 한다. 하지만 거울에 그것은 확실히 있었다.

보고 싶지 않다. 하지만 보지 않을 수 없다. 식은땀이 겨드랑이 아래에 밴다. 아래층에 있는 귀가 먼 가토 리누. 백합을 수놓은 손수건을 깨끗하게 서랍장에 정리해둔 그녀는 아베코가 흘리는 땀의 원인을 모를 것이다. 히노다마 촌 논바닥의 벼, 달려 있는 감. 익숙한 친구. 급탕실. 백화점 옥상. 그런 것들을 특별히 미워한 것도 아닌데, 그것들은 모두 손가락 사이로 흘러내리고, 아베코는 오로지 혼자, 외톨이로 약속 하나 적혀 있지 않은 새하얀 달력 아래의 거울 앞에서 한 번 더 윗입술을 깨물었다. 그것은 콧구멍 안에 있었다.

(코딱지이기를! 이것이 코딱지였으면 좋겠다!)

비극은 항상 우스꽝스럽다. 우스꽝스러움은 잔혹하기도 하다. 아베코는 코딱지이기를 간절히 염원하는 비극을 만났다. 시퍼런 콧물이 응고한 코딱지가 아니라, 비강 내 분비물질과 먼지가 응고한 하얀 코딱지. 아베코는 그것이 그것이기를 간절히 바랐다. 간절히 바라면서 검지 안쪽으로 그것을 만졌다.

금세 아베코의 미간에 몇 가닥의 주름이 지고, 목에서 숨이라고도 소리라고도 할 수 없는 것이 새어 나왔다.

그것은 코에 주입한 실리콘 보형물의 일부. 아베코는 이내 알아보았다. 솜도 코딱지도 아닌, 인공 수지라는 걸. 그리고 성형과는 무관한 자에게는 솜이나 코딱지로밖에 보이지 않을 만큼 희미하게밖에 노출되지 않았지만, 이대로 방치해둘 수 없는 사태가 일어났다는 것도 알았다.

(그건 코피가 아니었어.)

코에서 나는 피였지만, 낮의 그 출혈은 코피가 아니라 이 실리콘이 비강 점막을 뚫어서 흘러나온 피였다.

(분명 그거야.)

아베코는 거울 앞으로 스탠드를 가져왔다. 턱을 위로 들고, 스탠드로 콧구멍을 비추고 거울을 보았다. 하지만 콧구멍 속은 잘 보이지 않는다. 손가락으로 코를 위로 치켜드는 건 도저히 할 수 없었다. 그랬다가는 지금 간신히 코딱지만큼 돌출한 걸로 진정된 실리콘이 쑥 빠져나오지 않을까 하는 공포. 단순한 상상이 아니었다.

아베코의 입술은 보라색이 되었다. 쿵쿵쿵 맥박 뛰는 소리가 들릴 것 같을 정도로 고독했다.

(도와줘요……. 누군가 도와줘요…….)

실리콘이 돌출했다는 걸 안 이상 얼굴 전체를 움직이는 것조차 무섭다. 얼굴을 딱 고정시킨 채 아베코는 어깨조차 움직이지 않고 거울 앞을 떠났다.

도와주었으면 좋겠다. 하지만 누구에게 부탁할 수 있을까?

얼굴도 예쁘면서 전혀 잘난 척하지 않는다. 책임감이 있다. 남을 잘 돌본다. 교태를 부리지 않는다. 성실하다. 그렇게 평가하며 아베코를 좋아하던 백화점 동료들이 많아서, 달력에 사소한 약속을 잡아 넣으려고 하면 얼마든지 넣을 수 있었던 아베코였다. 그러나 수술 후에 일어난 아베코의 내면 변화가 그것을 허용하지 않았고, 성형 사실을 공공연히 밝힌 지금 아베코는 혼자였다.

시계를 본다. 7시 12분. 아베코는 얼굴이 움직이지 않도록 조심하면서, 전화기로 다가갔다. 전화를 거는 상대는 오소네. 그 사람밖에 생각나지 않았다.

(제발 있기를. 제발 있기를.)

간절히 기도하며 따르르릉, 따르르릉 신호가 가는 소리를 듣는다.

"예, 오소네입니다."

우산의 분해도를 그리고 있던 오소네는 전화기 가까이에 있었다.

"선생님…… 아, 다행이다……."

아베코는 사태의 해결보다도, 지금 느끼는 공포를 이야기할 수 있는 상대가 있다는 것에 안도했다.

"어쩐 일인가요?"

아베코의 숨소리에 비상이라는 것을 느낀 오소네는 의사다운 침착함으로 묻는다. 아베코는 현 상황을 이야기했다.

"그거 걱정이겠군요."

오소네는 당장 택시를 타고 자기 병원에 오라고 말해주었다.

*

수요일 밤. 오소네가 문을 열자, 아베코가 창백한 얼굴로 서 있었다. 오소네는 진찰하기 전에 그녀에게 물을 마시게 하고 안정을 취하도록 했다.

"당신이 전화로 말한 대로 그건 실리콘 보형물입니다."

오소네는 회전의자를 아베코 쪽으로 향했다.

"코수술은 두 번 했다고 했죠?"

"네. 두 번째는 스물다섯 살 때 했어요. 환절기가 되면 코가 시큰거려서 센트럴 성형외과 선생님에게 상담했더니, 선생님은 제 코를 손가락으로 만져보고……."

아베코는 부들부들 떨었다.

"만져보고?"

"앗 하고 작은 소리로 외쳤어요. 그리고 '아, 이건 보형물이네.'라고……. 저도 줄곧 이상하다고 느끼긴 했어요."

떨고 있는 아베코의 이야기를 듣고 의사인 오소네가 판단한 것은 다음과 같다.

첫 번째 수술 때 센트럴 성형외과의사는 실리콘을 제대로 주입하지 않았다.

융비술이라는 것은 애초에 미용성형외과에서만 쓰는 용어라고 할 수 있다. 사고나 재해, 병(매독 등), 코를 자르는 형벌, 고문 등으로 훼손된 코를 복구시키는 수술은 조비술造鼻術, 정비술整鼻術이라고 하여 성형외과에서 하는 치료 수술이다. 정상적인 코를 모양이 마음에 들지 않는다고 높이는 것만 융비술이라고 부르며, 일반 성형외과에서는 이 수술을 하지 않는다. 따라서 수술을 받는 사람은 정확하게는 환자가 아니다. 피수술자다.

이 피수술자를 침대에 눕히고 목에 높은 베개를 받친다. 그러면 의사는 피수술자의 콧구멍을 정면으로 볼 수가 있다. 정면으로 본 콧구멍은 마치 터널 같다. 이를테면 사람이 걸어서 통과할 수 있는 길이 20미터의 터널이라고 하자. 먼저 흙(표피)이 있고, 흙을 파고, 기둥(연골)을 만들고(통하고), 시멘트(세포 조직)를 바르고, 타일(손가락으로 건드릴 수 있는 콧구멍 안쪽 부분)을 붙이면 터널(콧구멍)이 생긴다. 이 터널의 바로 정면에 서 있는 것이 의사다. 의사는 터널에 들어가, 어두컴컴해진 2, 3미터쯤에서 멈춰 서서 천장을 올려다본다. 타일 천장은 아치를 그리고 있다. 이 아치를 절개한다. 절개한 부분에서 박리기剝離器를 넣어 갈고리로 낙엽을 긁듯이 시멘트(피하 조직)를 박리한다. 시멘트가 없어지고 기둥과의 사이에 공간이 생긴다. 그곳에 실리콘 보형물을 충진한다. 보형물의 실물은 금연파이프의 흡입구 부분을 떼고 남은 가늘고 긴 부분을 또다시 세로로 반으로 나누어 더욱 얇고 부드럽게 한 것으로, 모양은 'L' 자를 유선형으로 만든 것과 비슷하다. 이 보형물을 충진한 후 다시 아치를 봉합한다. 타일(콧구멍 안쪽)이 얼마 후에 붙으면 봉합실을 뺀다. 이것이 융비술이다.

센트럴 성형외과의사는 첫 번째 수술에서 터널의 출구 끝까지 보형물을 충진했다. 그래서 피수술자인 아베코가 코 옆을 만지면 작은 혹이 생긴 것처럼 느낀 것이다. 봉합 부분을 다시 절개한 두 번째 수술에서는 첫 번째보다 짧은 보형물을 충진했지만(그것도 유료로), 두 번의 절개로 힘이 없어졌거나 봉합 불충분으로 타일 부분이 공에 부딪힌 충격으로 깨져서 보형물 끝이 코딱지만큼 밖으로 나온 것이다.

"오소네 선생님, 어떻게 하면……. 저는 어떻게 하면 좋을까요?"

파랗게 질린 아베코는 도저히 스스로는 방법을 생각할 수 없었다.

"서둘러 처치하는 편이 좋겠지요. 내가 센트럴 성형외과에 전화를 해줄게요."

오소네는 전화번호를 찾아서 센트럴 성형외과에 전화를 했지만, 밝은 팝 음악을 배경으로,

센트럴 성형외과입니다. 전화 접수 시간이 끝났습니다. 내일 다시 걸어주십시오.

하는 자동응답 녹음이 흘러나올 뿐이다. 그래서 오소네는 목요일과 금요일에 오는 성형외과의사의 지인의 지인을 찾아서 다카자와의 자택에 전화를 걸었지만, 그는 누벨칼레도니에 가서 일본에 없었다. 귀국은 다음 달이라고 한다.

"할 수 없지. 센트럴에는 다른 선생님이라도 있겠지요. 내일 당장 사정을 이야기하러 가세요."

아베코에게 코 깁스를 해주고 그날 밤은 돌려보냈다.

그런데 다음 날 오전에, 아베코에게서 전화가 왔다. 냉담하기 그지없이 쫓겨났다고 한다.

'그런 건 당신 실수잖소. 당신의 사생활에서 일어난 실수잖아. 우리가 그렇게 주의를 주었는데. 뭐라 그랬어요? 당신 코와 턱에는 실리콘이 들어 있고, 눈도 눈두덩을 뒤에서 꿰매놓았으니 세심한 주의를 하라고 그랬잖아요!' 다카자와가 아닌 다른 의사가 호통을 쳤다.

'집도 신축보다 리모델링 쪽이 기술이 필요하기 때문에 돈이 더 들어요. 당신의 그거, 다시 하려면 새로 수술하는 게 아니라서 다른 어설픈 병원에선 턱도 없어요.' 또 다른 의사가 말했다.

'당신, 그런 식으로 클레임 걸듯이 말하니까 선생님 기분이 상한 거잖아요. 재수술하고 싶은데 좀 싸게 해주실 수 없을까요, 하고 좀 더 밝게 말해야지. 밝지 않으면 불행을 부른다고요. 기껏 예쁘게 해줬더니만. 다카자와 선생님 자택에까지 클레임 전화를 걸었다면서요? 선생님도 누벨칼레도니에서 국제전화로 화를 내셨다고요. 블랙리스트에 올라갔어요, 당신.' 간호사는 깔깔거리고 웃었다.

따라서 수술을 다시 하고 싶다면 마취비를 별도로 68만 엔 보내라.

우느라 불명확한 발음으로 띄엄띄엄 이야기하는 아베코의 전화를 요약하자면 센트럴 성형외과 쪽의 변명은 그랬다.

"말도 안 돼. 그렇게 뻔뻔스러울 수 있나……."

오소네는 분개를 넘어 아연할 수 밖에 없었다. 자신이 다시 전화를 걸어주겠다고 하는 오소네에게 아베코는,

"저 이제 센트럴에 가기 싫어요. 이제 성형은 싫어요……."

라고 말했다. 변명이 뻔뻔하고 어쩌고는 이 얼굴이 안전한 상태가 된 후에나 생각할 일이었다. 아베코는 회사에도 갈 수 없다고 울면서 말했다.

그래서 아베코는 오소네의 병원에서 수술하게 되었다. 집도의는 목요일과 금요일에 오는 43세의 의사다. 전에 가이코의 수술을 집도할 뻔했지만, 오소네의 중지 명령으로 메스를 들지 못한 채 돌아간 의사. 그때는 "선생님이 중지하라고 하신 이유를 잘 알겠습니다."라고 말했지만, 이번에는 아베코의 얼굴을 보고 "당장 수술을 하지 않고서야."라고 말했다.

"곧잘 성형외과에서 실수한 것을 재수술합니다만, 그녀석들이 정말로 어째서 이렇게 해놨을까 싶을 때가 많아요. 그런 곳에 또 우리 대학병원 인간이 아르바이트로 출장 수술을 하러 가기도 하죠. 성형업계에는 수술 대금과 내용을 규정하거나 윤리를 감시하는 정식 협회가 없으니까요. 크게 나누어 파벌이 두 그룹 있을 뿐. '책임'은 이 파벌의 틈새를 헤엄치고 다니죠."

수술실에 들어가기 전, 그는 한숨을 쉬었다. 그의 진찰과 센트럴 성형외과에 출장간 적이 있는 그의 지인의 정보에 따르면, 아베코는 고급 기술을 요하는 수술이라며 고액의 수술비를 받아냈음에도 불구하고, 얼굴을 작게 하는 골격 깎기는 하지 않고, 어금니를 상하 좌우 총 4개씩 뽑고 실리콘 플레이트를 턱에 충진하는 것으로 턱이 뾰족하고 얼굴이 갸름하게 보이도록 했다고 한다.

"부디 잘 부탁하네."

오소네도 한숨을 쉬었다.

수술에서는 코의 실리콘만 뽑는 게 아니라, 턱에 충진되어 있는 것도 뺀다. 가능한 한 원래의 얼굴로 해달라는 게 아베코의 희망이었다.

수요일 오후, 아베코는 운동장 철책을 들여다보고 있었다. 공이 날아와서 길 쪽으로 불거졌던 곳이 어딘지는 알 수 없었다. 그날부터 15번째 맞이하는 수요일이다.

해가 바뀐 운동장에서는 여러 명의 남학생이 마라톤을 하고 있었다.

(몇 바퀴를 돌려나.)

아베코는 그런 생각을 하며 기뻤다. 마라톤을 하는 학생을 보고 그저 마라톤을 하는구나라고만 생각하는 자신을 보고.

오소네의 병원에서 수술을 한 후, 코 모양의 실리콘 보형물을 뺀 아베코의 코는 낮아졌다. 턱도 역삼각형의 실리콘 플레이트를 빼서 얼굴 전체가 동그스름해졌다고 하면 동그스름해졌다. 눈도, 눈두덩 안쪽에 몇 군데 꿰맨 실을 빼서 작아졌다고 하면 작아졌지만, 희미하게 쌍꺼풀이 되었다고 하는 편이 옳다. 몇 년에 걸쳐 안쪽을 집어놓았기 때문에 실을 빼도 쌍꺼풀 선이 외겹이 되는 일은 없었다.

"원래의 얼굴로 돌려주세요."

그렇게 바란 아베코였지만, 턱 선을 예리하게 보이기 위해 관자놀이 위쪽 머리 속을 절개하여 얼굴 살을 끌어올린 페이스리프트만은 원래대로 돌아가지 않았다. 집도의와 오소네는 억지로라도 원래대로 하려면 피부 이식을 해야 하는 위험이 있다고 말했다.

"그러나 턱 선은 나이를 먹으면 싫어도 자연스럽게 처지니까요.

특히 당신의 경우는 그 사람처럼 마구 잡아당긴 게 아니고, 머리 속도 그렇게 옥죄지는 않았어요."

집도의는 동료가 출장 수술한 모 배우의 만신창이가 된 두피 상태를 예로 들며,

"수술하기 전의 얼굴 그대로 돌아가지는 않겠지만, 대충 돌아갔을 겁니다. 지속적으로 운동을 하거나 나이를 먹으면 얼굴 생김은 어떤 사람이어도 변하니까 그걸 생각하면 거의 돌아갔다고 해도 좋을 거예요."

아베코에게 거울을 건넸다. 그때는 마취로 부어 있어서 잘 몰랐던 아베코였지만, 부기가 빠지면서 집도의가 한 말이 거짓이 아니란 걸 알았다.

"가짜 코와 턱이 망가져서 난리도 아니었나 봐요. 그래서 장기 결근을 했대요."

"그거 완전히 호러네."

"허구의 얼굴이었지."

백화점 동료들이 우르르 몰려서 웃는 소리를 숨어서 들었고, 그들이 몰래 자기에게 붙인 '마담'이라는 별명이 대표적 성형 얼굴인 마담 가쓰라기에게서 따왔다는 것도 알았지만, 아베코는 그리 불쾌한 기분도 들지 않았다. 무서웠던 것은 사실이고, 가짜 얼굴인 것도 사실이다. 그들이 웃지 않을 수 없는 행위였으니까, 그녀가 그저 숨기기만 했으니까.

물론 출근해서 기분이 좋다고는 할 수 없었다. 아베코는 동서백화점을 그만두었다.

"화이팅."

아베코는 달려온 학생들에게 큰 소리로 말했다. 꼴찌로 가던 장
발 두세 명이 에헤헤 하고 웃으며 아베코에게 손을 흔들었다.

미카엘의 저울

Michael

빨간 벽돌 교사校舍를 따라 은행나무 가로수 길을 지나, 큰길이 나오는 오른쪽이 아니라 왼쪽으로 꺾어 그대로 교사 뒤로 돈다. 화단이 있고, 화단은 분수를 둘러싸고 있다. 꽃 이름을 기록한 팻말이 몇 갠가 흙에 꽂혀 있지만, 지금 피어 있는 것은 코스모스뿐이다. 따뜻한 겨울 탓인지 벌써 12월에 접어들었는데도, 그 여린 모습의 식물은 다른 이름표가 꽂힌 영역에까지 퍼져 있었다.

서른한 살의 가이코는 코스모스 앞에 서 있었다.

싫어, 이 꽃. 예전에는 그렇게 생각했었지만, 가이코는 그저,

(뭐야, 뒤쪽은 별거 없네.)

라고 느꼈다.

이 꽃은 히노다마 촌의 곳곳에 피어 있었다. 할아버지 집 밭에도.

가이코는 성형 전에 마을에 있던 시절, 곧잘 밭일을 도왔다.

"가이코, 무청이 풀에 섞이지 않도록 풀을 잘 뽑아."

할아버지의 말씀에 따라 심어놓은 뿌리채소에 다른 종류의 채소가 뒤섞이지 않도록 괭이질을 하여 풀을 뽑으면서 돌로 구역을 나누었다. 가을바람이 불 무렵에도 밭에는 큰 모기며 등에며 파리매가 있어서, 밀랍처럼 얇은 가이코의 피부를 일제히 공격했다. 시골 벌레는 옷 위로도 살을 찌르고 피를 빨았다. 가이코는 진흙이 낀 손톱으로 연신 온몸을 긁어야 했다. 초조했다. 종일 풀을 뽑아도, 풀 뽑기는 좀처럼 끝나지 않는다. 특히 코스모스. 낫으로 쳐도, 괭이로 때려도, 이 꽃은 다른 풀과 채소를 압도하며 서식 면적을 넓히며 자란다. 그 꽃은 너무나도 슬퍼 보이면서도, 끈질긴 생명력을 갖고 있다. 그런데도 꺾어서 꽃병에 꽂으면 금세 시들어버린다. 코스모스의 끈질김을 모르는 자는 그걸 보고서 가련하다고 속는다. 그래서 가이코는 코스모스를 싫어했다.

그러나 그런 날이 있었던 것을 이미 서른한 살의 가이코는 잊고 있었다. 그런 날의 광경을 떠올릴 수는 있어도, 그런 날에 무엇을 생각했는지 잊고 있었다.

그녀는 오늘 입학시험 치는 딸을 데리고 이 사립학교에 왔다. 딸은 이 학교의 유치원에 시험을 쳤다. 합격시키기 위해 1년 동안 유치원 · 초등학교 입시 전문 학원에도 보냈다.

학부모 면접이 끝나자, 복도와 대기실, 정문 현관에는 어느새 이 사립학교의 유치원부터 대학까지 나온 부모들이 동창회처럼 모여 떠들기 시작했다. 서로가 옛날 성을 부르며 현재의 재산을 거리낌 없이 자랑한다. 귀에 들어오는 옛날 성, 눈에 들어오는 얼굴 중에는 가이코가 대학 시절에 곧잘 어울린 사람도 있었다.

가이코는 성형 전의 얼굴을 아는 사람이 말을 거는 걸 피하려고, 시아버지의 피로를 걱정하는 척하며 그와 딸을 얼른 차에 태웠다.

"할아버지랑 키디랜드에 갈래."

딸이 시아버지에게 장난감을 사달라고 졸라서 두 사람을 먼저 차에 태워 보내고, 자기는 다른 차로 돌아가기로 했지만, 그 전에 문득 인적 없는 교사 뒤편을 걸어보고 싶었다.

가이코는 검붉은색의 코스모스 꽃을 골라서 뚝 꺾었다.

(만나봐야 다들 나이를 먹었을 테고, 얼굴이 전보다 예뻐졌다고 해봐야 '부자하고 결혼했구나, 외부 입학한 주제에' 정도로밖에 생각하지 않을 텐데. 그렇게 허둥댈 것도 없었는데.)

몹시 손해를 본 기분이 들었다. 손목시계를 본다. 2시 25분.

(아직 3시 30분이 되려면 멀었지만…….)

핸드백에서 휴대전화를 꺼내 치라 마사카즈에게 전화를 걸었다. 치라는 차고를 나오던 참이었다.

"어, 취소된 거야?"

세 살 연하인 치라는 약간 떼를 쓰는 기색을 보였다.

"반대야. 좀 빨리 만날 수 있나 해서."

"그런 거였어? 잘됐네. 지금 어디야?"

가이코가 학교 있는 곳을 가르쳐주자, 치라는 바로 데리러 가겠다고 했다.

"아냐, 그럴 순 없잖아. 잘 알면서."

왜 이 학교에 있는지 이유를 말한다.

"여기서 줄곧 기다리고 있을 수도 없고, 무엇보다 사람들 눈이 있잖아."

"그런가. 그렇구나."

치라는 유감스럽게, 그러나 딸의 수험장에 따라온 유부녀를 데려가는 나쁜 짓을 즐기듯이 말하며, 다른 약속 장소를 정했다.

"그럼 이따 봐."

끊으려고 하던 치라가 물었다.

"오늘, 기모노?"

"응?"

"면접이었잖아, 기모노 입고 있어? 그러면……."

그거 안 입었겠네, 하고 치라가 속삭였다.

"아이, 뭐야."

속삭이듯이 가이코도 부정했다.

"양장이야. 겔랑의 정장."

하앙, 하는 치라의 거친 숨소리가 가이코를 두근거리게 한다. 전화기를 가방에 넣고, 정문 쪽으로 가려고 몸을 틀었다.

가이코는 택시 안에서 코스모스를 아직 들고 있다는 사실을 깨닫고, 그걸 재떨이에 쑤셔 넣어버렸다. 치라하고 육체관계는 없다. 알게 된 걸로 하자면 1년, 친하게 지낸 걸로 하자면 2개월. 딸이 다니는 학원의 강사, 그가 치라다. 친하지만 섹스는 하지 않는다. 사람들 눈이 있어서 식사를 하는 것도 아니고, 술을 마시는 것도 아니지만, 언제나 차로 드라이브를 즐긴다. 그런 비밀스런 관계다.

약속 장소는 테라스로 되어 있다. 가이코는 치라에게 도로에서 클랙슨을 울리게 했다. 가이코가 차까지 가자, 치라는 차에서 내려

미카엘의 저울

가이코를 위해 문을 열었다. 치라는 아다보다 훨씬 키가 크다. 가이코 자신이 키가 커서, 키가 큰 남자 옆에 있으면 녹아버릴 것처럼 달콤한 기분이 든다. 가이코는 키가 작은 여자가 뻔뻔하게 키 큰 남자를 갈망하는 것이 용서가 되지 않는다. 키 작은 여자는 자기보다 키가 큰 남자를 얼마든지 찾을 수 있을 텐데, 키 큰 여자의 절실함을 전혀 모르고 마치 코스모스처럼 사정없이 키 큰 여자의 영역에 침입해온다. 용서할 수 없다.

그래서 가이코는 치라와 함께 차에 타고 있으면, 원래 자신의 영토였던 곳에서 침입자를 쫓아버린 듯한 상쾌한 기분이 든다. 아아, 고소하다. 그런 생각만으로 온몸이 뜨겁게 뒤틀린다.

"부두 쪽으로 가볼까?"

"응."

"해가 빨리 지는 계절이 됐네."

"그러게."

응, 그러게, 글쎄, 흐음. 가이코는 그걸 반복하기만 할 뿐인 대화를 기묘하다고도, 공허하다고도, 천박하다고도 느끼지 않는다. 헨리 벤델의 갈색과 흰색 줄무늬 포장지에 싸여 있어야만, 리본을 한 봉투에 들어 있어야만, 빗도 스카프도 넥타이도 가치가 있는 것이다. 포장지가 없으면 단순한 잡동사니가 아닌가.

치라는 바다가 보이는 곳에 차를 세웠다. 그들 말고도 여러 대의 차가 서 있다. 모두 남녀를 태운 차다.

"이런 데서 바다가 보이는구나."

가이코는 차 안에서 옆에 앉은 남자에게 이렇게 말한 적이 몇 번이나 있다.

"응."

치라도, 그때그때 만난 남자도, 옆자리 여자에게 몇 번이나 이렇게 대답한 적이 있을 것이다. 추석의, 설의, 연하장의, 식전 포도주 시음의, 무엇이 공허한가? 무엇이 천박한가? 무의미하다, 천박하다 하고 거기서 의미를 찾으면 불행해진다. 하물며 그것들의 어디가 불순한가? 매일 아침, 틀에 박힌 생활처럼 현관 앞에서 물을 뿌리는 늙은 여자는 성실하고, 바다 옆에서 틀에 박힌 대사를 말하는 유부녀는 불성실한가?

치라는 가이코의 몸에 팔을 두르고 입술을 막는다. 가이코는 안 돼, 하면서도 치라가 시트를 눕히기 편하도록 엉덩이를 들어준다.

(물을 뿌리는 늙은 여자도 조금만 더 젊은 피부와 활력을 되찾는다면, 나하고 같은 짓을 할 게 뻔해.)

사파이어를 욕심내는 자는 타인도 그 돌을 갖고 싶어할 거라고 생각한다. 난초를 욕심내는 자는 타인도 그 꽃에 반할 거라고 생각한다. 유명 제조 회사의 구두를 10만 엔이나 주고 사는 자는 설마 고서를 같은 값으로 사는 자가 존재한다는 것을 상상조차 못한다. 사파이어를 욕심내는 자는 난초를 욕심내는 자가 사파이어는 필요 없다고 하면 거짓말이라고 생각한다.

가이코는 그 여자가 거짓말을 하는 거라고 생각한다. 그 여자. 아다에게 도라지꽃 엽서를 보낸 여자. 아다는 부정했지만, 가이코는 훗날 여자를 만났다.

"언제부터죠?"

가이코가 단도직입적으로 물었다.

"4월부터예요. 내가 희망했어요. 미안합니다, 먼저 인사도 하지 않고. 미타라이 선생님, 아시죠? 결혼식에서 축가를 부른 사람. 미타라이 선생님의 세미나 때 특임으로 오신 혼다 선생님이 가나가와 쪽으로 오면 어떻겠냐고 해서서, 나이토 치과에는 미타라이 선생님 강의를 듣던 사람이 많기 때문이겠지만, 나도 그렇게 생각해서요. 오사키는 임상 일로……."

"내가 모르는 고유명사 나열은 됐어요."

가이코는 여자가 언제부터 가나가와 치과대학으로 옮겼는가 하는 질문으로 받아들인 척하고 있다고 생각했다. 아다와의 일을 다시 질문했다.

"네?"

여자는 주문한 음료수 잔에 장식된 앵두를 입에 넣으며, 그 꼭지를 바보처럼 입술 끝에 내놓은 채 가이코를 보았다. 그리고 깔깔깔 웃었다.

"어머나, 그런 거 아니에요. 어머, 사모님도."

여자는 아다와의 관계를 부정하고, 전화를 걸지 않게 된 것은 아기가 태어났기 때문이라고 했다.

"겨우 잠든 아기를 깨울지도 모르잖아요. 오사키는 그런 것에 전혀 둔감해서 문제예요. 만나면 꼭 취하도록 마셔서 상담이 되지 않아요. 난 술을 못 마셔서 안 되겠더라구요. 그래서 하나이에게."

그것이 가이코의 오해를 낳았다면 사과한다고 머리를 숙였다. 피아제 시계가 소맷자락 사이에서 반짝거린다.

"멋진 시계네요."

"이거요? 이런 건 홍콩 노점상에서 2980엔이면 사요. 문자판 색
깔이 다른 걸로 한 개 더 있는데 드릴까요?"

"됐습니다."

가이코는 노골적으로 불쾌한 얼굴을 했다. 2980엔짜리 가짜를 주
겠다고 하는 제안보다 그런 가짜를 손목에 끼고 희희낙락 태연한
이 여자의 정신 상태가 의심스러웠다.

"그렇지만 정말 하나이에게는 신세를 졌어요. 혼다 선생님 병원
에 무리해서 빈자리를 만들어주고. 신세도 많이 졌는데 그런 고급
스런 곳에서 저녁까지 사주어서……. 그런 엽서 한 장으로는 인사
가 되지 않았을 거예요. 죄송합니다. 좀 더 제대로 답례를 하겠습
니다."

오해를 하게 해서 가이코의 가슴을 아프게 한 것에 대한 사과도
겸하여, 나중에 답례품을 보내겠다고 했다. 일주일 정도 후에 여자
에게서 커다란 상자가 배달되었다. 큰 상자 속에는 몇 겹이나 충격
흡수 시트로 감싼 작은 상자가 들어 있고, 작은 상자에는 종이 띠에
'감사'라고 붓글씨로 적혀 있었다. 상자 속에서 모형 로봇 같은 것
이 나왔다.

지난번에는 정말로 신세를 많이 졌습니다. 자쿠와 돔 어느 쪽으로
할까 고민했지만, 돔으로 합니다. 보냅니다!

로봇에 첨부한 카드에 적혀 있는 말은 가이코에게는 전혀 의미

불명이었다. 상자 뒤에 붙어 있는 가격표의 ￥7,800이라는 숫자도 영문을 알 수 없게 했다. 가이코는 이 정체 모를 선물을 딸의 옷장 속에 처박았다. 언젠가 남편의 꼬리를 잡았을 때 따져야지 하고 적당한 틈을 보는 사이에 말할 기회를 놓쳤다. 딸의 교재를 찾던 차에 치라에게 보여주었다.

유명한 애니메이션에 등장하는 로봇 모형이라고 하며,

"반역을 일으키는 쪽의 인물입니다. 프리미엄이 붙어서 비싸졌어요."

하고 치라가 흥미를 보여서 그건 그에게 주었다. 그것이 치라와 친해지게 된 계기다.

가이코는 치라에게 가슴을 만지게 하면서 생각한다. 그 여자가 애니메이션 로봇을 선물한 건 자신을 무시한 거라고.

(그 숫자는 로봇의 가격이 아냐. 그까짓 로봇이 그렇게 비쌀 리가 없어. 그 여자는 마지막까지 시치미를 떼고 있어.)

그렇다면 자신이 아다가 아닌 다른 남자에게 가슴을 만지게 하든, 핥게 하든, 자신에게는 이런 행동할 권리가 있다. 가이코는 치라의 목을 껴안았다. 치라는 가이코의 팬티를 내리고 성기에 손가락을 넣는다. 가이코는 엉덩이를 흔들며 소리를 낸다. 치라는 자신의 성기를 삽입해도 좋을지 물었지만, 가이코는 치라의 턱에 입술을 대고 안 돼, 안 돼 하고 말했다. 가이코는 정말로 안 된다고 생각하고 있다. 기교로 하는 거부가 아니다. 치라는 가이코의 입에 성기를 넣었다. 가이코는 그것을 빼고, 치라는 정액을 가이코의 입에 분출했다.

치라와는 섹스하지 않았다. 남편을 배신하지는 않았다. 가이코는 진심으로 그렇게 생각했다.

도쿄 만 부근에서 차를 달려 집에서 제일 가까운 역에서 전철로 귀가했다. 아사마 산장 사건(1972년, 공산주의를 표방하는 일본의 연합적군파와 경찰이 극렬하게 대립했던 사건—옮긴이)을 다룬 책, 사실과 다르다/사카구치 피고가/ 제소하다. 가이코는 아직 뜨거움이 남은 몸을 좌석 등받이에 기댄 채 옆자리 승객이 읽고 있는 신문의 머리기사를 멍하니 보았다. 1996년 12월 10일. 화요일.

*

같은 해 12월 4일, 오후 2시. 서른한 살의 아베코는 방에서 오소네와 요세를 기다렸다.

어젯밤, 오소네와 만날 약속을 한 뒤에 요세에게서 전화가 왔다. 아베코는 다른 날을 제안하면서 오소네에게 얼마나 많은 신세를 졌는지 전했다. 그러자 요세가 오소네도 만나고 싶다고 말해서, 아베코의 방에서 만나게 된 것이다.

아베코는 동서백화점을 그만둔 후, 구인잡지에서 찾은 디자인 사무실에 근무하고 있었다. 유명한 디자이너의 이름이 사무실 앞머리에 붙어 있었지만, 말하자면 봉제 공장이다. 컬렉션 발표회를 위한 옷을 디자인 그림과 형지型紙에 따라서 봉제하는 곳. 그곳에서 보조적인 봉제 부분만 맡고 있었다. 수예부였던 아베코는 재봉틀을 돌리는 것이 적성에 맞았다. 재수술 때 접합 부분의 부기와 통증은 완전히 가셨다.

"잘 오셨습니다."

"잘 오셨습니다."

아래층에서 리누의 큰 소리가 들렸다. 아베코는 계단을 내려가 오소네를 맞이했다. 거의 동시에 요세도 문을 열었다.

"이거, 나중에 저 할머니에게 전해줄래?"

요세는 귤 봉지를 8조 방 구석에 놓았다. 유행하는 인디오풍의 뜨개모자를 쓴 요세는 전보다 젊어 보인다.

"고마워."

"참 귀여운 부인이군요."

오소네는 여전히 싱싱하다. 주름도 깊고 머리카락도 흰데, 그가 발산하는 공기가 싱싱하다. '선생님, 재혼 상대로 어떠세요?' 라고 말하는 요세의 농담에 수줍어했다.

"할머니는 세입자인 제가 불편할까 봐 잘 안 마주치도록 배려해 주세요. 그래선지 제 얼굴에 변화를 느끼지 못한 것 같아요. 처음에는 눈치는 챘지만, 말씀을 안 하는 줄 알았는데요. 정말 눈치채지 못하신 것 같아요. 안경을 낀 할머니와 얼굴을 마주친 것은 불과 몇 번, 짧은 시간이었고, 나중에는 항상 제가 고개를 숙이고 있어서……."

아베코가 말하자, 요세는 물끄러미 그녀의 얼굴을 보았다.

"예뻐졌네."

요세는 잠자코 있는 아베코에게 한 번 더 되풀이한다.

"전의 얼굴도 예뻤어. 정말이야. 그렇지만 전의 얼굴은, 그렇지,

본인이 전해주는 사진이었어."

"본인이 건네주는 사진?"

"응. 남자나 여자나 그 사람의 사진이 필요할 때가 있잖아. 맞선이나 회사의 사보에 싣거나, 이메일 펜팔 상대에 보내거나. 그럴 때 그 사람은 자신이 마음에 드는 사진, 본인이 예쁘게 찍혔다거나 멋있게 찍혔다고 생각하는 사진을 주잖아. 확실히 그 사진이 예쁠진 모르지만, 그 사람의 앨범에는 대개 더 좋은 사진이 있어. 그 사진으로 하라고 옆에서 말해도 본인은 '에이, 이런 걸' 하지. 전의 얼굴은 본인이 준 사진이고, 지금의 얼굴은 더 좋은 사진."

"오, 요세. 멋진 말 하네."

아베코가 아니라 오소네가 무릎을 쳤다.

"정말입니다. 정말로 아베코는 예뻐졌어요. 본인이 주는 사진은 말이죠. 어떤 사진인가 하면 본인의 콤플렉스를 촬영 각도나 빛의 가감 같은 걸 수정액으로 하여 지운 사진입니다. 본인 이외에 본인을 사랑하는 사람이 고른 사진은 본인의 콤플렉스가 나타난 사진입니다. 본인의 콤플렉스가 나타나 있지만, 그 콤플렉스를 별나게 강조도 하지 않고, 그렇다고 해서 가리지도 않고 자연스럽게 나타내서 본인이 보면 '에이, 이런 걸' 하지만, 본인 이외에게는 그 본인에게밖에 없는 음영이 나타나 있는 참으로 좋은 사진으로 보이죠."

아베코의 얼굴에서는 실리콘과 쌍꺼풀 봉합 실이 빠져나가 원래의 얼굴이 되었지만, 그러나 원래의 얼굴과는 조금 다르다. 오소네가 말했다.

"미치요처럼 미인이 됐어요……."

아, 미치요는 죽은 처입니다. 아베코는 오소네가 요세에게 설명을 하고, 요세가 예 하고 고개를 끄덕이는 것을 성화聖畵를 보듯이 보았다.

그리고 요세가 갖고 온 폴리에틸렌 봉지를 세 개의 방석 중앙에 놓았다.

"자, 귤을 먹읍시다."

아베코와 오소네는 귤을 먹었지만, 요세는 먹지 않는다.

"모치즈키."

요세가 말했다. 그리고 인디오풍의 손뜨개 모자를 벗었다. 머리숱이 적다. 정수리의 머리가.

"전에 여기 왔을 때, 나 가발을 쓰고 있었어."

푹 뒤집어쓰는 가발이 아니라, 아직 남아 있는 머리 여기저기에 인공 머리카락을 핀으로 고정시키는 가발을 사용했다고 한다.

"회사를 그만둘 때, 이제 예전의 내 머리를 아는 사람을 만날 일이 없겠지 하고 특별 주문으로 만들었어. 그런데 싫더라. 뭐가 싫었는지는 몰라. 그렇지만 싫더라고. 모치즈키를 만났을 때 알았어. 모치즈키라면 뭐가 싫었는지 알겠지?

사람들은 머리가 벗겨진 남자의 우울함보다 여자와 강물에 뛰어들어 동반 자살한 남자의 고뇌가 더 심각하다고 생각하지. 그러니까 어떡하든 대머리를 감춰야 한다, 아니, 대머리 때문에 고민하고 있다는 걸 감춰야 한다. 그건 이미 협박이었어."

스트레스로 머리가 더 벗겨지지 뭐야, 하고 요세는 웃었다.

아베코는 눈을 크게 떴다.

그 웃음은 상쾌한 가벼움으로, 자조를 띤 웃음이 아니었다. 요세가 말한 '본인이 건네주는 사진'이 아닌 사진처럼 콤플렉스에서 눈을 돌리지 않고, 그러나 강조하지도 않고 그대로 어깨에 실린 가벼움은 뒤끝 없이 상쾌했다.

"전에 왔을 때, 목구멍까지 가발 이야기가 나왔어."

요세는 말을 계속한다. 그걸 말하지 못한 것은 성형보다 가발 쪽이 우스꽝스럽기 때문이다. 사랑의 불모를, 생이별한 부모의 모습을, 헌법 9조의 시비를, 남자의 우울을, 여자의 우울을 한탄할 때 거기에는 우스꽝스러움이 없다. 없기 때문에 한탄과 슬픔은 다른 사람에게, 한탄과 슬픔 그대로 전파된다.

"몬태규 가의 남자와는 사랑을 허락할 수 없다는 말을 들은 아가씨의 슬픔은 고급스런 눈물이 되어도, 사랑하는 남자 앞에 서면 상대에 대한 눈물겹기까지 한 배려에서 오는 극도의 긴장으로 꼭 방귀를 뀌는 아가씨의 슬픔은 저급한 웃음거리가 되지. 그러나 나는 후자인 아가씨의 슬픔 쪽이 훨씬 슬프다고 생각해. 캐퓰릿 가의 딸은 유모에게, 친구에게, 그리고 당사자인 사랑의 상대에게 슬픔을 이야기할 수 있지만, 후자인 아가씨는 누구에게도 이야기할 수 없어. 이야기하면 그건 슬플 가치가 없는 하등 웃음거리가 되니까."

편도선의 아픔으로 눈물 흘리는 자와 촌충의 기생으로 눈물 흘리는 자. 자신의 시정詩情이 깊음에 버거워서 우울해하는 자와 머리가 벗겨진 걸로 우울한 자. 어느 쪽이 끔찍할 정도의 우스꽝스러움을 짊어져야 하는지.

"메스로 얼굴을 바꾼 여자의 불안보다도 벗겨진 머리를 감추는

남자의 불안이 우스꽝스럽지. 나는 도저히 그 우스꽝스러움을 정면
으로 받아들일 자신이 없었어, 그때.”

하지만, 그다음 날부터 요세는 가발을 그만 쓰기로 했다.

“이렇게 간단했나 싶더라고. 그러나 가발을 쓰는 것이 싫으면 안
쓰면 된다는 걸 모치즈키를 만날 때까지 깨닫지 못했어. 그렇게 간
단한 걸.”

오늘 쓴 모자는 손뜨개여서 특별히 쓰고 왔다고 했다. 재취업한
외국계 보험회사에서 만나게 된 애인이 떠주었다고 한다.

“바람도 잘 통하고 따뜻해서 쓰고 있다는 느낌이 별로 안 들어.”

“잘됐네, 요세. 너무 잘됐다.”

아베코는 주인 할머니처럼 같은 말을 되풀이했다. 애인이 생겨서
머리숱이 적은 걸 걱정하지 않게 된 게 아니고, 머리숱이 적은 걸
걱정하지 않게 된 후 애인이 생긴 것도 아니고, 머리숱이 적은 것을
걱정하고 있다는 사실을 걱정하지 않게 된 후에 애인이 생긴 거라
고 생각한다. 우는 것보다 웃는 것, 울리는 것보다 웃기는 것이 훨
씬 아름답다.

가을 하늘에는 석양이 장엄하게 지기 시작하여 세 사람의 얼굴을
비추었다.

“서향인 방에서 저는 곧잘 뜨개질과 다림질을 했어요.”

아베코는 오소네와 요세에게 히노다마 촌 집의 처마에 달린 감과
논과 아버지 이야기를 했다.

심장이 나빠지기 전 아버지는 언제나 아침 일찍 논에 나갔다. 오
빠가 나이가 들자 오빠와 함께 나갔다. 그리고 집에 돌아오면 술을

마시고 바로 잤다.

"아버지가 심장이 나빠진 후로 저는 Q시에서 하숙을 하고 있어서, 제 기억에 있는 아버지는 거의 자는 얼굴이에요."

"졸업식 날 돌아가셨지, 아마."

요세가 조전弔電과 조화를 보내주었다.

"응."

아침에 우선 일어나서 아침을 먹고, 신문을 읽고, 평소 같으면 좌식 의자에 앉아 텔레비전을 보고 있었을 텐데, 그날은 어째선지 아직 졸리다 하면서 잤어. 그리고 점심 먹으라고 갔더니 죽어 있지 뭐냐.

졸업식에서 돌아온 아베코에게 엄마와 오빠가 그렇게 말해주었다.

(그날, 나는 무엇을 느꼈을까?)

귤껍질을 까는 아베코의 수술 전 자아에 대한 기억은 희박하여, 아버지가 괴로워하지 않고 잠들 듯이 돌아가시길 잘했다고 생각한 것밖에 기억나지 않는다.

그래, 네 아버지는 논을 갈고, 벼의 상태를 보고, 그런 것만 좋아하는 사람이었으니, 그런 즐거움 없이 집 안에 누워 있기만 한 건 즐겁지 않았을 거야. 큰엄마가 장례식 때 그렇게 말했다.

"저는요. 성형을 한 후 한동안 인테리어나 식기, 잡화에 빠진 사람들에게 묻고 싶어서 견딜 수 없었어요. 그렇게 비싸고 예쁜 커튼을 달고, 소파를 놓고, 그렇게 예쁜 테이블에서 그렇게 예쁜 머그컵으로, 그렇게 예쁜 스푼으로, 그렇게 예쁜 통에 든 홍차를 마시는 당신은 자신의 얼굴이 거기에 어울릴까 하는 의심을 해본 적 없어요? 내 얼굴도 예쁘게 다시 바꿔야겠다는 생각 안 했어요? 하고. 분수도 모르고 가구나 소품에 빠져 있다는 생각을 떨칠 수 없는 거예요. 그러나.”

분수라고 하면, 그럼 만약에 로또에 당첨되어 그 돈을 밑천으로 주식을 해 돈을 불려 궁전이나 성 같은 집을 손에 넣고, 그 집에 어울리는 가구와 식기, 장식품을 손에 넣고, 얼굴도 예쁘게 고친다고 치자. 그러면 이 사람은 인문, 과학, 문화, 예술, 어학, 사교, 그리고 운동, 모든 능력이 뛰어나지 않으면 안 된다. 그러지 않으면 어울리지 않는다.

그래서 필사의 노력을 하여 그런 걸 익혔다고 하자. 그래도 이 사람은 여전히 ‘어울리지 않을’ 것이다. 왜냐하면 로또에 당첨되지 않고, 성형하지 않고, 또 노력하지 않고, 자신과 같은 외모와 집과 지성과 체력을 소유하고 태어난 사람 앞에서 이 사람은 굴복하는 비루함을 갖추게 되기 때문이다.

그러나 이 사람이 굴복한 그 사람은 지상의 행복을 얻었을까. 그 자의 내부는 넓고 평평하여 새처럼 감정의 기복이 없다. 양처럼 감정의 그늘이 없다. 행복이란 걸 모르는 불행한 사람인 채로 죽음에 이를 것이다.

“아버지는 행복했을 거라고 생각해요.”

아베코는 석양이 짙게 물든 하늘을 보며 생각한다. 그는 충족했을 거라고. 마태오는 사람들에게 전도했다. ‘공중의 새들을 보아라. 새들은 씨를 뿌리거나 거두거나 곳간에 모아들이지 않아도 하늘에 계신 너희 아버지께서 먹여주신다.’

"저는 수예와 양재를 잘해서 고등학생 때도 지금의 직장에서도 칭찬을 받고 있어요. 너무 기뻐요. 재봉틀을 돌리는 것이 정말로 즐겁고, 그런 재주를 주신 신에게 고맙다고 미소 지을 수 있어서 행복해요."

아베코는 다섯 개째의 귤을 들고, 그걸로 뺨을 톡톡 때렸다. 귤을 빨리 먹네. 요세는 말하며 입 꼬리를 올렸다. 오소네도 역시.

5

황야의 미녀

1998년 5월. 아베코는 재봉틀 앞에 니트를 펼쳐놓고 거기에 빠져 있었다. 라디오에서는 딕시랜드풍의 시끄러운 음악이 흐르고 있다.

"여기 놔둬도 되냐고 묻고 있습니다."

리누의 목소리가 바로 귀 뒤에서 들렸다. 아베코는 앗 하고 놀라서 돌아보았다. 보청기를 낀 리누와 그녀의 아들이 서 있다.

"아, 깜짝이야. 놀라게 하지 마세요. 언제 돌아오셨어요?"

"언제 돌아오신 게 아니에요. 나도 아들도 몇 번이나 물었는데, 전혀 모르더군요. 봐요, 이걸로 괜찮겠어요?"

리누는 아들이 가져온 5단 서랍장을 가리켰다.

"예, 좋아요. 고맙습니다. 손님의 주문을 카드처럼 정리하기에 편리하겠어요."

서랍장은 아베코가 부탁해서 두 사람이 사다 준 물건이다.

"입구에서도 이봐요 하고 불렀답니다."

성형미인

·

여기서도, 저기서도, 하고 리누는 전 긴다이 양장점의 여기저기를 가리키며,

"내 귀가 먼 게 옳은 게 아닐까요?"

얼굴을 마구 구긴 채 웃었다.

"이 터틀넥을 어떻게 하면 멋있게 날개 칼라로 만들 수 있을까 궁리하느라고요."

아베코는 오전 중에 온 손님이 맡겨놓고 간 니트를 보여주었다.

"아하, 이 긴 니트의……."

리누는 안경을 다시 끼고 천을 재봉틀 대 위에 펼쳤다.

"이 뜨개는 자르면 풀어지니까요, 굵은 실로 꿰매서 굵은 실이 오히려 장식처럼 보이게 해서 독특한 테일러 컬러로 하는 편이 멋있을 거예요."

"아, 과연. 그렇군요, 그런 방법이 있었군요."

아베코와 리누는 이마를 맞대고 니트를 들여다본다. 아들은 서랍장에 감긴 끈을 자른 후, 쓰레기통 앞에서 그만 돌아가겠다고 리누와 아베코에게 말했다.

"아, 그 끈 주세요."

아베코가 아들 쪽으로 손을 내민다.

"이렇게 잘린 곳을 묶어서 한 줄로 만들어 둘둘 감아두면 나중에 또 쓸 수 있거든요."

실을 다 쓴 종이심에 끈을 둘둘 말았다. 그러자 리누가 마찬가지로 그렇게 말아둔 끈이 몇 개 든 봉지를 아베코에게 주고, 아베코는 거기에 끈을 넣고, 다시 리누가 봉지를 원래대로 돌려놓고, 또다시

두 사람은 니트에 열중한다.

리누의 아들이 나갔는데, 리누도 아베코도 알아차리지 못했다.

긴다이 양장점을 "청소를 좀 하고, 수선 가게로 하면 어떨까?"라는 아이디어를 낸 것은 리누였다. 기성복 치수를 고치거나 낡은 디자인을 새롭게 리폼하는 걸 전문으로 하는 가게. 전면적으로 원룸 맨션으로 새로 짓자는 이야기도 나왔지만 자금 면에서 무리였다. 리누에게는 목돈이 없었다.

아베코에게도 돈은 없었다. 그래서 퇴근 후에 리누와 함께 청소를 하고, 휴일에는 옛날에 문화제 때처럼 요세와 요세 약혼자의 도움으로 페인트를 칠하고, 벽지를 바르고, 간판을 만들었다. 그것이 이 긴다이 수선집이다. 원래 양장점이었던 탓에 전동은 아니지만 재봉틀도 남아 있어서 수선 전문점을 하기에는 안성맞춤의 장소였다.

한동안은 봉제 공장의 휴일인 주말에만 개점했지만, 예상 외로 손님이 많아서 큰마음 먹고 사표를 낸 아베코였다.

"손님이 꽤 와요."

아베코는 리누에게 주문 전표 다발을 보였다.

"네. 정말 잘됐어요. 이런 게 도움이 되면 좋을 텐데. 찢어진 곳이며 더러워진 곳을 감추는 방법 같은 게."

리누는 아베코에게 두꺼운 공책을 보였다. 다양한 자수 견본이 붙어 있다. 이미 몇 번이나 본 공책이긴 했지만, 아무리 봐도 아름답고 질리지 않는다. 시대를 느끼게 하는 오래된 도안에는 신선한 애교가 있고, 시대와 무관하게 호응을 받는 도안에는 품위가 있었다.

"나는 돕지 않을 거니까요. 아베코 씨가 하시도록."

한 차례 아베코와 이야기를 나누자, 리누는 안경과 보청기를 빼고 안방으로 들어가면서 말했다.

*

같은 해 6월. 가이코는 184(발신번호가 표시되지 않게 해준다—옮긴이)를 누른 후 치라의 집에 전화를 걸었다.

“…….”

이제 상대 쪽에서는 아무 말도 하지 않는다. 가이코도 자기 이름을 말하지 않는 전화를 이미 세 번째 걸고 있기 때문이다. 서로 한마디도 하지 않는 전화는 치라의 아내와 가이코를 계속 연결하고 있다.

가이코는 전화 저편에서 도로를 지나가는 차 소리를 듣는다. 이 여자. 대체 어떤 여자일까? 치라는 스물여섯 살이라고 말했다. 스물여섯. 그렇다면 서른인 여자와 별로 차이가 없다. 분명 걸핏하면 20대라는 것을 강조할 것이다. 강조한다는 자체가 이미 젊지 않다는 증거라는 것을 알지 못하는 둔감한 여자임에 틀림없다. 가이코는 본 적도 없는 치라의 아내를 만들어내고, 만들어낸 상像을 증오했다.

뚝 하고 전화가 끊긴다. 이쪽이 아무 잘못도 안 했는데 무례한 짓을 하여 가이코도 내동댕이치듯이 수화기를 내려놓았다.

“둔감한 년.”

가이코는 전화에 대고 욕을 했다. 둔감. 가이코는 그것이 어떤 것인지 무시하는 강인함을 손에 넣고 있었다. ‘계획’은 완수되었다.

“이런 짓, 이제 그만두자.”

도쿄 만 부근에 간 후 1개월 뒤에 치라가 말했다.

"바보 같잖아."

아베코는 육체관계가 있는 것도 아닌 남자에게 바보 같다는 말을 들을 짓을 한 기억이 없었다.

"왜 바보 같다는 거야?"

"왜라니……. 바보 같으니까."

그대로 입을 다무는 것이 시적이고 지적인 남자다움이라고 믿고 있는 치라는 '계획' 따위가 필요 없는 가이코 이상으로 강인한 남자였다.

치라는 이제 그만두자고 말한 날에도 차에서 가이코를 내려줄 때 한 손을 들었다. 그럼 잘 지내.

치라와의 관계는 그렇게 끝났지만, 어제 학원에 초등학생 학력 강화 코스 신청 수속을 하러 갔다가 로비에서 그를 만났다. 그때 그에게서 결혼했다는 이야기를 들었다. 그래, 축하해. 가이코는 치라에게 그야말로 쌀쌀맞게 말한 것으로 만족했다.

그런 가이코가 치라의 아내에게 무언의 전화를 건 것은 학원에서 화장실에 들어갔기 때문이다. 가이코는 여직원 같은 두 사람이 쿡쿡 웃는 소리를 화장실에서 들었다. 키높이 구두의 치라 선생님. 결혼해도 옥외 플레이를 할지 몰라. 그녀들은 치라가 절대 구두를 벗지 않는 사실을 갖고 큰 소리로 웃었다. 그것은 자신에게 보내는 조소처럼 가이코를 부끄럽게 했다.

'속았어!'

'계획' 완수 후의 자존심에 똥물을 맞았다.

화가 난 가이코는 밖에서 돌아온 딸에게 신발을 벗는 법이 잘못

됐다고 소리 질렀다. 밤 9시에 본가에서 돌아온 아다에게 가족 간에 대화가 없다고 소리 질렀다. 아다는 혀를 차며 딸과 욕실에 들어갔다. 가이코는 치라에게도 아다에게도 딸에게도 배신당한 심정에, 한참 동안 베란다에서 울었다. 왜 자신만 손해를 본 것일까? 신비로 우면서도 자연스러운 눈물은 6월의 가랑비처럼 가이코의 뺨을 타고 흘렀다.

*

같은 해 7월. 센트럴 성형외과가 고소당했다.

얼굴을 작게 하는 수술을 한 여성은 수술시, 귀 주변에 있는 안면 근육 운동을 담당한 신경을 다쳐, 그 결과 안면 근육을 균형 있게 지탱하질 못해 지진으로 엇갈린 지층처럼 얼굴의 형상이 좌우 따로 따로가 되었다. 당연히 입과 입 주위의 근육도 조절하지 못해, 웃을 수 없을 뿐만 아니라, 음식을 먹어도 물을 마셔도 입 가장자리로 줄 줄 흘린다.

무서운 뉴스를 〈와이드 쇼〉 진행자가 읽는 것을 들은 후, 오소네 는 가이코와 함께 스메미마 공원을 걸었다.

나쁜 남자를 응징하기 위해 예쁜 피부와

칠흑 같은 머리카락을 갖고 태어났네

오소네는 예전에 가이코와 처음 만난 날, 이 자갈돌 깔린 좁은 길을 역시 몇 걸음 뒤처져서 걷던 기억을 떠올린다. 그 무렵 가이코는 빛이 날 만큼 아름다웠다.

(왜 이렇게 된 거지?)

오소네는 볼 때마다 성형 후의 가이코에게 낙담한다. 그녀의 성형은 운 좋게 아베코나 〈와이드 쇼〉 뉴스 같은 말썽 없이 제대로 자리잡았지만, 세월이 흘러 자리를 잡으면 잡을수록 오소네의 낙담이 더해가는 것 같다.

"어때요, 선생님? 누구 괜찮은 사람 있어요?"

가이코는 오소네를 돌아보았다.

"아니, 없어요."

가이코는 실력 좋은 세무사가 없는가 하고 오소네를 찾아왔다.

"지금 있는 세무사는 시어머니 대부터 있던 사람인데, 시어머니의 입김이 들어가서 왠지 싫어요."

같은 말을 또 하고 있다. 아마 오소네의 지인 중에 세무사가 있을 거라 기대하고 찾아온 게 아니라, 이상한 분노를 호소하러 온 것이리라. 오소네는 그녀의 분노가 신기할 따름이다.

세무사에 대해서도 어째서 선대부터 일해온 사람을 싫어하는지 모르겠다.

"그 사람은 무슨 말만 하면 시집에 가서 시어머니랑 둘이 내 욕을 해요."

"그렇지만 당신은 동행하지 않았으니 욕하는 걸 들은 건 아니잖아요?"

"그럴 게 뻔해요. 마더 콤플렉스예요, 그 사람."

그다음은 길게 시어머니와 아다의 흉, 타인이 소유하고 있는 귀금속, 장식품 흉. 오소네는 실망하여 예전에 애늙은이 같다고 할 정도로 고지식한 말투를 쓰던 아름다운 가이코를 그리워한다.

"'바보 같잖아' 라니. 뭐가, '같잖아' 야. 자기가 더 바보 같은 주제에. 치라라는 인간."

"치라?"

"그런 남자가 있어요."

가이코는 야단치듯이 오소네에게 말한다.

"그 인간, 몰래 키높이 구두를 신어서 키가 커 보이게 하고, 교활해요. 그것도 작은 주제에. 작아서 테크닉으로 때우려고 했는지도 모르지."

허, 하고 웃은 뒤, 그 뒤를 잇는 구체적인 성적 욕설은 차마 듣기 괴로웠다. 민망하다기보다 슬퍼서 가슴이 아팠다. 어째서 자기가 항상 남자의 밥값을 내게 되는지 그 수수께끼를 풀고자 하던 예전의 아름다운 가이코는 이제 자기의 육체에 대해서도 반성하는 법이 없다.

"그런 말을 하면 안 돼요."

오소네는 가이코의 변화에 대해서도, 치라라는 남자의 약해빠진 겉꾸미기에 대해서도 가슴이 아팠다.

"완벽한 사람은 이 세상에 없는 거예요. 누가 신과 같겠어요."

가이코는 사람의 혹은 사물의 불완전한 부분, 좋지 않은 부분에만 눈을 돌린다. 성형 전부터 그랬다. 성형과 '계획' 은 그저 그녀의 그 쓸쓸한 버릇을 자신에게가 아니라 타인에게 향하도록 비열하게 변화시킨 것뿐이다.

"뭐예요, 선생님. 제가 무슨 죄를 졌다는 거예요. 어째서 제가 자책하는 인생을 보내야 하는 거냐고요."

가이코가 소리쳤다.

"내 기분이 좋아지도록 궁리하며 사는 것, 그게 뭐가 나빠요?"

"기분이 좋아졌나요?"

오소네가 묻자 가이코는 더욱 소리를 질렀다. 좋아졌어요! 그리고 미간에 짙은 세로 주름을 만들었다.

*

1999년 1월 1일. 오소네는 아베코에게서 성냥팔이 소녀에 뒤지지 않는 백합 장수 할멈의 자수를 사진으로 찍은 연하장을 받았다.

"백합 장수 할머니라고 이름지었어요." 아베코는 그렇게 적었다. 단순한 곡선인데도 흉내 낼 수 없는 이 자수에는 독특한 유머가 있었다. 그때에는 오소네도 아베코도 몰랐지만, 티셔츠에 수놓은 백합 장수 할머니가 인기를 얻는 바람에 여름에는 게임 캐릭터에도 사용되어 히트 상품이 되었다. 가이코에게서는 연하장이 오지 않았다.

1월 5일. 오소네는 혼잡한 사거리에서 가이코를 보았다. 그녀는 오소네를 발견하지 못하고, 양손 가득 백화점 쇼핑백을 든 채 맞은편으로 건너갔다. 쇼핑백이 너무 많아서인지 이마는 땀으로 반짝거렸다. 그녀는 욕망의 황야를 계속 걸어갈 것이다. 찾고 찾아서 그렇지만 결코, 지루해할 틈도 없이 욕망을 채우진 못하고, 지루해할 틈도 없이 욕망이 채워지지 않는 것에 분노하고, 교만하게 웃고, 감상적으로 운다. 오소네는 가이코를 돌아보면서 그래도 행복할 거라고 생각한다. 예전에는 둔중한 걸음걸이였던 그녀가 지금은 신춘의 거리를 활보하고 있지 않은가. 때마침 구름 사이로 나타난 태양이 그녀의 머리 위에서 환하게 빛나고 있다. 1월인데도 구매한 상품의 무게 때문에 희희낙락하며 땀을 흘린다. 백합 장수 할멈에게 제일 먼저 백합을 팔아주는 것도 가이코다. 황야에 열중하는 것도 나름의 행복일 거라고 생각하면서, 가이코의 뒷모습을 보고 쓴웃음을 지으며 손으로 키스를 보냈다.

　성형미인. 요즘 들어 너무나 자주 접하는 키워드가 이 책의 제목이다. 제목을 보는 순간, 아마 여러분들의 뇌리에는 영화 〈미녀는 괴로워〉의 김아중도 떠오르고, 텔레비전에서 자주 보는 몇몇 성형미인들도 떠오르고, 코를 높인 동창, 턱을 깎은 동료도 떠올랐겠지만……, 뜨끔한 심정으로 대체 무슨 얘길까? 궁금해하는 진짜 성형미인인 독자도 있을 것이다. 의외로 많이.

　"당신이 오늘 전철을 타고 올 때 옆에 있던 사람이 했을지도 모르잖아요? 당신의 친구도 했을지 모르잖아요? 말을 하지 않을 뿐이에요."(68쪽)

　말하지 않아도 어딘가 어색하고, 어딘가 부자연스러워서 알긴 하지만 말이다. 어쨌거나 갈수록 많은 사람들이 의학의 힘으로 외모를 바꿔나가는 건 사실이다. 아무리 신체발부 수지부모라 하지만, 예뻐지고 싶은 욕망 앞에서는 공자님 말씀도 맥을 못 춘다.

그러나 과연 『성형미인』을 읽고 난 후에도 성형을 하고 싶은 마음이 들까?

두 주인공 가이코와 아베코는 같은 고향에서 자란 친구 사이다(둘이 별로 친하지는 않다). 절세 미녀인 가이코는 어째서인지 자기가 추녀라고 생각한다. 남자가 따르지 않는 것은 자신의 못생긴 외모 때문이라 생각하고, 대대적인 성형 계획을 세워서 실력도 뛰어나고, 인품도 훌륭한 노의사 오소네 미카에를 찾아간다. 하지만 양심적인 의사인 오소네 미카에는 어디 하나 흠잡을 데 없는 미인인 가이코를 앞에 두고, 절대로 수술을 할 수 없다고 메스를 놓았다. 그러나 가이코는 기어이 의술이 아니라 상술에 눈이 먼 성형외과에 찾아가서 수술을 받고 만다. 콩알처럼 작은 눈과 끝이 살짝 들린 납작코로 고치고, 게다가 유방축소수술까지……. 그녀는 그것이 남자들에게 사랑받는 외모라고 철석같이 믿었다.

한편, 가이코의 졸업앨범 사진을 보여주고 같은 성형외과에서 수술을 받은 아베코. 쌍꺼풀진 커다란 눈, 오똑하게 성형한 코에 어울리게 세련된 옷을 사 입고, 거기에 맞게 우아한 취미(전시회 다니기 같은)를 갖고, 작은 눈, 납작코 시절의 평범한 자신이 아니라, 우아한 백조로 변신을 한다. 하지만 예쁘다, 미인이다 칭찬하는 소리에 행복했던 한때는 지나고 점점 성형미인이란 게 들통 나는 것이 두려워서 전전긍긍한다.

반면에 가이코는 남자들이 좋아(한다고 생각)하는 외모로 성형을 한 후 몹시 만족해한다. 남자들이 좋아(한다고 생각)하는 의상을 입고, 남자들이 좋아(한다고 생각)하는 단어를 사용하고, 남자들이 좋아(한다고 생각)하는 미소를 지으며, 남자에게 사랑받는 여자를 연출하기에 여념이 없다. 그녀가 노리는 것은 오로지 고학력, 고수입, 큰 키의 도쿄대 출신 남자를 만나는 것. 자신의 꿈을 이루기 위하여 노력하는 것은 전혀 나쁜 일이 아니라고 당당하게 말한다. 열심히 일하여 그 결과물을 신에게 바쳤는데 신이 상대방의 것만 좋아한다면, 자신도 신이 좋아하는 것을 쟁취하려 노력하는 건 당연한 일이지 않느냐고 반문한다.

A는 자신의 논밭에서 수확한 곡물을 선물하고, B는 자신의 목장에서 키운 양을 선물한다. 받은 상대는 B의 선물에 기뻐한다. 왜? A와 B 둘 다 노동을 하여 선물을 보냈다. 그런데 한쪽만 기뻐한다. 어째서일까? A는 그 원인에 대해 생각하며 B를 본받으려고 한다. 가이코는 그렇게 말하며,

"그게 어디가 이상해요? A가 슬퍼하는 건 당연하잖아요."(56쪽)

이 대목, 낯익지 아니한가? 그렇다. 구약성서에 나오는 카인과 아벨의 이야기다. 카인은 자기가 지은 농작물을, 아벨은 자기가 키운 새끼 양을 신에게 바쳤으나, 신은 아벨의 제물만 받고 카인의 농작물을 거부했다. 그 일로 질투에 이글거리던 카인은 아벨을 죽인다. 지금쯤 눈치챘는지 모르겠다. 가이코와 아베코는 카인과 아벨의 분신이며, 노의사 오소네 미카에는 천사 미카엘과 같은 존재라는 것을.

미용성형의 무시무시함(쌍꺼풀 만드는 법, 콧대 세우는 법, 안면 윤곽 축소하는 법 등등이 적나라하게 표현되어 있다), 성형외과의 사기 수법, 성형한 여자의 심적 고통 등이 오싹할 정도로 리얼하게 표현된 소설이지만, 그 이면에는 이렇게 카인과 아벨의 그림자가 드리워져 있다.

작가 히메노 가오루코는 아마 우리나라 독자들에게는 낯설 것이다. 일본 소설이 범람하는 가운데 그녀의 등장이 늦어진 것은 좀 의외지만, 어쩌면 다음과 같은 이력에서 보듯이,

『수난受難』이 117회 나오키상 후보가 되다.
『추, 락ッ,イ,ラ,ク』이 130회 나오키상 후보가 되다.
『하루카 에이티 ハルカ·エイティ』가 134회 나오키상 후보가 되다.

수상 작가를 우대하는 출판 분위기 속에서 상복이 지지리 없었던 탓이 아니었나 싶다.

히메노 가오루코는 대학을 졸업하고 화랑에 근무하다, 1990년, 공중도덕을 엄수하는 대학생을 주인공으로 한 코미디 소설『사람 불러, 미츠코ひと呼んでミッコ』를 써서 직접 출판사에 찾아갔다가 그 자리에서 채택되어 책을 펴내게 되었다. 운이 좋다고 해야 할지, 배짱이 좋다고 해야 할지, 실력이 좋았나 보다고 해야 할지 모르겠지만, 보기 드문 성공 사례로 손꼽힌다. 그 후, 내면적인 것에서부터 스토리텔링 중심의 것까지 장르를 초월한 다양한 작품들을 잇달아

발표해오며 시선을 모았다.

그녀의 작품은 특별히 히메노 식이라는 별칭이 붙을 정도로 독특한 시점에서의 독특한 필체와, 살아가는 것의 슬픔과 우스꽝스러움을 밝은 시선으로 묘사하는 것이 특징이다. 그리고 일본의 서점 통계에 따르면 히메노 가오루코의 독자층은 남녀 비율이 거의 반반이라고 한다. 아마도 이름을 보지 않고 읽으면, 작가의 성별을 추측하기 애매한 중성적인 작풍 때문이 아닐까? 그러나 알고 보면 그녀는 미모의 여성작가다. 자신의 책에서 얼굴이 공개되길 꺼리는 신비주의 파여서 사진을 싣지 못하는 것이 유감이지만, 어쨌거나 모처럼 재미있는 작가를 만난 기쁨에 가슴이 설렌다.

중학생이 된 정하에게 사랑을 전하며.

2008년 5월

권남희